MÉMOIRES
SECRETS
POUR SERVIR A L'HISTOIRE
DE LA
RÉPUBLIQUE DES LETTRES
EN FRANCE,

DEPUIS MDCCLXII JUSQU'A NOS JOURS;

OU

JOURNAL
D'UN OBSERVATEUR,

CONTENANT les *Analyses des Pieces de Théâtre qui ont paru durant cet intervalle ; les Relations des Assemblées Littéraires ; les notices des Livres nouveaux, clandestins, prohibés ; les Pieces fugitives, rares ou manuscrites, en prose ou en vers ; les Vaudevilles sur la Cour ; les Anecdotes & Bons Mots ; les Eloges des Savants, des Artistes, des Hommes de Lettres morts, &c. &c. &c.*

TOME TRENTIEME.

. . . . *huc propius me,*
. . . . *vos ordine adite,*
Hor. L. II. Sat. 3. ℣. 81 & 82.

A LONDRES,

CHEZ JOHN ADAMSON.

M. DCC. LXXXVI.

MÉMOIRES
SECRETS

POUR SERVIR A L'HISTOIRE DE LA RÉPUBLIQUE DES LETTRES EN FRANCE , DEPUIS MDCCLXII, JUSQU'A NOS JOURS.

ANNÉE M. DCC. LXXXV.

7 *Octobre* 1785. LES égards que M. le contrô-leur-général a montrés au corps des banquiers en venant au secours des plus embarrassés, & en écoutant enfin leurs représentations & mé-moires sur l'arrêt du conseil du mois d'août concernant l'agiotage, qui a porté le trouble & le discrédit parmi eux, n'ont pas suffi. Les pa-piers royaux ont bien remonté un peu & la stagnation a discontinué ; mais l'emprunt des cent vingt-cinq millions est toujours en défa-veur & en perte. Ce qui a provoqué un arrêt

du conseil du 2 octobre, où l'on voit que M. *de Calonne* a d'aussi bons faiseurs de préambules que MM. *Turgot* & *Necker*. On y lit ce paragraphe remarquable : « Sa majesté ne voulant
» pas borner ses vues bienfaisantes à ce que
» l'ordre public a exigé d'elle pour faire cesser
» l'agiotage effréné qui s'étoit introduit, &
» désirant faire disparoître le plutôt possible
» des embarras dont la prolongation seroit
» nuisible au commerce, elle a jugé convenable
» d'accélérer l'effet de la disposition de son arrêt
» du 7 août dernier, qui a eu pour but de dis-
» tinguer les contractants en état de remplir
» leurs engagements, d'avec ceux à qui la li-
» vraison de ce qu'ils ont vendu seroit dans
» tous les cas impossible ; & elle a pensé qu'il
» étoit de sa bonté autant que de sa justice,
» de mettre les vendeurs & les acheteurs éga-
» lement à portée de liquider sans délai leurs
» intérêts respectifs par une conciliation équi-
» table, à défaut de laquelle, elle s'est réservée
» d'y statuer elle - même en connoissance de
» cause, afin que bientôt il ne reste plus aucune
» trace de ce vertige de spéculation désordonnée,
» qui, n'ayant pas encore eu d'exemple dans le
» royaume, nécessitoit un remede extraordi-
» naire. »

7 *Octobre*. Un nouvel agréé, reçu après l'ouverture du salon, a exposé quelques morceaux de genre depuis le second arrangement. Il se nomme *Bilcocq* : il travaille dans le goût des Flamands. Son pinceau semble trop brillant pour ses sujets. Sa *Diseuse de bonne aventure* lui feroit beaucoup d'honneur, si ce n'étoit pas une copie.

8 *Octobre*. M. le cardinal *de Rohan* se promenoit

les après-dînées fur la plate-forme des tours de
la Baftille, avec un officier qui l'efcortoit. Il
étoit en redingote brune, en chapeau rond &
rabattu : cela faifoit fpectacle pour le public qui
fe rendoit à l'extrémité des boulevards & le
contemploit. Pour éviter ce concours on a fupprimé ce genre de promenade, ou peut-être
n'en a-t-on que changé l'heure.

8 *Octobre*. Par une lettre datée de Francfort le
17 feptembre, M. *Blanchard* fe plaignoit auprès
des journaliftes de Paris de l'acharnement avec
lequel M. *Mallet du Pan*, le rédacteur de la
partie politique du Mercure, affectoit de décrier
& de tourner en ridicule fes voyages aériens.
Cette lettre qui n'étoit point fans fel, a été imprimée dans la feuille du premier octobre.

M. *Mallet du Pan* a trouvé mauvais que les
journaliftes aient donné cours à cette diatribe;
il y a répliqué & adreffé fa réponfe aux rédac-
teurs, qui vraifemblablement auront refufé de
s'en charger; en conféquence il l'a inférée dans
fon Mercure d'aujourd'hui 8.

Cette réponfe amere, pédantefque, digne des
favants en *us* du quinzieme fiecle, ne fait point
honneur à l'écrivain politique, & les rieurs
reftent abfolument du côté de l'aréonaute.

8 *Octobre*. Le projet de M. *de la Rocque* annoncé
il y a quelque temps, a caufé une grande fenfation; la cupidité des manouvriers s'eft éver-
tuée, & beaucoup cherchent à fe ménager des
rentes pour leur vieilleffe, fuivant la méthode
économique qu'il leur prefcrit. Mais cette fpécu-
lation n'étoit point à fon point de clarté & de
maturité néceffaire; en conféquence il a reçu
beaucoup de lettres & de demandes. Il eft obligé

de donner un développement de son plan, qui
n'est pas encore trop à la portée de tout le monde,
& laisse beaucoup de choses à désirer. Quoi qu'il
en soit, on le trouve aussi dans le Mercure
d'aujourd'hui 8.

9 *Octobre*. L'abbé *Riballier* qui vient d'être
remplacé dans sa dignité de syndic, est mort
aux eaux il y a quelques mois, sans que personne même de son parti lui ait décerné le
moindre honneur funèbre dans aucun journal.
C'étoit cependant un homme de mérite dans son
genre, & sur-tout un zélé défenseur de la religion, un dénonciateur intrépide de tous les ouvrages tant soit peu suspects.

9 *Octobre*. On voit dans l'arrêt du conseil du
2 de ce mois, que les gagistes du ministere
exaltent jusques aux nues, combien il a été agité
du mécontentement général des banquiers & de
l'inaction absolue à laquelle ils s'étoient con-
damnés depuis l'arrêt du 7 août dernier, qu'ils
qualifioient d'acte d'un despotisme terrible,
dont il n'y avoit point d'exemple dans leurs
négociations, & qui attaquoit, suivant eux, les
propriétés jusques dans les conventions les plus
sacrées. Quoi qu'il en soit, sans en discuter le
fond, il est certain que le préambule de cet arrêt
est aux yeux des connoisseurs un chef-d'œuvre
par la clarté, la noblesse, l'énergie & la justesse
d'expression avec lesquelles les parties les plus
difficiles à traiter y sont présentées ; mais sur-
tout par les tournures artificieuses avec lesquelles
on déguise les frayeurs du gouvernement, &
l'on travestit ce coup d'autorité en un acte de
législation salutaire & conservateur.

« Sa majesté, y dit-on, est informée que

» l'obligation de déposer les effets (à livrer)
» dans le terme qu'elle a prescrit, a déjà fait
» liquider une partie des compromis, qu'elle n'a
» embarrassé que ceux qui s'étoient engagés au-
» delà de leurs moyens, & que cet embarras
» même n'a pu paroître aux yeux des gens ins-
» truits qu'une leçon pour l'imprudence & une
» crise salutaire qui, loin de porter la moindre
» atteinte au crédit du trésor royal, a servi à
» démontrer qu'il est assis sur des bases inébran-
» lables & indépendantes de toute espece de
» négociation particuliere ; que néanmoins il en
» est résulté une inquiétude vague parmi les
» capitalistes, qui, effrayés de cette foule exor-
» bitante d'engagements d'un genre insolite,
» & ne sachant pas jusqu'à quel point celles
» des maisons de commerce & de banque qui
» s'y trouvoient compromises, pourroient influer
» par contre-coup sur la situation de celles-
» mêmes qui n'y avoient aucune part, ont sus-
» pendu à l'égard de toutes leur confiance,
» ont resserré leurs fonds & différé leurs pla-
» cements ; ce qui a produit au milieu de la
» plus grande abondance du numéraire, toutes
» les caisses publiques étant garnies, tous les
» paiements se faisant avec la plus grande exac-
» titude, & plusieurs même étant anticipés,
» un moment de langueur dans la circulation,
» une sorte de stagnation sur la place, & la
» dépression instantanée de quelques effets. »

On continue, après avoir précédemment établi
que la masse des effets à livrer n'est pas aussi
effrayante en réalité qu'elle l'est en apparence,
que les reventes du même objet font monter la
somme totale des marchés beaucoup au-dessus

A 4

de celle defdits effets, on rend compte des
moyens que la fageffe de fa majefté lui a fug-
gérés pour remédier à ce défordre, ainfi qu'on
l'a vu ; elle termine par répondre aux murmures
des mécontents.

« Sa majefté a prévu que ceux qui ont in-
» térêt à foutenir les compromis, prétendroient
» qu'empêcher leur exécution ou y mettre des
» conditions, c'étoit porter atteinte à la pro-
» priété, & détruire par l'intervention de l'au-
» torité des engagements volontaires. Jamais
» les droits de la propriété & de la liberté fo-
» ciale ne furent plus en fureté que fous le regne
» de fa majefté ; mais autant elle eft réfolue de
» les maintenir religieufement, autant elle eft
» éloignée d'admettre pour conféquence de ce
» principe inviolable, qu'il foit permis de tendre
» des pieges à la foi publique en vendant ce
» qu'on n'a pas, ce qu'on ne peut pas livrer,
» ce qui même n'exifte pas ; il eft évident que
» fi pareilles ventes font nulles par elles-mêmes,
» elles font fur-tout intolérables, lorfqu'elles
» portent fur les effets publics, lorfqu'elles
» violent toutes les regles prefcrites pour leurs
» négociations, lorfque fur leurs bafes fictives
» s'accumule fucceffivement une foule d'enga-
» gements & de billets illufoires qui groffiffent
» exceffivement le volume apparent des papiers
» commerçables, alterent leur circulation par
» un mélange fufpect, & tendent à détruire
» toute confiance. Faire envifager ces marchés
» comme n'étant en dernier réfultat que des
» paris fur le cours actuel de la place, ce n'eft
» pas les légitimer : quand il feroit permis de
» fuppofer que la vigilance du fouverain, qui

» s'étend jufques fur la confervation des for-
» tunes de fes fujets, dût fermer les yeux fur
» toute efpece de jeux & de paris, pourroit-elle
» fouffrir que leur licence, fe déguifant fous un
» faux titre, prît le caractere des contrats de
» vente, en dénaturât les conditions, & portât
» le trouble & la confufion dans la négociation
» des effets royaux ? Sa majefté a donc acquis
» de nouveaux droits à la reconnoiffance de fes
» peuples par le foin qu'elle a pris de les pré-
» ferver d'un tel défordre, &c.... »

10 *Octobre.* Ce n'eft que depuis peu qu'on
connoît dans ce pays ci la *Vie privée d'un prince
célebre*, ou *Détails des loifirs du prince* HENRI *de
Pruffe dans fa retraite de Reinsberg.* C'eft le pendant *de Frédéric le Grand*, excepté que celui-là
eft tout à la louange du héros. C'eft peu de
chofes au furplus ; il n'y a que trois ou quatre
anecdotes vraiment curieufes. Du refte on y apprend que le prince eft poëte, ainfi que fon
frere ; qu'il fait des comédies, & en joue avec
fuccès. Le ftyle eft fans chaleur & fade comme
l'ouvrage.

10 *Octobre.* Les colporteurs annoncent les
tomes VIII, IX & X de l'*Efpion Anglois*, qui
ont eu beaucoup de peine à paffer, dont il y a
eu plufieurs ballots faifis, & qui percent diffici-
lement. Ces volumes embraffent les faits de
l'année 1778, & empiétent fur les commence-
ments de 1779 ; conféquemment la guerre allumée à cette époque eft la matiere qui y foit traitée
le plus abondamment.

11 *Octobre.* On a éclairci ce que c'étoit que
les prétendus mémoires de *Bohmer & Baffanges.*
Ils confiftent en trois pieces : 1. En un projet de

A 5

vente du collier, de la somme principale, des termes des paiements, intérêts, &c. 2. En une lettre fort courte des joailliers à la Reine, lorsqu'ils apprirent que le marché étoit conclu pour sa majesté, où ils finissent par lui dire qu'ils voient avec la plus vive satisfaction qu'une aussi riche, aussi belle parure soit destinée à la plus grande souveraine du monde. 3. En un mémoire vraiment détaillé & curieux sur la maniere dont la négociation s'est engrainée ; mémoire que la Reine leur a vraisemblablement demandé dans son premier moment de surprise & d'indignation, de l'escroquerie abominable pratiquée sous son nom.

11 *Octobre. Lettres à M. le comte de Mirabeau sur la banque Saint Charles & sur la caisse d'escompte.* Tel est le titre de l'ouvrage attribué à M. *d'Auberteuil.* On ne peut assurer s'il a raison au fond ; mais ce qu'on peut certifier, c'est que, quoique ces lettres soient très-courtes, elles sont fort ennuyeuses. L'auteur est sur-tout détestable quand il veut plaisanter & persiffler ; ce qu'on remarque dans sa septieme & derniere lettre sur le mérite littéraire de son rival.

11 *Octobre.* Le *mesmérisme* qui depuis quelque temps ne faisoit plus le même bruit, occupe de nouveau les conversations depuis les divisions élevées dans son sein. On apprend à cette occasion que le docteur *Varnier,* qui s'étoit dévoué si courageusement pour cette cause, a succombé au parlement, & que le décret de sa compagnie prononcé contre lui, reste dans toute sa force, attendu qu'il professe une doctrine secrete, contraire aux statuts de la faculté de médecine.

12 *Octobre.* Suivant le répertoire des spectacles

de Fontainebleau, ils commenceront dès le mardi 11 octobre, & ne finiront que le vendredi 18 novembre.

Les opéra nouveaux sont *Thémistocle*, en trois actes de M. *Morel*, musique de M. *Philidor* : *Pénélope*, de M. *Marmontel*, musique de M. *Piccini*. Le premier sera représenté le jeudi 13 octobre, & le second le jeudi 10 novembre.

En outre M. *sacchini* s'étant plaint que le défaut de succès de son *Dardanus* provenoit du peu de soin avec lequel il avoit été mis au théâtre, cet opéra doit reparoître à Fontainebleau le jeudi 20 octobre ; on sait que c'est M. *Guillard* qui en a retouché le poëme anciennement, & dont on annonce d'autres changements.

La comédie françoise jouera pour nouveautés, le 11 octobre, le *Portrait*, comédie en un acte & en vers de M. *Desfaucherais* ; le 21, le *Page supposé*, comédie en deux actes & en vers de M. le chevalier *de Chenier* ; le samedi 29, *Virginie*, tragédie en cinq actes & en vers de M✶✶✶ ; & le *Mariage Secret*, comédie en trois actes & en vers de M. *Desfaucherais* ; le jeudi 17 novembre, *Athalie*, avec les chœurs de M. *Gossec* ; & le vendredi 18, *l'Oncle & les deux Tantes*, comédie en trois actes & en vers de M. le marquis *de la Salle*.

La comédie italienne doit aussi exécuter plusieurs nouveautés : 1°. mardi 18 octobre, *l'Amitié au Village*, opéra comique en quatre actes, paroles de M. *Desforges*, musique de M. *Philidor* ; 2°. le mardi 8 novembre, *la Dot*, opéra comique en trois actes de M. *Desfontaines*, musique du chevalier *d'Aleyrac* ; 3°. le mardi 15, *Coradin*, comédie en trois actes, en profe, mêlée d'ariettes; paroles de M. *de Maynaylot*, mufique de M. *Bruny*.

12 *Octobre*. Par lettre circulaire du 10 octobre, les foufcripteurs du mufée de feu *Pilâtre* font prévenus que *Monfieur* & M. le comte *d'Artois* veulent bien que leurs noms foient infcrits à la tête des nouveaux fondateurs; ils font en outre avertis que le fieur *Bontems*, ci-devant fecretaire, vient d'être nommé directeur du mufée; que les exercices recommenceront au mois de décembre, & s'étendront par le fecours de profeffeurs nouveaux; enfin que la foufcription de trois louis eft portée à quatre.

13 *Octobre*. On renouvelle le bruit du mariage de la fille unique de M. *Necker* avec l'ambaffadeur de Suede actuel. Quoi qu'il en foit, on s'entretient à ce fujet de la jeune perfonne, & l'on cite d'elle, pour échantillon de fon efprit, une réponfe très-jolie. Quelqu'un lui avouoit qu'il trouvoit la maifon de fon pere fort ennuyeufe, qu'ils avoient tous l'air diftrait & rêvant à la Suiffe. « Vous » avez raifon, répliqua-t-elle : mon pere s'oc- » cupe du paffé, ma mere du préfent, & moi » de l'avenir. »

14 *Octobre*. Madame la comteffe *de Turpin* (*Lowendal* en fon nom) vient de mourir. C'étoit une fuperbe femme, une virtuofe qui faifoit des vers, qui jouoit la comédie, & joignoit la galanterie à ces divers talents. Elle étoit liée avec plufieurs auteurs; elle l'avoit fur-tout été avec l'abbé *de Voifenon*, qui lui avoit même légué ou confié fes manufcrits en mourant.

14 *Octobre*. Outre M. l'abbé de *Bourbon*, bâtard de *Louis* XV, il s'élève un nouvel afpirant aux dignités eccléfiaftiques en la même qualité.

qui, fans porter le nom de *Bourbon*, eft auffi reconnu, finon de droit, au moins de fait, & va à la cour, eft très-bien auprès de *Mefdames*, & fur-tout de madame *Louife* : c'eft M. l'abbé *le Duc*, le fils de Mlle. *Tiercelin*, dont on a dans le temps annoncé la mort. On affure qu'il y a plus de trente enfants de cette efpece, auxquels le feu roi par fon teftament a affigné des fonds. C'eft un M. *de Lage de Chaillon*, ancien notaire, aujourd'hui adminiftrateur général des poftes, qui eft chargé des penfions, entretien & éducation de cette nombreufe famille. Il étoit autrefois fous l'infpection de M. *Bertin* le miniftre ; on ne fait fi c'eft encore celui ci ou un autre qui fuit l'accompliffement des volontés du teftateur.

15 *Octobre*. Depuis environ dix-huit mois que M. *Allemand*, confervateur général de la Garonne, lutte contre les difficultés qu'il rencontre pour l'exécution de fon plan d'amélioration de la navigation intérieure du royaume, on juge qu'il n'a pu triompher des obftacles dont il fe plaignoit alors. Il a beau donner mémoire fur mémoire, l'intérêt particulier l'emporte encore fur le public. Il eft toujours révolté de voir fur le fleuve dont il a l'infpection, deux moulins terriers de Touloufe, chef-d'œuvre de barbarie, qui le barrent entièrement, & interceptent toute navigation entre la haute & baffe Garonne. Ces digues font la *Merveille des Touloufins*, & les moulins excitent leur enthoufiafme au point que lorfque les actionnaires de celui de Bazacle contractent pour quelque objet relatif à leur traité d'union, ils s'obligent fur *l'honneur du moulin*.

M. *Allemand* détruit fur - tout la prétention

des maîtres des eaux & forêts , & des ingénieurs
des ponts & chauffées , qui ne doivent se mêler
en rien de travaux dont ils ne sont point au
fait ; il demande aujourd'hui la création d'un
intendant général de la navigation , à qui ce département général seroit confié. Du reste , les
dépenses seroient peu coûteuses , & l'emploi
fait avec économie des huit cents mille livres
que M. *Turgot* avoit destinées par an à cet objet ,
jointes à quelques autres secours , porteroit bientôt la navigation intérieure du royaume au plus
haut point de perfection.

Au reste , c'est toujours sous le privilege de
l'académie des sciences que M. *Allemand* fait
imprimer ses mémoires.

15 *Octobre*. La lettre annoncée de M. *Bergasse*
est sous le titre *d'Observations sur un écrit du
docteur Mesmer* , &c. Elle est très-volumineuse ,
très-bien écrite , très-spécieuse ; mais cependant
n'est pas sans réplique , sur - tout relativement
aux faits que chacun dénature & adapte à son
avantage. Ce qui en résulte évidemment , c'est
un schisme établi dans la société de l'harmonie.
Ce schisme , suivant M. *Bergasse* , est le fruit
d'un complot de quelques personnages qu'il ne
nomme point , mais qu'il peint sous les couleurs
les plus noires , qui se sont emparé de l'esprit
du docteur , & le dirigent à leur gré. Il finit
par les menacer , s'ils continuent la diffamation
qu'ils ont commencée contre lui , de les nommer , de les démasquer , de les traîner aux pieds
des tribunaux , de les y poursuivre avec le plus
grand éclat & la persévérance la plus opiniâtre.

A la suite de ces *observations* , M. *Bergasse* a
placé des pieces justificatives , entr'autres une

Lettre au docteur Mesmer, quelque temps avant le départ de celui-ci pour l'Angleterre, où il le prévient de l'explosion qu'il va faire à regret contre son maître. On y voit en outre qu'il ne se donne pas pour un simple éleve du docteur, qu'il prétend jouter contre lui, avoir ses idées propres sur le magnétisme animal, idées neuves, originales, qui ne se trouvent ni développées, ni en germe dans les *aphorismes* du docteur.

Dans un dernier *postscriptum*, M. *Bergasse* dit qu'il apprend dans le moment que le docteur *Mesmer*, toujours occupé de diffamer ses bien-faiteurs, vient de faire rédiger contre eux à Londres, par une plume très connue, un nou-veau libelle écrit avec plus d'art que le premier. Il en attend la publication, & n'usera plus des ménagements qu'il a gardés jusqu'à présent.

16 *Octobre*. Paris est regardé depuis long-temps comme la source & le modele du goût dans les arts d'agrément & d'utilité, ainsi que dans les productions de l'esprit. Les autres na-tions d'un pôle à l'autre s'empressent de payer un tribut journalier à nos inventions & à notre industrie. De-là la naissance d'un nouveau jour-nal intitulé : *Le Cabinet des Modes*, ou *les Modes nouvelles*, décrites d'une maniere claire & pré-cise, représentées par des planches en taille-douce enluminées.

On se propose dans cet ouvrage de donner une connoissance exacte & prompte, tant des habillements & parures nouvelles des personnes du sexe, que des nouveaux meubles de toute espece, des nouvelles décorations, embellissements d'ap-partements, nouvelles formes de voitures, bijoux, ouvrages d'orfévrerie, & généralement de tout ce que la mode offre de singulier, d'agréable ou d'intéressant dans les divers genres.

On voit que ceci est un empiétement sur le *Journal de Paris*, qui, s'il étoit bien fait, auroit empêché la naissance de celui-ci. Il commencera le 15 novembre, & fournira un cahier par quinzaine.

16 *Octobre. Les Amours & Aventures du lord Fox, traduites de l'Anglois*, forment une petite brochure qui peut être piquante dans l'original pour ceux qui en connoissent le héros ; mais froide & insipide à l'égard des étrangers qui n'y rencontrent que des aventures communes, sans exciter aucun intérêt de cette curiosité qui fait le charme du roman. Du reste, l'ouvrage n'est point mal écrit.

16 *Octobre*. Une anecdote à-peu-près semblable à celle de l'homme au masque de fer, mais infiniment plus touchante, parce qu'elle concerne une jeune personne du sexe dont l'infortune, sans qu'elle l'ait méritée, semble poussée à son comble, est la matiere d'un petit ouvrage nouveau, sous le titre de *l'Inconnue, histoire véritable*. On la doit croire authentique suivant un *postscriptum*, où l'on annonce que toute la narration est l'extrait fidele des vingt-quatre interrogatoires que, d'après l'ordre de l'impératrice-reine, a subi l'héroïne à Bruxelles par M. le comte *de Cobenzel*, ministre de sa majesté, & M. *de Neny*, chef-président. C'est M. *Coroniny*, neveu de M. *de Cobenzel*, à qui son oncle avoit permis d'assister aux séances, qui depuis la mort de celui-ci a remis les matériaux à l'éditeur.

On ne peut guere douter à la lecture desdits

interrogatoires que l'inconnue ne fût une fille naturelle du feu empereur. Cependant, l'impératrice - reine n'étant pas satisfaite des preuves que l'inconnue adminiſtroit, elle fut tirée des priſons , & conduite par la maréchauſſée au-delà des frontieres, avec cinquante louis qu'on lui donna.

L'éditeur voudroit lier les aventures de l'inconnue avec celles d'une dont il avoit été fait mention pluſieurs années auparavant dans les papiers anglois, & en effet il ſe trouve beaucoup de rapport entre les deux : ce qui doit s'éclaircir aujourd'hui par la publicité de cette hiſtoire.

17 Octobre. Apologie de la BAſtille *, pour ſervir de réponſe aux Mémoires de M. Linguet ſur la* BAſtille. Ce pamphlet qui n'a que quarante pages & dans le même format que l'ouvrage à réfuter, eſt au contraire un perſifflage très - adroit des apologiſtes de ce monument du deſpotiſme. Il eſt aiſé de le juger par les trois diviſions : la Baſtille eſt de droit divin ; elle eſt de droit poſitif ; elle eſt de droit politique. Il regne dans toute cette plaiſanterie une tournure originale & piquante , qui ne ſert qu'à rendre plus aimable la raiſon ſolide & lumineuſe de l'écrivain.

Cette raiſon brille encore plus dans les *notes politiques , philoſophiques & littéraires* qu'on trouve à la ſuite , & que l'auteur , badinant ſur le même tón , aſſure n'avoir avec le texte que le moindre rapport poſſible. Elles ſont beaucoup plus étendues que le texte , & forment comme une digreſſion ſur les diverſes branches de notre légiſlation. Il falloit ſans doute un grand fond de gaieté pour ſoutenir pendant un auſſi long-temps ce perſifflage auſſi profond qu'ingénieux.

On lit au frontifpice du livre *par M. de ✱✱✱,* ci-devant prifonnier ; mais on veut que ce ne foit qu'une fiction pour dépayfer le lecteur. On attribue cet excellent traité anti-defpotique à M. *fervant* , ancien avocat-général au parlement de Grenoble , & il n'eft guere qu'un homme très au fait des loix, qui ait pu le compofer.

Le ftyle eft charmant ; l'auteur fe fert fouvent de métaphores, de comparaifons, de defcrip-tions énigmatiques, & ce n'eft pas fans deffein en parlant d'une matiere auffi dangereufe à trai-ter. On y remarque entr'autres un morceau concernant M. *de Sartines* , où cet ex-miniftre eft mafqué & démafqué avec beaucoup de fineffe & de vérité.

17 *Octobre.* M. *de Burigny* qui , depuis quel-ques années, étoit le doyen de la littérature, s'eft éteint le 8 de ce mois à l'âge de quatre-vingt-treize ans ; il étoit né en 1692. Son genre principal étoit l'hiftoire favante & ancienne: fon premier ouvrage qui eft le traité *de l'autorité des papes,* parut dès 1720. Cependant il n'étoit membre de l'académie des belles-lettres que depuis 1756, c'eft-à-dire, qu'il avoit déjà foixante-quatre ans, & que c'eût été prefque pour un autre l'âge de la retraite. Il étoit très-laborieux & a laiffé beaucoup d'ouvrages , mais la plupart enfevelis dans les mémoires de fa com-pagnie.

18 *Octobre.* M. l'abbé *de Lille* revient enfin de Conftantinople ; il eft à faire fa quarantaine; ce qu'on apprend par une lettre qu'il date du lazaret de Marfeille le 10 feptembre. Cette lettre eft adreffée à M. le bailli de *Freflon,* pour fe juftifier de celle qui a couru fous fon nom dans

a le monde contre l'ordre de Malte ; il s'en tire
in homme d'esprit , mais en coupable.

18 *Octobre*. On vient de graver nouvellement le portrait de M. *Retif de la Bretonne*,
cet inépuisable auteur dont les volumineux
ouvrages ne peuvent plus se calculer. Un M. *de
Marandon* y a mis cette inscription, qu'il faut
distinguer de la foule des autres.

Son esprit libre & fier, sans guide & sans modele,
Même alors qu'il s'égare , étonne ses rivaux ;
Amant de la nature , il lui dut ses pinceaux ,
Et fut simple , inégal & sublime comme elle.

19 *Octobre*. Malgré les voyages fréquents
de Fontainebleau, les comédiens italiens ont
donné hier une nouveauté, *Germance* ou
l'excès de la Délicatesse , drame en trois actes en
prose. Quoique l'intrigue en soit bizarre &
pleine d'invraisemblances, le parterre qui ce jour-
là étoit disposé à l'attendrissement & l'indulgence, a fort goûté cet ouvrage, production
d'un jeune homme & qui se ressent de son inexpérience. Il a demandé l'auteur, & l'on est venu
annoncer qu'il se nommoit M. *Misse : & habent
sua fata libelli*. On en pourroit dire autant des
pieces de théâtre ; celle-ci dans un autre moment
eût peut-être été sifflée avec non moins de
justice.

19 *Octobre*. On continue à exécuter le plan
projeté pour l'embellissement de Paris & la
plus libre circulation du commerce & des denrées.
On travaille à force à la nouvelle halle destinée
à la marée en gros. On doit acquérir pour le

Roi vingt-neuf maiſons ou terrains, afin de percer
de nouvelles rues, d'en élargir d'autres, de conſ-
truire des fontaines; le tout tendant au dégage-
ment des halles, à y ouvrir des places de communication & à les nettoyer, laver & purifier journellement.

Tel eſt l'objet d'un Arrêt du Conſeil du
16 ſeptembre.

19 *Octobre*. Extrait d'une l'ettre de Francfort,
du 13 octobre 1785..... Le ſieur *Blanchard* a
pris ſa revanche : le trois de ce mois il s'eſt
élevé dans un Ballon de 40 pieds de haut ſur
24 de large, avec ſon parachûte, ſon chien,
&c. Il a pris terre trente-neuf minutes après à
Weilbourg, à quatorze lieues de notre ville,
où il eſt revenu, & le lendemain il a été extraor-
naitement fêté.

20 *Octobre*. M. *Taraval* ; peintre du roi,
profeſſeur de ſon académie de peinture & ſculpture
& ſurinſpecteur de la manufacture royale des
Gobelins vient de mourir. Le chagrin qu'il a
éprouvé, de toutes les critiques de ſon dernier
tableau, a pu y contribuer ; il devoit cependant y
être accoutumé. Son *Sacrifice de Noé*, en 1783,
eſt le ſeul de ſes ouvrages qui lui ait mérité de
juſtes applaudiſſements.

20 *Octobre*. Extrait d'une lettre de Philadel-
phie, du 17 ſeptembre.... M. *Franklin* eſt arrivé
ici avant-hier 15, mieux portant qu'à ſon départ
de Paris. Il a été reçu comme un Dieu tutélaire ;
ç'a été un jour de fête générale ; les vaiſſeaux
du port ſe ſont pavoiſés, même les Anglois. Il
a mis quarante-huit jours dans ſa traverſée.
M. *Houdon* eſt arrivé avec lui.

M. *Franklin* a remis à ſa fille ſon fils déjà formé,

qui étoit encore enfant lorfqu'il l'emmena en 1776
à Paris.

20 *Octobre.* Depuis long-temps on n'avoit
parlé d'un duel auffi mémorable que celui qui
vient de fe paffer entre deux officiers du régiment de Soiffonnois & un autre. Les deux
premiers font meffieurs *de Saint-Mefme*, parent
du colonel de ce nom, & M. *Barras*, parent
de l'officier-général de la marine du même nom.
Le dernier eft M. *Dumefnil Durand.* On ne fait
fi c'eft celui connu par un fyftême de tactique
particulier. Ce dernier faifoit la chouette au
trictrac aux deux autres ; il s'éleve entre eux
une difpute, elle devient fi grave qu'ils fe
battent d'abord à l'épée, & fur ce que le régiment
des deux premiers ne trouve point la rixe fuffi-
famment vuidée, ils conviennent d'en venir à
un combat plus régulier, au piftolet : les conventions faites, ils prennent des témoins & fe
rendent à Luxembourg. M. *Dumefnil Durand*
continue à leur faire la chouette en ce duel,
comme au jeu. Il tue d'abord M. *de Saint-Mefme;*
le fecond fe préfente, il le bleffe à l'épaule ;
M. *de Barras* n'en devient que plus ardent, il
tire fon coup de piftolet & caffe la cuiffe de
M. *Dumefnil Durand*, qui tombe fans défenfe.
Ces féroces combattants, comme les juges du
point d'honneur avoient décidé que la mort feule
pouvoit laver ou éteindre la querelle, étoient
convenus que l'on acheveroit à terre celui que
le malheureux fort des armes y jetteroit ; M.
de Barras s'approche de M. *Dumefnil*, lui dit
qu'il eft maître de fa vie, mais la lui laiffe :
les témoins décident la querelle vuidée abfolument par ce beau trait, qui met M. *Dumefnil*

Durand dans l'impossibilité de se battre de nouveau contre un vainqueur aussi généreux. On
les fait s'embrasser, & ils sont rentrés sur les terres
de France.

On dit que le Roi est très-mécontent de ce
duel.

21 *Octobre*. Un échantillon des plaisanteries
de M. *Hilliard d'Auberteuil* contre M. le comte
de Mirabeau, suffira pour en donner une idée ;
c'est une épigramme soi-disant qu'on trouve en
note dans sa lettre VII de son pamphlet intitulé : *sur son mérite littéraire & sur la caisse
d'escompte.*

> *Mirabeau*, grand patriote,
> Fait la guerre à notre argent,
> Contre la banque il complote,
> Des banquiers il est l'agent.
> Tandis qu'un autre agiote,
> On l'inspire, il parle, écrit,
> Et met au rabais l'esprit.

21 *Octobre*. On est fort surpris que la gazette
de France qui ne laisse passer sous silence rien
de ce qui intéresse la marche de la cour & rend
ordinairement dans le plus grand détail les
circonstances de ces événements publics, n'ait
fait aucune mention d'une espece de fête pour
les Parisiens qui a eu lieu le dix de ce mois,
jour du départ de leurs majestés pour Fontainebleau.

La Reine qui, à cause de sa grossesse, en
1783, s'étoit rendue à Fontainebleau par eau
dans la gondole de M. le duc *d'Orléans*, a

été si satisfaite de ce genre de voiture & sans doute du beau coup-d'œil de la route, que, sans une pareille néceffité, elle s'eft fait un plaifir de voyager de même cette année. On lui a conftruit un yacht extrêmement galant, riche & commode; on affure qu'on y a ménagé à fa majefté un appartement compofé de neuf pieces. On en évalue la dépenfe à foixante mille livres.

On fut que fa majefté, pour éviter les ponts, s'embarquoit à la Rapée, ce qui attira la foule fur la rive & donna lieu à beaucoup de parties de plaifir.

Le Roi qui avoit chaffé du côté de Choify, voulut fe trouver au château, ou plutôt dans les jardins pour voir paffer la Reine, & toute la route fut bordée de monde, forti des villages & maifons de campagnes des environs, curieux du même fpectacle : fans doute beaucoup de *vive la Reine!* répétés de temps en temps, ont flatté agréablement les oreilles de fa majefté.

22 *Octobre.* Depuis qu'on fait que l'inftruction à faire par le rapporteur dans l'affaire du cardinal *de Rohan* eft terminée, l'on raifonne différemment fur ce qui en tranfpire. Les uns prétendent tenir du greffier *Fremin* qu'il n'y a nulle charge contre fon éminence : les autres concluent qu'il faut au contraire qu'on le juge dans le cas de la févérité des loix. Ils difent que ce prélat n'étant encore frappé d'aucun décret, étant fimplement fous la main du Roi, on n'auroit pas manqué de l'élargir provifoirement jufqu'à ce que fon innocence éclatât en juftice ; d'autant que dans la circonftance de l'état de mauvaife fanté où il fe trouve, ce feroit une forte de cruauté de le laiffer en prifon.

24 Octobre. Le peuple & beaucoup d'honnêtes
gens qui le font, tirent parti de tout pour leur
amusement ; c'est ainsi qu'une procession reli-
gieuse qui n'avoit pas eu lieu depuis plus de
vingt ans, a attiré la foule non-seulement des
Parisiens, mais de beaucoup d'habitants des
environs. Il s'agit de trois cents treize esclaves
françois, rachetés à Alger en 1785, par les
deux ordres de la Rédemption ; savoir, celui
des chanoines réguliers de la Sainte-Trinité,
dits *Mathurins*, & celui de la Mercy.

L'usage est de promener & de faire voir
ainsi ces esclaves pour exciter d'abord la curiosité & ensuite la charité du public. La procese-
sion a eu lieu pendant trois jours de la maniere
suivante : Le lundi dix-sept octobre 1785, en
l'église de l'abbaye royale Saint-Antoine ; le
mardi dix-huit en celle de l'ordre royal &
militaire de Notre-Dame de la Mercy, & le
mercredi dix-neuf en celle des Chanoines réguliers de la Sainte-Trinité.

On ne sait pourquoi le premier jour il a été
fait un compliment à madame l'abbesse de Saint-
Antoine au nom des deux ordres par *Thomas*
le Bœuf, âgé de quinze ans, qui n'est point
nommé parmi les esclaves ; pourquoi ledit jour
le même jeune homme a présenté au général de
l'ordre des Mathurins les captifs rachetés par
eux, sans qu'il soit fait mention d'aucune
harangue de cette espece à l'égard du chef des
Mercitains. Quoi qu'il en soit, par la distribution de la marche, de la réunion ; de la sépa-
ration & des évolutions de chacun de ces ordres
& de leurs captifs respectifs, ils ont parcouru à
peu-près toute l'étendue de la ville de Paris & il
n'est

n'eſt en quelque ſorte aucun cœur dont ils n'aient ſollicité la pitié.

La proceſſion ſe faiſoit en grande pompe, & l'on y avoit joint tout l'appareil qui peut en impoſer ; du guet, les gardes de la ville, des inſtruments militaires & religieux ; des croix, des bannieres, des chérubins ſoutenant avec des cordons les étendards de la rédemption des deux ordres ; un grand cortege d'eccléſiaſtiques, de muſiciens, de ſuiſſes : en outre chaque captif portoit l'écuſſon de celui des deux ordres auquel il appartenoit, & étoit ſous la garde de deux Anges les enlaçant avec des rubans rouges & bleus ; ces anges tenoient des banderoles aux armes reſpectives deſdits ordres : enfin les com- miſſaires députés pour la rédemption formoient la marche avec des palmes à la main.

Une promenade auſſi longue exigeoit nécéſ- ſairement des pauſes, conſéquemment des raf- fraîchiſſements, où le vin couloit en abondance, tellement qu'on a vu nombre de captifs & quel- ques religieux dans un état peu décent, & faiſant dégénerer en farce cette cérémonie pieuſe & charitable, qui ſe terminoit chaque après-dînée par des antiennes & des bénédictions. Tel eſt le ſort des inſtitutions humaines, où la profa- nation & le ſcandale ſe trouvent preſque tou- jours mêlés avec la charité & la dévotion.

22 *Octobre.* Depuis la mort M. *Thomas* beau- coup de concurrents s'étoient mis ſur les rangs pour la place vacante à l'académie françoiſe ; le ſieur *Sedaine*, pour ne point manquer ſon coup cette fois, avoit commencé par adreſſer une ſupplique touchante à la compagnie entiere, & il ſe flattoit de réuſſir par cette tournure

dont aucun candidat ne s'étoit encore avisé; mais on assure qu'aujourd'hui tous se sont retirés, en apprenant que M. *de Guibert* étoit sûr d'avance des suffrages.

23 *Octobre*. Chaque jour il éclate des anecdotes concernant le cardinal & son aventure. En voici une nouvelle, débitée par des gens qui semblent faits pour être bien instruits. Ils disent que madame *de la Motte*, quelques mois avant sa catastrophe, vint trouver un sieur *Regnier*, bijoutier - orfevre sur le pont Saint-Michel, avec une boîte garnie de diamans & un portrait : c'étoit celui de la Reine, mais dans un état fort indécent & décolleté jusques au nombril. Elle proposa à l'artiste d'enchâsser cette miniature avec un secret, de façon à la produire ou à la cacher comme l'on voudroit. Le sieur *Regnier* témoigna sa surprise & son indignation de ce qu'on le choisit pour une pareille œuvre. Madame *de la Motte* le rassure en lui ajoutant que c'étoit la Reine même qui l'avoit chargée de cette commission. Alors l'artiste se rendit à ces instances, & la boîte enrichie du portrait, cette dame l'offrit au cardinal comme une preuve de la satisfaction de sa majesté.

23 *Octobre*. M. *Basset de la Marelle*, l'un des présidents du grand-conseil, a été conduit pour dettes à l'hôtel de la Force & est menacé d'y rester long-temps. Son tribunal a cherché à tenir le cas secret le plus qu'il a pu; mais enfin la chose est publique, & l'on se doute combien de sarcasmes & de quolibets pleuvent sur ces messieurs.

23 *Octobre*. On parle d'une facétie imprimée

du rouleau, qui court nouvellement fur le cardinal. C'eft une efpece d'*apologue oriental*, dans
lequel fous des noms allégoriques toute fon hiftoire
eft enchâffée.

24 *Octobre*. Les inquiétudes pour fe pourvoir
de bois, qui depuis deux ou trois ans avoient
commencé à fe faire fentir, mais fur la fin de
l'hiver feulement, ont lieu cette année même
avant qu'il foit commencé : quoique la riviere
très-marchande en foit couverte, quoique les
chantiers en foient garnis, l'empreffement des
demandeurs eft fi exceffif qu'on n'en délivre que
par ordre de numéro & que voie à voie ;
précaution qui ne fait qu'augmenter les craintes
& exciter la cupidité des vendeurs & des accapareurs. Il en eft qui n'en font point myftere,
qui fe tiennent au coin des rues adjacentes des
chantiers avec des voitures remplies & offrent
de vous épargner la peine d'y aller moyennant
un bénéfice. De leur côté, les marchands fe
prévaient du concours des acheteurs pour éluder
le nouvel arrêt du confeil qui, en faifant ceffer
depuis le 15 de ce mois la permiffion de faire
venir, fous prétexte des eaux baffes, par train
de flottage le bois neuf deftiné à l'approvifion-
nement de cette capitale, leur ôte la liberté de
faire payer l'un auffi cher que l'autre; ils gliffent
toujours comme denrée de première qualité,
en ce genre une denrée inférieure : on en a
déjà porté plufieurs plaintes & à la ville & au
parlement, fans qu'on n'en ait encore vu réfulter
des effets falutaires.

24 *Octobre*. Extrait d'une lettre de la Déli-
vrance en baffe Normandie, le 15 octobre 1785....
Nous avons auffi une Rofiere dans nos cantons,

car quelle province n'a pas la sienne ? Dans
une paroisse voisine d'ici, nommée *Luc*, de
moins de cinq cents arpents, & dont la population monte à près de deux mille quatre cents
personnes ; le seigneur, M. *le Marchand de Caligny*,
pour mieux soutenir une manufacture de dentelles, servant en même temps d'école, y a
voulu perpétuer l'émulation par une récompense
à la fois honorifique & lucrative, pour la fille
qui chaque année sera jugée la plus vertueuse
& la meilleure ouvriere. C'est une médaille
d'argent avec la devise *Scientiæ & Virtutis præ-
mium*. J'ai été témoin de la fête qui a eu lieu
le 2 de ce mois avec le cérémonial usité
dans toutes ces sortes de fondations. Après que
la Rosiere a porté la médaille pendant un an,
elle reçoit une somme de cent vingt livres.

Le bien qu'a produit cette institution, à
laquelle le curé actuel, M. *Bonvoisin*, a sa part
aussi, est considérable ; il se remarque sur-tout,
en ce que dans le nombre d'habitants cité ci-
dessus, dont aucun n'a presque de propriété,
on ne voit point de mendiant ; en ce que le
travail y est en vigueur ; que l'union est telle
qu'ils s'allient rarement hors de la paroisse ;
que tous leurs procès très-rares sont bientôt
terminés par conciliation, & qu'on n'a connoissance d'aucun crime méritant la rigueur des
loix qui s'y soit commis depuis long-temps.....

25 *Octobre*. Un libraire, ces jours derniers
ayant reçu & payé comme bois neuf une voie
de bois mélangé, a fait venir un commissaire
pour en dresser procès-verbal & recevoir sa
plainte en conséquence, à telle fin que de raison.
Lorsqu'il a voulu en faire usage, il n'a pu

obtenir de l'officier de police la remise des papiers dont il avoit besoin : celui-ci a éludé pendant plusieurs jours, enfin lui a déclaré qu'il avoit déposé le tout entre les mains du procureur du roi de la ville. Le libraire a eu recours au magistrat, dont il n'a pu obtenir raison. Ce fait a été dénoncé par un de messieurs à la chambre des vacations, qui a ordonné que le procès-verbal & la plainte seroient déposés au greffe du parlement pour en être rendu compte aux chambres assemblées, à la rentrée.

25 Octobre. Suivant les lettres de Fontainebleau, les nouveautés qui y ont été jouées jusques à présent, n'y ont point eu de succès en aucun genre. La cour est devenue très-difficile & même *Richard Cœur de Lion*, qui a eu & a encore un succès soutenu aux italiens, a été mal reçu, non-seulement quant aux innovations que le sieur *Sedaine* a jugé à propos d'y faire, mais quant aux deux premiers actes qui produisent tant d'effet à Paris.

26 Octobre. Le changement de lieutenant de police a été favorable au sieur *Audinot*, & le bruit général est qu'il reprend demain son service auprès du public dans la salle de l'Ambigu sur les boulevards, ce qui s'accorde avec l'annonce d'une nouveauté ayant pour titre *l'Impromptu du moment*, prologue ; & de la pantomime *les Bons & les Méchants*, piece de son répertoire qui a eu tant de vogue que l'opéra en avoit été jaloux & en avoit sollicité la suppression.

On assure que c'est M. le comte *d'Artois* qui le couvre de sa protection & a menacé, si l'on refusoit de rendre justice à ce directeur en le

B 3

rétabliffant, de faire bâtir pour lui une loge dans
le Temple.

26 *Octobre*. On voit ici des lettres-patentes
concernant la démolition du château Trompette
à Bordeaux, & l'exécution du plan du sieur *Louis*
annoncé depuis long-temps. Elles n'y ont été
enrégiftrées que le 9 de ce mois, encore
avec ce *retentum* : *fauf le droit d'un chacun* ; ce
qui eft relatif aux prétentions de la ville fur ce
terrain, prétentions reconnues indirectement
du gouvernement, qui remet en conféquence
un droit *de huitain*, c'eft-à-dire du huitieme du
prix de tout le poiffon qui fe vendoit dans
Bordeaux.

Comme ce terrain eft très-étendu, puifque la
fuperficie mefurée eft de foixante-dix-neuf mille
cent foixante & quelques toifes carrées, & que la
population de Bordeaux ne fauroit fuffire à l'ha-
biter ; par un article de ces lettres-patentes fa
majefté, afin d'exciter les étrangers à venir s'y
fixer, déclare que tout propriétaire, de quelque
pays qu'il foit, qui achetera trente toifes de
ce terrain, fera fur le champ par cette acqui-
fition même réputé regnicole & jouira des divers
privileges qui en font la fuite.

Quant au plan, il eft le même dont on a fait
la defcription, & il eft certain que s'il s'exécute
dans toute fon étendue & dans toute fa perfection,
Bordeaux deviendra la plus belle & la plus florif-
fante ville du monde.

26 *Octobre*. Le matin du départ de la Reine
pour Fontainebleau, M. le duc *d'Orléans* reçut
à Sainte-Affife une caiffe, fans favoir de qui.
La curiofité l'excita à la faire ouvrir en fa
préfence ; il s'y trouva un filet tiffu avec

beaucoup d'élégance & très-riche ; il étoit d'or
& d'argent & d'une étendue immenfe, car il
avoit, à ce qu'on rapporte, cent quatre-vingts
aunes. Le prince ne fachant ce que cela vouloit
dire, ordonna de renfermer la caiffe & la fit
remettre de fa part à M. *de Crôfne*, en le priant
d'en rechercher l'auteur & de la lui rendre.
Cette anecdote qui s'eft racontée dans le temps
fembloit affez apocryphe en ce qu'on n'en voyoit
pas trop le but, qu'on ne découvroit dans cet
envoi allégorique ni finefle, ni méchanceté ; on
fait aujourd'hui qu'elle eft certaine, on en connoît l'auteur & l'objet

M. le duc *d'Orléans* & madame *de Monteffon*,
inftruits du projet de la Reine de fe rendre par
eau à Fontainebleau & conféquemment de paffer
fous les fenêtres de leur château, avoient fait
tous leurs efforts pour engager fa majefté à
s'y repofer. Elle s'y étoit refufée & l'on en
conçoit aifément la raifon. *Monfieur*, qui aime
ces fortes de plaifanteries ingénieufes & galantes,
avoit imaginé ce filet dont le fpectacle auroit
frappé la Reine : tournure d'ailleurs adroite pour
l'arrêter refpectueufement, & lui fournir un prétexte de defcendre. Par malheur M. le duc *d'Orléans*, madame *de Monteffon* & perfonne de leur
cour n'a fenti l'épigramme, n'a conçu qu'un
cadeau femblable ne pouvoit partir que d'une
main augufte ; & *Monfieur* piqué en l'apprenant,
n'a pu s'empêcher de s'écrier dans fon premier
mouvement involontaire : *Avec tout leur efprit,
qu'ils font bêtes à Sainte-Affife !*

27 *Octobre.* Le falon ayant donné lieu de parler
beaucoup de peinture, l'attention du public s'eft
fixée fur un artifte qu'on ne connoiffoit pas, &

B 4

travaillant dans un genre presqu'abandonné en France. Il s'agit d'un M. *Gibelin* & de la peinture à fresque. Il est auteur de morceaux considérables de cette espece, exécutés aux nouvelles écoles de chirurgie & à l'école royale militaire. Son dernier ouvrage, & tout frais, se voit aux capucins de la Chaussée-d'Antin. Un amateur a réveillé l'attention générale sur cette peinture à fresque, & la nouvelle capuciniere en est très-fréquentée. Quand on aura vu ce chef-d'œuvre, on en dira son avis.

27 *Octobre*. Dimanche dernier le sieur *Euslen* a donné au public le spectacle de deux bodruches lancées en liberté dans le jardin du sieur *Rug-gieri*. La premiere étoit une nymphe de huit pieds de proportion & ne pesant que dix onces; elle étoit coëffée d'un ballon & portoit une robe transparente, couleur de feu. La seconde, le cheval ailé & transparent, monté par un guerrier richement armé, qu'on voit depuis long-temps au Palais-Royal.

Ces deux machines se sont élevées avec beaucoup de graces & de célérité; elles ont monté très-haut; on ne se flattoit plus de les revoir; cependant l'une a été trouvée à Genevilliers, & l'autre près de Montmorency. Par les procès-verbaux du même jour, elles n'ont guere été qu'une heure en l'air chacune, & sans être endommagées; elles ont été remises de même au propriétaire.

28 *Octobre*. Deux débuts très-intéressants ramenent aujourd'hui vers la scene françoise le public qui s'en étoit éloigné, & sur-tout le public galant; car ce sont deux jeunes actrices.

L'une est Mlle. *Candeille*, fille du musicien de

ce nom, auteur de l'opéra d'*Alexandre*, & protégée par M. *de Breteuil*. Elle est très-jolie, elle avoit paru d'abord sur le théâtre lyrique, où quelque petite incongruité qui lui échappa en scene, soit par timidité, soit par incommodité réelle, ne lui a jamais permis de remonter. Eleve du sieur *Molé*, elle s'est retournée du côté du théâtre françois, & s'est appliquée aux rôles forts des jeunes princesses, tels que ceux d'*Hermione*, de *Roxelane*, d'*Aménaïde*, d'*Alzire* & d'*Ariane*; on lui a trouvé souvent de l'énergie, de la sensibilité, des moments d'abandon intéressants, des intentions justes, mais des incorrections & des inégalités; ce qui est la suite du jeu d'une débutante qui n'est pas encore sûre d'elle-même, qui se tâte & le parterre : comme elle passe pour avoir beaucoup d'esprit, elle est plus en état qu'une autre de faire valoir les heureuses dispositions qu'elle a reçues de la nature.

L'autre est Mlle. *Vanhove*, fille & éleve du comédien de ce nom, ayant à peine quatorze ans. Elle a paru pour la premiere fois dans le rôle d'*Iphigénie* vis-à-vis de son pere représentant *Agamemnon*; elle a obtenu de nombreux & de vifs applaudissements ce jour-là 10 octobre : un son de voix intéressant, de l'intelligence, de la sensibilité, la candeur la plus ingénue; telles sont les qualités qu'on lui a reconnues à cet essai. Elle a joué depuis dans le comique les rôles d'Amoureuses tendres, & semble réunir déjà les plus heureuses dispositions pour les deux genres. Son succès se soutient & s'accroît; tout Paris se porte en foule pour l'admirer.

29 *Octobre*. L'un des deux côtés intérieurs de l'église de Sainte-Genevieve est entiérement

terminé ; il est débarrassé aujourd'hui de tous les échafauds, & l'on y entre. L'exécution de ce bel édifice, son ordonnance majestueuse, l'élégance de ses colonnes, la richesse des sculptures attirent le concours des amateurs, & les applaudissements des spectateurs, les plus grossiers. On travaille actuellement au dôme ; voilà le moment intéressant de la solution du problème élevé par le sieur *Patte*. Comme il y a des fonds affectés chaque année pour cet objet, on espere toujours que dans sept ou huit ans ce monument sera terminé.

30 *Octobre*. M. le marquis *de Courtivron*, mestre-de-camp, chevalier de l'ordre royal & militaire de St. Louis, commissaire perpétuel pour l'imposition de la province de Bourgogne, & membre de l'académie des sciences, est mort le 5 de ce mois dans son château. Il étoit pensionnaire vétéran. On ne sait trop ce qu'il a fait, & il faut attendre l'éloge qu'en fera M. le marquis *de Condorcet*.

30 *Octobre*. Comme tout ce qui concerne la marche de M. *de la Pérouse* est intéressant, voici des particularités extraites d'une lettre de Sainte-Croix de Ténériffe, datée le 27 août.

Les navires la *Boussole* & l'*Astrolabe* ayant fait voile le premier août, arriverent le 13 suivant à l'isle de Madere.

Les personnes embarquées sur la *Boussole* sont le comte *de la Pérouse*, capitaine de vaisseau, chef de l'expédition ; les chevaliers *de Clonard* & *de l'Escare*, lieutenants de vaisseau ; M. Botin & le chevalier *de Pierrevert*, enseignes ; M. Colinet, lieutenant de frégate ; MM. *Ceran de Montarnel* & *d'Arbaut*, gardes de la marine ;

M. *Broudac* , volontaire ; MM. *de Moneron* , capitaines au corps de génie ; *Bernicet* , ingénieur-géographe ; *d'Ageles* , de l'académie des sciences de Paris , comme astronome ; le chevalier *de Linsanon* , de l'académie de Turin , & correspondant de celle de Paris , comme physicien-naturaliste ; l'abbé *Mongès* , un des auteurs du journal de physique , comme chymiste & aumônier ; *Roulit* , chirurgien-major ; *le Cor* en qualité d'adjudant ; *Duché de Venoy* , comme peintre ; *Prevot* , peintre d'histoire naturelle ; *Colimon* , jardinier-botaniste , & quatre-vingt-neuf hommes d'équipages.

Sur l'*Astrolabe* se trouvent le vicomte *de l'Angle* , capitaine de vaisseau ; M. *de Monty* , lieutenant ; MM. *de la Borde* , *Marchainville de Vaugeois* & *d'Aigremont* , enseignes ; *Blondelau* , lieutenant de frégate ; *de la Borde de Bouteroillen* , *de Flasson* & *de Lauriston* , gardes de la marine ; *Monge* , astronome ; *de la Martiniere* , botaniste-naturaliste ; l'abbé *Receveur* , aumônier & naturaliste ; *Dufresne* , naturaliste ; *Prevot* , peintre ; *Lesseps* , vice-consul de France à Cronstadt , comme interprète ; *Lavau* , chirurgien , & quatre-vingt-quatorze hommes d'équipage.

31 *Octobre*. C'est le sieur *le Doux* , architecte , sur les plans & sous l'inspection duquel se construit & s'éleve la grande muraille qui doit enceindre Paris. A toutes les ouvertures qui dorénavant seront les seules portes & les seules barrieres de la capitale , on bâtit des logements pour les commis des fermes ; ils ressemblent à des citadelles par leur solidité , & en outre comme le sieur *le Doux* aime beaucoup les colonnes & en met par-tout , il n'a pas manqué de

les y prodiguer ; ce qui ajoute un air de luxe &
de magnificence à ces repaires de maltôtiers.

Les Parisiens, qui devroient s'indigner de se
voir ainsi constitués insensiblement prisonniers,
& renverser cette muraille extravagante, ne font
qu'en rire ; elle leur sert de spectacle, & ils
s'amusent à voir croître par degrés ce monument
d'esclavage & de despotisme.

31 *Octobre.* Un sieur *de Rudder* annonce que
le dimanche, 6 novembre à midi, il fera sur la
Seine, en face du quai des Théatins, l'expérience
d'une nouvelle machine appliquée à des sabots de
son invention, au moyen desquels il prétend
traverser la Seine à pied sec.

31 *Octobre.* Si l'on en croit une lettre particuliere du sieur *Blanchard*, son quinzième voyage
aérien lui a procuré encore plus d'honneurs
qu'il n'en avoit reçus & de très-extraordinaires.
Son buste a été couronné à la salle du spectacle
de Francfort sur le Mein : le comte *de Roman-
zow*, l'ambassadeur de Russie, chez lequel il
soupoit, ne pouvant résister aux acclamations
du public, le conduisit sur son balcon, deux
bougies à la main, & le présenta de la sorte au
peuple : des hommes s'attelerent à son carrosse,
& voulurent lui servir de chevaux pour le conduire à la comédie, où on se le passoit de loge
en loge : enfin l'avant - veille de son départ,
comme il étoit au spectacle, le théâtre se changea
en un superbe palais ; son buste s'éleva sur un
trône magnifique dans le temple de mémoire,
dont Apollon & les neuf sœurs gardoient l'entrée, & les trois graces avec de petits amours
lui chanterent des couplets, & vinrent le cou-
ronner en personne dans sa loge. Les récompenses

lucratives ne lui ont pas manqué ; il a reçu des boîtes d'or, des montres, des médailles & de l'argent, fans doute qu'il appelle *un très-honnête cadeau.*

Du refte, tous les princes & princeffes de l'Allemagne qui étoient alors à Francfort au nombre de cent vingt-deux, ont foufcrit pour une machine aéroftatique capable d'enlever cinquante perfonnes. Le fieur *Blanchard* eft choifi pour le conftructeur & le pilote, & elle doit être prête pour le couronnement du roi des Romains, s'il a lieu : on fait que la cérémonie s'en fait dans cette ville.

En attendant, M. *Blanchard* va tenter des moyens de direction dans les Pays-Bas où il eft à préfent, à Hambourg, à Vienne, à Varfovie, à Saint-Pétersbourg, à Rome, à Milan, à Naples, en Efpagne & dans plufieurs autres royaumes, où il eft demandé.

1. *Novembre* 1785. « J. *Philippe Fyot de la Marche*, feigneur de Neuilly en Bourgogne, à l'imitation de la rofe de Salency par Saint Médard en 530, accorda chaque année un prix d'une médaille d'argent, au garçon jugé par les peres de famille le plus fage & le plus laborieux du village. Un jeune homme eftimé dans le pays, eut le malheur de fe noyer dans l'Ouche en 1769, en conduifant un chariot de foin, quelque temps avant la diftribution de la médaille. Celui qui l'obtint, jugeant le défunt plus digne de la recevoir, l'attacha à un rameau orné de rubans, qu'il alla placer fur la tombe de fon ami, au grand étonnement des affiftants, en difant : *Je te la rends, mon cher ami ; tu la mérites mieux que moi.* »

Tel est le trait historique, consigné dans l'Encyclopédie, sur lequel M. *Desforges* s'est échauffé, & a bâti sa piece de *l'Amitié au village*, opéra comique très mal reçu à Fontaine-bleau, & qui, malgré les changements, ne méritoit pas d'être mieux accueilli à Paris, où il a été joué hier. Ce sujet est triste, froid, ennuyeux & fade; il a été soutenu par la musique de M. *Philidor*, savante, riche & brillante, sur-tout dans les accompagnements, mais peu analogue au sujet qui exigeoit plus de naturel & de chant. Quoi qu'il en soit, au moyen des billets répandus en grand nombre dans le par-terre, la piece a été jusqu'au bout, a même reçu des applaudissements, & l'auteur a été demandé à la fin. Quoi qu'on ne s'expliquât pas sur celui qu'on désiroit, le sieur *Philidor* seul s'est laissé traîner sur le théâtre. Malgré ce succès apparent, il semble impossible que l'ouvrage aille bien loin.

2 Novembre. La nuit du 31 octobre il s'est trouvé beaucoup de monde dans les galeries formant le pourtour du jardin du Palais-Royal, qui est aujourd'hui la promenade des filles du plus mauvais ton de ce quartier, des crocs & des souteneurs dont il abonde. Au moment d'un engorgement, un officier de dragons, donnant le bras à sa maîtresse, est porté par la foule sur le pied de M. l'abbé *de Luberzac*; celui-ci crie, jure; il en survient une querelle entre les deux personnages; la courtisane dit à son amant : *Après tout, ce n'est qu'un abbé qui ne vaut pas la peine qu'on s'arrête*, & elle l'emmene en même temps. L'homme d'église piqué les suit & donne un coup de pied dans le cul de la courtisane; le militaire prend fait & cause pour elle, & n'ayant

int d'armes, saisit l'abbé au collet : celui-ci
ouve des amis & des partisans qui le défen-
ront ; l'autre a les siens aussi : il en survient
me bagarre si considérable que tous les Suisses
courent, mais en trop petit nombre pour pou-
oir en imposer & arrêter le tumulte. M. le duc
de *Chartres*, qui, pendant que son palais est sans
dessus dessous, a pris un appartement sous les
galeries, étoit chez lui en ce moment, mais
pose se montrer de peur de se compromettre ;
ulement il donne ordre qu'on aille chercher
main-forte : il arrive cinq escouades de guet qui
calment enfin les mutins, mais non sans coup
férir : on parle de plusieurs blessés, d'un chevalier
de St. Louis éventré, de mutins arrêtés : quant
à l'abbé de *Luberzac*, on le dit mandé à la police, comme le moteur du désordre. Il faut se
rappeller que c'est l'auteur de plusieurs projets de
places & de monuments ; du reste de mœurs peu
ecclésiastiques & de très-mauvaise réputation.

Depuis ce temps, ont dit que les Suisses ont
ordre d'empêcher d'entrer le soir dans le jardin
des filles seules ; ce qui désole les amateurs.

2 *Novembre.* Extrait d'une lettre de Perpignan,
du 10 octobre..... Notre intendant qui voudroit
que tous les travaux de la campagne se fissent
par une louable émulation, après avoir encouragé l'agriculture en célébrant l'année derniere
une fête, dont M. *d'Arnaud* a grossi son *Recueil
des Délassements de l'Homme sensible*, vient d'en
donner une autre le 2 octobre dernier en l'honneur des vignerons de Rivezaltes, canton dont
le vin est renommé ; il a même accordé un prix
& des gratifications aux meilleurs vendangeurs.
Il espère que le vin de la récolte prochaine en
sera meilleur.

3 Novembre. Il ne paroît que depuis peu un arrêt du conseil daté de Saint-Cloud le 23 septembre, où sa majesté, sur l'avis de M. le garde-des-sceaux, ordonne la suppression d'un ouvrage en trois volumes, ayant pour titre : *Aventures & plaisante éducation du courtois chevalier Charles le Bon, sir d'Armagnac.* Il est qualifié de contraire à la religion, aux mœurs, à l'honnêteté publique & au respect dû aux souverains; dans le préambule il est dit qu'il contient des leçons & des exemples également dangereux pour la jeunesse, qu'on y parle d'une manière peu convenable des pratiques pieuses, de l'autorité & des chefs de nations; enfin que le style & les situations en sont tout-à-fait licencieux. On conçoit que cela ne peut qu'exciter la curiosité à l'égard d'un livre peu connu jusqu'à présent, & dont on ne parloit point.

3 Novembre. Outre le filet, on prétend qu'il y avoit dans la caisse le madrigal suivant :

A vous, savante enchanteresse,
O *Montesson*, l'envoi s'adresse !
Docile à mon avis follet,
Avec confiance osez tendre
Sur le champ ce galant filet,
Et quelque grace va s'y prendre.

4 Novembre. Au défaut de grandes nouvelles politiques, on s'occupe des tracasseries intérieures de la comédie françoise, occasionnées par le début de Mlle. *Vanhove;* on en jugera mieux par la lecture de la lettre suivante, qui court les sociétés, qu'on croit factice, mais qui n'en

est pas moins piquante, & fondée d'ailleurs sur
des faits connus.

Lettre de Mlle. Contat à Mde. Vanhove, datée de Paris le 25 Octobre 1785.

COMMENT, Madame, si j'en crois ce qu'on
me rapporte, vous m'accusez d'être jalouse des
succès de Mlle. *Vanhove*, de chercher à les
croiser, de descendre jusqu'à la manœuvre vile
& odieuse d'avoir dans le parquet des suppôts
gagés pour l'intimider par des sifflets & la dé-
courager ? On ne soupçonne guere de pareils
procédés qu'on ne soit capable d'en user ; mais
sans fouiller dans vos intentions, j'ai des reproches plus réels à vous faire : expliquons-
nous & répondez.

Pouviez-vous ignorer, Madame, le début
antérieur de ma sœur, quoique sans annonce,
sans prétentions, sans tout l'appareil & le fracas
de celui de Mlle. votre fille ? Pouviez - vous
ignorer que sa jeunesse, ses graces, ses talents
naissants lui avoient valu l'indulgence du public ?
Pouviez-vous ignorer que, destinée dès-lors à
remplir les emplois de jeunes amoureuses dans
le comique, elle n'étoit rentrée dans la retraite
que pour se rendre, par de nouvelles études,
plus dignes d'éloges & d'encouragement ? Non,
sans doute, & c'est presqu'au même instant
que peu satisfaite de voir triompher votre fille
dans le tragique, vous l'incitez à marcher sur
les brisées de ma sœur, & à lui ravir ses emplois dans l'autre genre. Je veux que vous ne
dussiez aucun égard à ma sœur, à moi qui de-

puis quelques années foutiens tout le poids de rôles comiques, qui ai fait réuffir les feules comédies nouvelles reftées au théâtre, qui ramene fans ceffe vers la fcene françoife la foule qui s'en écarte dès que je difparois; je ne me compte pour rien. Mais dépouiller un enfant fans défenfe & l'écrafer, c'eft une cruauté, une barbarie. Tout ce qui me révolte fur-tout, c'eft l'hypocrifie que vous y avez mife. Vous paroiffiez ne fonger qu'à faire par quelque bon mariage de Mlle. *Vanhove* une bourgoife bien coffue, bien étoffée de la rue Saint-Denis ou de la rue Saint-Honoré; & pendant que vous vous exprimiez ainfi, vous lui faifiez naître le goût du théâtre; vous allumiez dans fon cœur la foif de la gloire; à l'infu de tout le monde & même de fon pere, vous lui faifiez répéter des rôles, vous la formiez, vous follicitiez fon début. Voilà ce que je ne vous pardonnerai jamais. Oui, Madame, incapable de tracafferies fourdes & baffes, je vous déclare une guerre ouverte; fi votre fille perfifte à devenir rivale de ma fœur, je l'attaquerai non-feulement dans nos comités, je fouleverai contre elle les gens honnêtes de notre fociété; mais je la pourfuivrai jufqu'au tribunal de nos fupérieurs; j'irai, s'il le faut, me jeter aux pieds de notre augufte fouveraine, encore plus la protectrice des opprimés que des talents; & vous pouvez regarder d'avance cette lettre comme un manifefte: afin qu'elle ne refte point fecrete dans votre porte-feuille, & que tout le monde foit inftruit de votre conduite perfide, j'en fais délivrer des copies à tous mes amis: dans la crainte de ne pouvoir la faire imprimer ici, je l'envoie à tous les journaux

rangers, & j'espere que le public instruit de
cette, nous jugera & détestera cette abomina-
trahison. Paris, ce 25 octobre 1785.

Novembre. L'avocat *Marchand*, auteur facé-
connu par plusieurs bagatelles littéraires,
int de vieillesse; le Curé de Saint-Nicolas-
Champs, sur la paroisse duquel il est, le
ôte souvent & ne se rebute point de la porte
mée, comme le malade tombe dans une
ce d'enfance, le zele du Pasteur espere enfin
venir à bout & le faire mourir très-chré-
nnement.

Novembre. On ne voit encore d'autre ré-
se à la lettre vraie ou fictive de Mlle. *Contat*
madame *Vanhove* que le madrigal suivant, que
nt courir les partisans de la nouvelle actrice, à
quelle il est adressé :

> Que *Contat*, nouvelle *Eriphile*,
> Contre toi de l'envie épuise tous les traits,
> Paris répond avec *Achille*,
> *Vous m'envoyez encor plus épris que jamais.*

Ce vers tiré de l'*Iphigénie* de *Racine* est d'au-
ant plus heureusement appliqué ici, qu'en effet
utes les fois qu'*Achille* le disoit durant les
buts de Mlle. *Vanhove* qui faisoit, comme l'on
t, le rôle de la fille d'*Agamemnon*, le parterre
issoit l'allusion & applaudissoit à tout rompre.
e madrigal, attribué à un jeune homme de
eaucoup d'esprit, nommé M. *Salior*, a été
it par *impromptu* dans un souper où ils se
ncontroit pour la premiere fois avec la famille
es *Vanhove*.

6 Novembre. L'apologue oriental où l'on raconté dans le plus grand détail toute l'affaire du collier est inséré dans une *lettre de la C. M. à l'abbé G.* C'est une réponse fictive de la comtesse *de Marsan* à la lettre de l'abbé *Georgel* qu'on a rapportée dans le temps. On a affecté de faire tomber dans les mains du roi ce pamphlet imprimé au rouleau. La Reine y est désignée sous le nom de *Myria*, & comme il est tout entier à la gloire de la souveraine, son auguste époux l'a goûté, a même adopté ce nom & depuis ce temps-là a appellé plusieurs fois la Reine, *sa chere Myria* : outre l'anecdote du jour, ce conte allégorique rappelle d'autres faits & gestes qui ne font pas plus d'honneur au héros. Ce font fa vie & fes mœurs, préfentée fous le point de vue le plus honteux.

7 Novembre. Depuis plusieurs jours on parle d'une ceffion de tous fes biens, faite par *Monfieur* au duc de *Normandie.* On tient la chofe pour fûre aujourd'hui. Elle eft d'autant plus extraordinaire qu'elle fembleroit annoncer quelque inimitié fecrete entre ce prince & le comte *d'Artois*, fon frere, dont il fruftre ainfi cruellement les enfants; cependant comme on ne fache rien qui puiffe autorifer ce foupçon, on regarde cette conduite fimplement comme un coup de politique, & l'on croit que c'eft le fruit de confeils de M. *Cromo.* En effet fuivant cette combinaifon, de cet événement il réfulteroit une coalition entre la Reine & *Monfieur*, qui pour condition fecrete, entreroit au confeil. De fon côté fa majefté tiendroit à une diftance convenable ceux qui ont aujourd'hui fa confiance & la donneroit toute entiere à cette alteffe

royale. Ils aideroient ainsi le Roi à soutenir le
poids des affaires, & les choses n'en iroient que
mieux, avec le secours d'un prince instruit,
sage, appliqué, économe, peu livré au plaisir,
& intéressé personnellement à la conservation
& à la prospérité du royaume. Le temps seul
dévoilera tous ces mysteres.

7 Novembre. Un nouveau *supplément au
Journal de Paris*, en date du 11 octobre, paroît
encore imprimé au rouleau. Il est toujours
principalement dirigé contre M. *de Calonne* &
révele plusieurs anecdotes qui ne lui feroient
point honneur, si elles étoient vraies. Ce qui
décrédite fort l'écrivain, c'est d'impliquer dans
tout cela le comte *de Vergennes*, dont les mœurs,
le caractere & la réputation ne paroissent guere
compatir avec une pareille association.

8 Novembre. M. le contrôleur-général voulant
sans doute donner un dernier coup de collier
en faveur de son emprunt, avoit chargé le
comte *de Mirabeau* d'écrire contre les *Actions
des eaux*, montées comme certains effets particuliers ou étrangers à un prix fou. L'auteur
dans sa brochure pleine de logique & écrite avec
le feu & l'éloquence qu'il répand jusques dans
les matieres les plus abstraites, découvre d'une
façon bien sensible l'extravagance de cet agiotage.
Messieurs *Perrier* en ont été furieux : ils ont senti
le danger de laisser s'accréditer une pareille
diatribe : en conséquence ils ont eu recours au
sieur *de Beaumarchais* ; ils lui ont remis leurs
papiers & l'ont chargé de répondre.

8 Novembre. Extrait d'une lettre de Fontainebleau, du 7 novembre.... Il y a une rivalité
de goût absolument ouverte entre la cour &

la ville. *Themistocle* est tout-à-fait tombé
& *Penelope*, dont les répétitions avoient tant
chanté les Parisiens, n'a guere mieux réu
Dardanus, au contraire, dont ils étoient dégoû
a joui d'un plein succès. M. *Sacchini* dans l'ex
de sa joie , s'est écrié qu'il avoit fait cet opé
pour la cour, que son suffrage lui suffisoit
qu'il se f..... de ceux de la ville. Quant
sieur *Morel*, ayant refusé de mettre en musiq
un de ses ouvrages, il lui avoit juré une hai
immortelle, l'avoit menacé par ses manœuv
& par son crédit dans la troupe lyrique de fai
tomber tous ses opéra. M. *Sacchini* n'avoit p
manqué d'en instruire la Reine, & sa majesté s'
fait un plaisir de venger son protégé.

Du reste *Dardanus*, dans le principe en quat
actes, n'est plus qu'en trois.

9 *Novembre*. On assure que la Reine s'est
bien trouvée dans son yacht, qu'elle a réso
de s'en servir pour revenir de Fontaineblea
Comme il y a une cheminée dans son appart
ment, la rigueur de la saison n'y fait poi
obstacle ; il y a une autre cheminée dans
cuisine, en cas que sa majesté veuille mang
un poulet.

9 *Novembre*. Autre *Supplément au Journal*
Paris du 27 octobre 1785. C'est un acha
sement affreux contre M. *de Calonne*. Da
celui-ci on tient note jour par jour de tout
qu'il a fait depuis le commencement du voyag
ou plutôt de ce qu'il n'a pas fait ; car, à
croire ce journal, il n'auroit vaqué qu'à ses plaisi
& n'auroit trouvé aucun moment pour le trava

En outre, on trouve dans ce pamphlet u
lettre fictive de ce ministre, où l'on lui fait d

mander à M. *d'Autun* pour fon frere, l'évêché de Saint-Malo, vacant. Cette lettre eft plaifante relativement à l'abbé *de Calonne*, qui paffe pour un affez mauvais fujet comme eccléfiaftique.

10 *Novembre*. M. *Pierre Rouffeau de Touloufe*, confeiller aulique de l'électeur Palatin, vient de fuccomber enfin à de longues & cruelles fouf-frances. On ne fait encore à qui le journal encyclopédique fera confié. Outre la manufacture qui lui appartenoit en propriété, cet homme de lettres travailloit depuis long temps avec beaucoup de fuccès à cet ouvrage périodique né fous fa plume. Il paroît qu'il a très-bien foute-nu fon rôle d'encyclopédifte, & qu'il eft mort philofophiquement. M. le curé de Saint-Roch étoit venu le voir une fois & il avoit été admis depuis cette premiere vifite, le malade repofoit toujours, lorfque le pafteur fe préfentoit.

10 *Novembre*. Ces *fuppléments au journal de Paris*, qui prennent le train de fe fuccéder périodi-quement & fréquemment, ne laiffent pas que d'intriguer la police; on les attribue à la fociété d'un ex-miniftre, qui fe venge ainfi du tour qu'on lui a joué en l'expulfant peu après fon exaltation. Quoi qu'il foit doux & honnête, on le foupçonne rancunier. En tout cas ces pamphlets ne peuvent s'attribuer qu'à des gens bien inftruits des opérations & des marches de MM. *de Calonne* : en outre, il faut qu'ils aient de certains entours & des facilités peu commu-nes pour l'impreffion de ces feuilles & pour fe fouftraire pendant un fi long efpace de temps à la vigilance des efpions & aux recherches des prépofés à cette inquifition; il faut encore qu'ils foient en état de faire des facrifices pécuniaires

confidérables , d'autant que la diftribution s'en fait par amis & gratuitement ; enfin ce ne peut être qu'animé de quelque paffion violente , qu'on fe livre aux embarras, aux inquiétudes qu'en traîne ce genre de manœuvres clandeftines & multipliées.

10 *Novembre.* La Reine eft fi contente de fo yacht qu'elle veut faire avoir un bon de fermie général au fieur *Leleu*, l'un des entrepreneurs d fa conftruction.

11 *Novembre.* On a annoncé que le fieur *Au dinot* avoit repris la direction de fon fpectacle à la grande fatisfaction du public ; il s'eft affoci un fieur *Arnould*, & tous deux cherchent à foute nir leur entreprife en raffemblant les circonftance les plus propres à piquer la curiofité. Depui long-temps le premier avoit donné une panto mime, où eft repréfentée l'aventure du fieur *Gilet*, qu'on a vu récemment expofée au falon dans un tableau de M. *Ville*. A cette occafion on a découvert que ce brave maréchal-des-logi étoit à l'hôtel des Invalides. Le fieur *Audino* a imaginé de l'inviter d'affifter à une repréfen tation de la pantomime le lundi quatorze d ce mois, avec un grouppe de fes camarades auxquels on réfervera la premiere banquette. s'eft flatté avec raifon que chacun s'empreffero de voir ce perfonnage vénérable qui a foixante feize ans aujourd'hui & en avoit déjà foixante treize lors de fon combat généreux.

11 *Novembre.* Il paroît des exemplaires d'u mémoire de vingt pages d'impreffion, in quarto fervant de réponfe à la derniere déclaration d la cour de Berlin. Il a pour titre : *Examen d motifs d'une affociation pour la confervation*

la constitution de l'empire, exposés par sa majesté le roi de Prusse, & adressés de sa part à ses co-états de l'empire & à d'autres cours de l'Europe.

11 *Novembre.* Mlle. *Fanier* a peine à revenir du coup que lui a porté la mort de M. *de Lar-boulerie,* son ancien ami, arrivée subitement chez elle en jouant. Ce capitaine aux gardes vivoit depuis vingt ans chez cette actrice & lui étoit si fort attaché, qu'en se mariant il avoit mis pour condition que sa femme resteroit dans ses terres en Auvergne, autant par économie qu'afin que rien ne pût troubler son union avec la cour-tisane en question. Il y tenoit bureau d'esprit avec le président *d'Héricourt* & d'autres commen-saux de Mlle. *Fanier,* & s'étoit ainsi formé un peu à la littérature. Il y a environ quinze jours qu'elle est dans le deuil & la douleur de cette perte irréparable. D'un autre côté, la famille se plaint du désordre énorme qui a résulté de ce commerce dans la fortune de M. *de Larbou-lerie,* qui se trouve, sans aucune dépense appa-rente, endetté de cinquante mille écus.

12 *Novembre.* On a distribué depuis peu anony-mement chez les banquiers & dans le public, sans savoir ni comment ni pourquoi, trois tableaux concernant les forces & les finances du royaume. C'est un beau jeune homme qui vient les offrir moyennant finance, mais sans vous taxer. Ces tableaux sont de la plus grande beauté, mais exagérés dans leurs calculs; on présume avec raison que l'auteur est autorisé par le ministere à se pré-senter ainsi dans les maisons, autrement il auroit été déjà arrêté.

52 Novembre. *Relation de la séance publique de l'académie royale des sciences pour sa rentrée d'après la St. Martin.*

Les prix sont aujourd'hui si multipliés, qu'il est à craindre qu'ils ne deviennent trops communs, & que le vrai mérite ne les dédaigne. Les annonces seules ont tenu un temps considérable ; c'est, suivant l'usage, le secretaire de la compagnie qui les a promulguées.

1°. Conformément aux intentions du roi, l'académie avoit proposé pour 1783, un prix de deux mille quatre cents livres, dont le sujet étoit *de trouver le procédé le plus simple & le plus économique pour décomposer en grand le sel de la mer, en extraire l'alkali qui lui sert de base dans son état de pureté, dégagé de toute combinaison acide ou autre, sans que la valeur de cet alkali minéral excede le prix de celui que l'on tire des meilleures soudes étrangeres.*

Les mémoires envoyés n'ayant pas, au jugement de l'académie, suffisamment rempli le but du gouvernement en 1783, elle a remis le prix pour 1785 ; elle n'a pas été encore entiérement satisfaite à ce concours, & propose pour la troisieme fois la même question. L'académie s'expliquera définitivement dans l'assemblée publique de Pâques 1788.

2°. L'académie se trouvant à portée de disposer d'un fonds propre à donner un prix tous les deux ans, depuis 1777 a joint un prix de physique au prix de mathématiques, qu'elle est dans l'usage de proposer annuellement. Le sujet pour la prochaine proclamation est la question suivante : *Expofer les principes de la meilleure méthode, d'après laquelle les obfervateurs devroient étudier & décrire l'hiftoire minéralogique d'un canton ou d'une province;* l'académie exige que l'auteur *faffe l'application de fa méthode à un canton, même d'une petite étendue.*

Le prix de quinze cents livres fera décerné dans l'affemblée publique de Pâques 1787.

3º. Un amateur éclairé des fciences a propofé à l'académie de fe charger du jugement d'un prix fur la queftion fuivante: *On fuppofe 1º. qu'un vaiffeau connu de poids, de forme, de pofition, fe meuve fur la furface de la mer, fuppofée plane & horizontale, avec une viteffe donnée & parallélement à fa quille : 2º. Qu'une caufe quelconque faffe naître, fur la furface de la mer, une onde ou lame circulaire unique, dont le centre foit placé fur le prolongement de la quille, & dont on connoiffe la forme, ou à l'origine, ou dans un certain inftant de fa durée : 3º. Que cette lame, en vertu de fa viteffe, atteigne le vaiffeau;* cela pofé, on demande les changements que la lame fera naître dans les mouvements du vaiffeau, foit par le choc, foit par la différence des preffions. Cette propofition a été acceptée par l'académie, & elle décernera le prix dans fon affemblée publique d'après Pâques 1787. Malheureufement ce prix n'eft que de deux cents quarante livres & plufieurs auditeurs ont obfervé que c'étoit bien peu d'argent pour tant de chofes.

4º. Un citoyen anonyme a fondé un prix de mille quatre-vingts livres, en faveur *d'un mémoire foutenu d'expériences, qui tendra à fimplifier les procédés de quelque art méchanique.* L'académie entrant dans les vues du fondateur, avoit pro-

C 2

poſé pour le premier prix en ce genre le ſujet ſuivant : *de perfectionner la conſtruction des moulins à eau, ſur-tout de leurs parties intérieures*, &c. Il devoit être adjugé à Pâques 1784, & il avoit été remis pour cette ſéance actuelle. C'eſt un M. *Dranſy*, ingénieur du Roi, qui l'a obtenu. Quelques obſervateurs dans la ſéance ont prétendu qu'il étoit abſolument incapable d'avoir compoſé ſon mémoire, que c'étoit un homme des plus ineptes.

Cependant le ſecretaire a ajouté, que l'académie en couronnant M. *Dranſy*, l'invitoit à continuer ſes recherches ſur un art dont il s'eſt beaucoup occupé, & ſi digne par ſon objet de toute l'application d'un homme inſtruit.

5°. Le ſujet du prix à décerner à Pâques 1787 eſt : *la meilleure maniere de diſtribuer, ſuivant des rapports donnés, un volume déterminé d'eau entre les differents quartiers d'une ville, en ayant égard aux divers accidents du terrain, c'eſt-à-dire aux inégalités des hauteurs des lieux, où les eaux doivent être envoyées, aux pentes & aux ſinuoſités du terrain.*

6°. L'académie avoit propoſé encore pour un prix qu'elle devoit adjuger en 1784, & dû également au zele du même citoyen anonyme, le ſujet ſuivant : *Déterminer la nature & les cauſes des maladies des ouvriers employés dans la fabrique des chapeaux, particuliérement ceux qui ſecretent, & la meilleure maniere de les préſerver de ces maladies :* n'ayant pas été pleinement ſatisfaite des mémoires envoyés à cette époque, elle remit le prix pour cette ſéance-ci, & c'eſt M. *Henri-Albert Goſſe* de Geneve qui l'a mérité ; il avoit déjà remporté le prix de 1783, ſur un ſujet du même genre.

Le fecretaire en conféquence en nommant le *Laureat*, y a joint le compliment fuivant :

L'académie, en couronnant deux fois les travaux de M. *Goffe*, voit avec beaucoup d'intérêt, que la claffe des hommes qui, par leur état, font expofés à des accidents graves, attire conftamment l'attention de ce chymifte eftimable ; que fes regards fe portent naturellement fur cette multitude d'ouvriers fi dignes qu'on veille pour eux, & qu'il trouve une véritable gloire à leur vouer fes talents.

7°. M. *de Condorcet* a ajouté : Le public voit avec reconnoiffance combien le fondateur de ces prix défire de contribuer au progrès des arts par de tels encouragements : un fentiment bien capable de remuer les hommes a déjà porté, comme on a vu, ce vertueux citoyen à exciter l'émulation parmi les favants, pour qu'ils s'occupent en particulier de la confervation d'un très-grand nombre d'artifans, dont la fanté eft fouvent altérée par la nature même du travail qui les fait fubfifter.

L'académie, toujours empreffée d'entrer dans des vues qui vont directement au bien de l'humanité, propofe, pour le fujet d'un fecond prix : *La recherche des moyens par lefquels on pourroit garantir les broyeurs de couleurs des maladies qui les attaquent fréquemment, & qui font la fuite de leur travail.* Quoique le métier qu'ils exercent foit fimple en lui - même, n'exigeant de leur part qu'un peu d'habitude, & fur-tout de la propreté, cependant l'académie invite les auteurs qui travailleront fur ce fujet, à donner une defcription exacte de ce métier : elle attend d'eux encore qu'ils entreront dans un détail circonftancié des différentes matieres qu'emploient les broyeurs de couleurs, des mélanges qu'ils font obligés de faire, & des effets dangereux qui en réfultent affez fouvent. L'académie défire principalement que les auteurs tournent toute leur application du côté des moyens par lefquels il fera poffible de mettre ces ouvriers à l'abri de tout accident, fans nuire à l'exactitude de leur travail, & au broiement complet des couleurs, qui en eft le véritable but.

On remarque avec peine que les atteliers de ces artifans font, pour l'ordinaire, très-refferrés ; qu'en général ils fervent de dépôt pour les matieres, nuifibles par elles mêmes, dont on y fait ufage, & qu'ils font privés de courants d'air qui en diminueroient le danger.

L'académie ne doute point que les auteurs qui lui préfenteront des mémoires fur ce fujet intéreffant, ne foient frappés de ce dernier inconvénient que l'artifan, ou néglige par un défaut de réflexion, ou n'évite point par un défaut d'aifance, & qu'ils n'infiftent fur les avantages d'un attelier un peu vafte, féparé du dépôt des matieres dont les couleurs font compofées, & dans l'étendue duquel l'air foit fans ceffe renouvellé.

Trois éloges & fix mémoires ont partagé le refte de la féance.

M. le marquis *de Condorcet* a payé d'abord le tribut aux manes de M. *Wargentin*, aftronome célebre, & fecretaire de l'académie de Stockholm. Cet éloge a été très-court. Le défunt n'étoit que depuis peu affocié étranger ; il a été fur-tout queftion de la maniere dont il rempliffoit fes fonctions dans fa dignité. Il a vraifemblablement

écrit en suédois les mémoires de sa compagnie ,
car c'est sur parole seulement que le panégyriste
a vanté son style simple , clair , méthodique &
très-adapté au genre : l'académie des sciences
de Suede lui a fait frapper une médaille , honneur qu'elle ne rend qu'à ses membres les plus
distingués , & qu'il méritoit d'autant mieux ,
que la gloire seule l'animoir : ainsi que différents
de nos savants les plus renommés , il ne s'étoit
nullement occupé de sa fortune ; il auroit péri
dans la détresse , si sa compagnie ne lui eût
accordé au lit de la mort en quelque sorte , une
gratification sur les fonds dont elle dispose , &
n'eût obtenu du gouvernement pour ses enfants
une pension ; nouvelle qui rassura sa tendresse &
le fit expirer tranquillement.

Le premier mémoire lu étoit de M. d'*Aubenton*,
sur l'amélioration des laines en France. Comme il
rentre dans ce qu'on a dit déjà sur cette matiere , il seroit superflu de s'y étendre davantage.

Le second de M. *Gentil*, rouloit *sur l'origine,
du zodiaque* ; mémoire trop scientifique pour
être susceptible d'analyse : le galant académicien
a trouvé cependant le secret d'y faire venir
l'éloge de la femme à l'occasion du signe de la
vierge , sous l'emblême duquel il a prétendu
qu'on vouloit désigner la fécondité de la terre ;
idée aussi bizarre qu'absurde.

Pour dédommager de l'aridité de ces deux
lectures , M. *de Condorcet* leur a fait succéder
l'éloge du comte de Milly ; après avoir vanté l'ancienneté de sa naissance , rendu compte de ses
services militaires , il est convenu que son héros
n'avoit commencé à se livrer aux sciences qu'à

la paix de 1762 ; c'est-à-dire, trop tard pour avoir acquis des connoissances profondes. Il s'est étendu sur l'attrait du comte *de Milly* pour les secrets dont il étoit le protecteur, & est devenu la victime ; car, quoiqu'il fût d'une constitution très-robuste, à force de vouloir tâter de tous, il en a rencontré un qui l'a fait périr encore à la fleur de l'âge. Par ce goût pour les choses mystérieuses, le comte *de Milly* avoit donné avec enthousiasme dans la franc-maçonnerie, où il possédoit des dignités éminentes. Le secretaire a profité de cette circonstance pour se livrer à une digression intéressante sur cet ordre innocent, qu'il a vengé des calomnies du fanatisme & des persécutions de l'autorité alarmée mal-à-propos.

Troisième mémoire de M. *de Fougeroux*, sur *l'utilité des étuves à dessécher les grains*. On peut les conserver un siecle avec un pareil secours.

M. *Duséjour* a lu ensuite la *préface d'un grand ouvrage qu'il se propose de publier sur l'astronomie*. Il y annonce les vues d'un homme de génie qui embrasse les choses en grand, & se fera un nom immortel parmi ses confreres, si l'exécution répond à l'ensemble de son plan. Il s'agit d'une méthode générale, directe & rigoureuse, pour résoudre les problèmes de cette science, principalement concernant les éclipses, résolus jusqu'à présent seulement par des méthodes indirectes & particulieres, souvent imparfaites.

Troisième & dernier éloge : c'étoit celui de M. *de Cassini de Thury*. Il est fâcheux que cet académicien, très-vain de son naturel, n'ait pas pu avoir eu de son vivant un avant-goût de ce discours ; son amour-propre en auroit été infi-

ſiment flatté. M. *de Condorcet* a parlé fort au
long, entr'autres choſes, du plus bel ouvrage
de ce défunt, du plan topographique de la
France, dont il lui attribue & l'idée & l'exécution. Il avoit d'abord été entrepris avec l'approbation particuliere de *Louis XV* & aux frais du
gouvernement, qui lui retira ſes ſecours, &
c'eſt depuis devenu la ſpéculation mercantille
d'une compagnie.

Cependant le Roi continua de fournir des
encouragements de ſa caſſette, mais ſans contrarier ſes miniſtres pour le ſurplus.

M. le comte *de Caſſini*, fils de M. *de Thury*,
eſt le quatrieme académicien en ligne directe de
cette famille, qui depuis 1669 a conſtamment
& ſans interruption fourni des aſtronomes à
cette ſavante compagnie.

Le cinquieme mémoire de M. *de Fourcroy*,
rouloit *ſur la maniere de ſéparer le gaz hépatique
& le ſoufre des eaux minérales.*

M. *Brouſſonnet* a terminé la ſéance par le
ſixieme mémoire *ſur les dents de l'homme, com-
parées à celles des eſpeces carnivores & frugivores.*
Après avoir établi que la dentition parfaite eſt
compoſée de trente-deux dents, dont vingt
propres à l'eſpece frugivores, & douze à l'eſpece
carnivore, il en a déduit un précepte d'hygiene
qui paroîtra tiré de bien loin ; c'eſt que la nature
nous indique par-là à mélanger dans la même
proportion les aliments extraits du regne végétal
& ceux du regne animal.

13 *Novembre.* On exalte beaucoup en ce moment un petit tableau d'une nouvelle artiſte qui
ſe nomme Mlle. *Beaulieu*, éleve de M. *Greuze.*
Cette jeune perſonne a repréſenté ſur une ſu-

C 5

perficie de trente-quatre pouces de hauteur fur
vingt-fept de largeur , *la mufe de la poéfie livrée
aux regrets que lui caufe la mort de Voltaire*. A
en croire tous fes enthoufiaftes , la compofition,
imaginée avec fageffe & exécutée avec intelligence , eft entiérement relative au fujet & dans
le ton poétique qu'il exige. Le deffin en eft
correct, la lumiere bien compofée , l'artifice du
clair obfcur bien entendu, les objets exactement
placés fur le plan, la draperie jetée avec grace
& avec cette modeftie qui pare la nature ; le coloris en eft vrai, les teintes parfaitement bien
fondues. Mlle. de *Baulieu* n'a pas encore le faire
affuré & la touche mâle qui caractérife les grands
maîtres ; mais elle s'attache tellement à l'imitation de la nature, elle en a tellement faifi le
ton & les effets, qu'elle s'approchera , fi elle
continue, de la maniere du *Correge*. On trouve
encore dans fes têtes le ftyle de *Vandyck*. Il faut
voir fes ouvrages pour juger fi, comme c'eft à
préfumer, il n'y a pas beaucoup d'exagération
dans ces louanges.

13 *Novembre*. Extrait d'une lettre de Troies
du 6 novembre..... Nous venons de perdre un
de nos concitoyens qui mérite d'être regretté,
c'eft M. *Grofley*, érudit , membre de l'académie
royale des infcriptions & belles - lettres, de la
fociété royale de Londres , &c. C'étoit en outre
un obfervateur judicieux, de qui l'on a beaucoup
d'ouvrages inftructifs : celui intitulé *Londres* a
fait le plus de bruit. Il eft mort le 4 de ce mois,
âgé de foixante fept ans.

14 *Novembre*. L'ouvrage fupprimé par l'arrêt
du confeil dont on a parlé, eft de M. *Mayer*,
& avoit été imprimé avec toutes les formalités

exigées ; c'est le nouveau chef de la librairie, M. *Vidaud de la Tour*, qui, plus scrupuleux que ses prédécesseurs, en a requis la suppression.

Le fond en est légérement historique, & du reste ce n'est qu'un roman écrit en style un peu gaulois, pour se rapprocher mieux du temps du héros ; le costume y est parfaitement observé ; l'auteur pour rendre son ouvrage plus piquant, y a peint des personnages modernes très-connus, tels que le duc *de Choiseul* : en tout beaucoup d'imagination, de galanterie, de licence, de philosophie, de force & de hardiesse caractérisent cette production, la rendent très-digne du sort qu'elle a éprouvé & des anathêmes des deux puissances.

14 *Novembre*. Extrait d'une lettre de Moulins, du 8 novembre. . . . . . En passant par cette ville j'apprends une anecdote que vous ne serez pas fâché de savoir, d'autant que je ne l'ai vu consignée nulle part. M. *Necker*, revenant des pays méridionaux, il y a quelques mois, changeoit de chevaux à la poste : dans l'intervalle il étoit allé visiter aux urselines le mausolée du duc *de Montmorency*, que *Pigal* regardoit comme supérieur à celui du cardinal *de Richelieu* : le bruit cependant se répandoit de l'arrivée de M. *Necker*, & il s'amassoit beaucoup de monde dans l'église. Un jeune homme présent s'enthousiasme à l'instant ; il écrit avec un crayon le quatrain suivant :

A M. Necker, *ancien directeur-général des finances.*

D'un héros malheureux tu pleures sur la tombe :
Tu nous fais, ô *Necker*, couler aussi des pleurs ;
Toujours donc un grand homme a des persécuteurs,
Et tôt ou tard, hélas ! sous leurs coups il succombe.

Ce quatrain transmis de main en main, parvient bientôt à l'ex-ministre & à sa femme, qui veulent en connoître l'auteur ; mais il avoit disparu.

L'anecdote est d'autant plus précieuse, que M. *Guéau de Réverseaux*, alors intendant de Moulins, a été un des agents principaux de la disgrace de M. *Necker*, qu'il n'en étoit devenu que plus odieux au peuple de cette ville , qui l'auroit écharpé, si l'on n'eût retiré d'ici ce commissaire départi pour l'envoyer à la Rochelle.....

15 *Novembre*. Les craintes augmentent pour le bois, à cause des précautions extrêmes du gouvernement, qui , suivant les derniers ordres, ne laisse distribuer cette denrée sur le champ que par demi-voie ; pour en avoir une , il faut une journée entière. Les vexations des marchands s'accroissent en proportion, & les légeres amendes qu'on prononce contre eux ne les corrigent pas, n'étant nullement proportionnées aux bénéfices énormes de leurs friponneries.

Le 24 du mois d'octobre le bureau de la ville, provoqué par la chambre des vacations à la veille de se séparer, a rendu une ordonnance nouvelle pour arrêter un abus criant ; par lequel ces marchands mêloient du *bois blanc*, c'est-à-dire le plus mauvais bois, & le faisoient passer pour bois de gravier ou bois de compte : il leur est ordonné de le mettre absolument à part pour ne le distribuer qu'aux boulangers, auxquels il est nécessaire , & l'on prend même des précautions , afin d'empêcher que d'autres , sous ce prétexte, de la fausse qualité de boulangers, ne l'enlevent avant que les chantiers en soient garnis dans la quantité suffisante ; ce qui sem-

seroit en annoncer une disette, & ne contribuera
pas à dissiper les frayeurs.

15. Novembre. *Relation de la séance publique de
l'académie royale des inscriptions & belles-lettres,
pour sa rentrée d'après la saint Martin.*

Les soins du nouveau secretaire, afin de garnir
d'auditeurs les assemblées publiques de sa compagnie, se soutiennent & ont quelque succès.

On a commencé par décerner le prix dont le
sujet étoit, *l'état de l'architecture chez les Egyptiens, & ce que les Grecs paroissent en avoir em-
prunté.* Il a été remporté par un M. *Quatremer
de Quincy.*

On a annoncé que le sujet proposé pour le
prix que l'académie devoit décerner à Pâques
1783, remis à Pâques 1785, l'étoit de nouveau
à Pâques 1787 : il consiste à *déterminer quelle
étoit l'étendue des domaines de la couronne, lors
de l'avénement de* Hugues Capet *au trône ; quelles
possessions ce prince y ajouta ; comment & par quels
moyens ces domaines s'accrurent jusqu'au regne de*
Philippe-Auguste *exclusivement ?*

L'académie observe qu'elle n'entend par domaine, 1. *Que les domaines proprement dits, ou
possessions territoriales ; 2. les droits féodaux utiles,
représentant les domaines aliénés ; les droits attachés à la souveraineté, tels que les droits de monnoie, de gîte, de riviere, de voirie,* &c.

On a distribué ensuite le programme d'un
prix extraordinaire en faveur du *meilleur éloge
historique de M. l'abbé de Mably.* On en a déjà
parlé. La médaille d'or de la valeur de douze

cents livres fera donnée dans l'affemblée publique
d'après la Saint-Martin 1786.

M. *Dacier*, après ces préliminaires, a ouvert
la féance par *l'éloge de M. Séguier* : c'étoit un
grand antiquaire, il aimoit fur-tout les médailles ; fon goût ou plutôt fa paffion pour ce
genre de monuments fe manifefta dès l'âge de
dix ans à l'occafion d'une médaille qu'il gagna
au jeu à l'un de fes camarades : depuis ayant
appris que des ouvriers avoient trouvé des médailles dans un puits, il s'y fit defcendre dans
la nuit de complot avec des écoliers de fon âge,
qui ne purent l'en retirer ; de forte qu'il fut
obligé d'y refter qu'au jour. Une autre fois,
n'ayant pu acquérir des médailles qui étoient
trop cheres pour fes médiocres revenus, il en
tomba férieufement malade, & penfa en mourir ;
tout cela contrarioit fort les volontés de fes
parents qui auroient défiré le deftiner à la magiftrature, mais inutilement ; entraîné par fon
penchant il voyagea en Italie, où il fe lia de
l'amitié la plus étroite avec le marquis de *Maffei*,
amitié qui a duré jufqu'à la mort.

M. *Séguier* avoit une fagacité merveilleufe
pour deviner les infcriptions effacées ; il en donna
une preuve à l'occafion d'une de Nîmes, fa
patrie, qui depuis long-temps étoit le défefpoir
de tous les antiquaires.

Tels font les faits les plus frappants de cet
éloge bien digéré, rempli de vues fines & de
chofes ingénieufes, mais qui tenant à l'à-propos, perdroient tout leur mérite à être ifolées.

M. *Séguier*, réfidant en province, n'avoit pu
avoir qu'une place d'affocié-libre-regnicole ; il
eft mort très âgé, membre d'une foule d'acadé-

mies, & protecteur de celle de Nîmes ; titre fastueux que sa modestie auroit voulu refuser.

A cet éloge ont succédé quatre mémoires.

1. Un *sur le songe du vergier*, par M. *Camus.* Ce vieux manuscrit est un des plus utiles à ceux qui veulent défendre les libertés de l'église gallicane. On n'en connoît point l'auteur ; l'académicien ne fait que hasarder des conjectures à cet égard. Il fut composé sous le regne de *Charles V* ; il en donne l'analyse qui est une fiction : les détails dans lesquels il entre, sont très-propres à exciter l'envie de le lire ; il en cite des morceaux satiriques qui doivent le rendre tout-à-fait piquant : enfin le savant académicien indique où l'on peut chercher les copies les plus exactes & les plus completes d'un ouvrage aussi capital, défiguré dans l'impression, & sur-tout dans les especes de traductions plus françoises qu'on en a voulu faire.

Cette notice n'est qu'une partie du travail général de M. *Camus,* sur les monuments relatifs aux libertés du royaume & de l'église Gallicane depuis la fin du huitieme siecle jusqu'à la fin du seizieme.

Ce début de M. *Camus,* un des nouveaux associés, lui fait infiniment d'honneur ; il regne dans son mémoire, la clarté, la méthode, la précision, l'esprit de jugement & d'analyse de l'académicien le plus consommé.

2. Dom *Clément,* bénédictin, autre nouvel associé de l'académie, en vertu du changement survenu dans la compagnie, n'a pas été aussi heureux que son confrere dom *Poirier,* dans la précédente séance. Celui-là s'est donné pour tâche d'assigner *l'époque juste de la mort du roi Robert,*

premier & de l'avénement de son fils Henri premier au trône.

Il prouve par des monuments de toute espece que ce double événement appartient à l'an 1031, & non pas à l'année 1033, comme le prétend le célebre auteur de la cométographie, fondé sur une éclipse arrivée le vingt-neuf juin 1033, & donnée par *Helgaud* dans la vie de *Robert* pour une annonce de la mort de ce Prince. Il est entré là-dessus dans des détails très-savants sur la maniere de fixer la chronologie ; il a même prouvé assez invinciblement l'insuffisance de l'application de l'astronomie à cette science : mais on ne peut disconvenir que ce sujet ne fût trop ingrat pour une séance publique.

3°. Le mémoire de M. *de Sainte-Croix*, *sur les révolutions & la législation des anciennes républiques de la Sicile*, au contraire plus historique que savant, a obtenu l'attention des auditeurs, quoiqu'ils ne vissent aucune découverte nouvelle, aucune méthode particuliere, aucun système capable de fixer les regards des érudits.

Au surplus, c'est le quatrieme de l'auteur sur les loix & le gouvernement des colonies grecques. Il y offre le tableau des calamités que firent éprouver l'anarchie, la licence & la tyrannie. Il renferme des détails concernant la législation que *Dioclès* donna aux Syracusains, & sur les réglements auxquels Rome soumit tous les Siciliens.

4°. M. l'abbé *Brothier* a parfaitement soutenu sa réputation dans sa dissertation *sur les Labyrinthes* : il s'est attaché spécialement à ceux d'Egypte. Il a parlé de trois principaux. L'objet de ces grands monuments destinés à servir de tombeaux

aux Rois, d'une étendue immense, & enrichis avec une profusion de magnificence incroyable, étoit très-moral. Les Egyptiens, le peuple le plus sage de l'antiquité, avoient pour maxime que l'homme ne commençoit à vivre qu'après sa mort ; & en conséquence ils lui fabriquoient des habitations proportionnées à sa durée. On voit que cette allégorie tient fort à nos idées religieuses.

15 *Novembre.* Les comédiens françois ont joué hier pour la premiere fois *le Roi Edgard*, Roi d'Angleterre, ou *le Page supposé* : cette comédie nouvelle étoit sur le répertoire de Fontainebleau & devoit y être représentée ; mais le séjour abrégé de la cour en ce lieu ayant forcé de retirer certaines nouveautés, celle-ci a été du nombre. C'est l'ouvrage d'un écolier, où il ne se trouve ni invention, ni dialogue, ni bienséance. Le poëte est M. le chevalier *de Chenier*, jeune militaire, qui auroit besoin de laisser mûrir ses ouvrages. On assure que les comédiens en ont reçu plusieurs autres, vraisemblablement de la même force.

Ce qui fait désespérer du débutant, c'est qu'il est très présomptueux & parle avec dédain non seulement de ses contemporains, mais des meilleurs auteurs classiques. Il a fait présent de son ouvrage au pere *Vanhove*, qui l'avoit abandonné à sa fille ; mais les huées du public seront malheureusement la seule recette qu'ils laisseront à l'auteur.

16 *Novembre.* Il y a long-temps que les amateurs des beaux édifices voyoient avec peine l'état de dégradation du palais du Luxembourg, dont ils s'étoient flattés vainement que *Monsieur* le

retireroit depuis qu'il en a la possession. Ce prince
s'est contenté de faire réparer le petit palais où
il loge, ainsi que *Madame*, lorsqu'ils viennent
à Paris. Quant au jardin qui étoit assez bien
tenu, on a gémi du bouleversement qu'il a
éprouvé par des spéculations mal vues que des
artistes cupides avoient imprudemment suggérées
à son altesse royale.

Depuis peu l'on a été bien surpris de voir sortir
du milieu de ces ruines un pavillon qu'on arrange
avec autant de goût que de richesse : c'est celui
de la gauche en entrant, attenant à un jardin
dont on a abattu le mur & auquel on substi-
tuera une grille ; ce qui fera décoration en cette
partie. On espere que c'est le prélude d'une régéné-
ration générale de ce superbe monument.

Quoi qu'il en soit, on assure que ce pavillon
est destiné à madame la comtesse *de Balby*,
dame d'atours de *Madame*, & que la princesse
& le prince affectionnent également.

16 Novembre. Le début du sieur *Volange* à la
comédie italienne si bruyant, si tumultueux en
1779, n'étoit rien auprès de l'arrivée du sieur
Gillet avant-hier à *l'ambigu comique*. C'est que
non-seulement les amateurs s'empressoient d'avoir
des billets pour entrer à ce spectacle ; mais une
foule plus nombreuse encore s'étoit rendue afin
de voir passer le personnage qu'il s'agissoit de
célébrer : on eût cru que le Roi ou la Reine alloit
venir sur les boulevards : enfin il est arrivé
précédé d'une trentaine d'invalides, ses camarades. Tout l'état-major de l'hôtel s'étoit fait
un devoir de s'y rendre, & M. *Gilibert* le major
avoit amené le sieur *Gillet* dans carrosse. Il a été
reçu aux acclamations de toute l'assemblée &

afin que personne ne pût le méconnoître, on étoit
convenu qu'il resteroit durant tout le spectacle,
le chapeau sur la tête avec une cocarde blanche.
A la fin de la pantomime intitulée *le Maréchal-
des-Logis*, qui n'est que la représentation de sa
glorieuse aventure, on l'a fait monter & asseoir
sur le théâtre pour entendre deux couplets à sa
louange. C'est Mlle. *Julie*, actrice faisant le rôle
de la jeune fille qui, après l'avoir embrassé, les
lui a chantés. Voici ceux d'un anonyme bien pré-
férables aux autres :

> Voilà ce maréchal illustre,
> Qui, dans son quinzieme lustre,
> Des bras d'infames ravisseurs
> A tiré par son seul courage
> Une beauté sans défenseurs :
> C'est que les héros n'ont point d'âge.

> Goûtant aujourd'hui sa victoire,
> Qu'il jouisse enfin de sa gloire,
> Au milieu de tous ces guerriers :
> A sa valeur rendons hommage :
> Couronnons son front de lauriers :
> Chantons les héros n'ont point d'âge.

16 Novembre. M. le duc *de Praslin* vient de
mourir. Mlle. *Dangeville* est inconsolable de cette
perte. Ils vivoient ensemble depuis près d'un
demi-siecle. Il étoit honoraire de l'académie des
sciences. On ne sait s'il laisse des monuments
de son savoir ; mais on lui a trouvé un million
cent mille livres en or : du moins c'est le bruit
public.

17 *Novembre*. M. *de Crofne* vient d'ordonner
quelque chofe de très-utile & que fembloit exiger
la fureté publique. On ne trouvoit pas facilement
dans la nuit la maifon des commiffaires-au-Châ-
telet : afin que l'on n'éprouve aucun retard
lorfqu'on en aura befoin, leur demeure qui étoit
déjà défignée par une lanterne particuliere,
mais pas affez reconnoiffable pour tout le monde
& en tout temps, doit l'être déformais par une
lanterne faillante de trois pieds fur la rue, de
forme carrée & màrquée de trois fleurs de lis
en rouge fur le panneau de face. Ces lanternes
feront éclairées pendant toute l'année, & les
nuits entieres du jour au jour, fans aucune
ceffation.

17 *Novembre*. On fait aujourd'hui que *les Folies
philofophiques* dont on a parlé déjà, font de M. le
marquis *de Luchet*.

18 *Novembre*. Le fieur *de Veimerange*, qui
figure depuis quelque temps dans les pamphlets
contre M. *de Calonne*, comme un de ceux qui
participent le plus à la confiance & aux opérations fecretes du contrôle - général, vient d'en
obtenir la récompenfe, par la place d'*intendant
des poftes aux chevaux, relais & meffageries de
France*, créée pour travailler fous le duc de
Polignac.

Ce *Veimerange* étoit un commiffaire des guerres,
gros joueur & fi gros qu'on en porta des plaintes
au duc *de Choifeul*, encore miniftre de la guerre,
M. *de Choifeul* lui ôta fon département ; depuis
il s'étoit raccroché, car il avoit été nommé en
1779 intendant de l'armée qui devoit paffer en
Angleterre.

18 *Novembre*. Le Journal de Paris a fait

mention, il y a quelque temps , de l'enterrement d'une demoiselle *Vérité* , fille majeure,
rue des Martyrs : un plaisant, en jouant sur
le mot a donné une *Relation véritable & remar-*
quable de la vie & mort de cette vieille fille,
dont tout le monde parle & que peu de gens
ont vue.

Cette bagatelle morale, courte & vive, est
remplie de naturel, de gaieté & de sinesse ; comme
il y a des sarcasmes contre des personnages connus & désignés assez clairement, elle ne laisse
pas que de faire bruit dans les sociétés. Il est
aisé d'en dévoiler l'auteur à certains passages qui
ne peuvent concerner que celui du *livre échappé*
au Déluge , & cette affectation de ramener à lui
l'aventuriere qu'il auroit dû généraliser davantage, est peut-être la seule tache qu'on puisse
reprocher à son ingénieuse & piquante allégorie.

18 *Novembre*. Depuis quelques jours on parloit
de M. le duc d'*Orléans*, comme tombé dangereusement malade à Sainte-Assise : on s'étoit flatté
un moment que cela n'auroit pas de suites ;
mais elles sont devenues si graves qu'on vient
d'apprendre sa mort.

Ce prince est fort regretté des Parisiens à cause
de sa bonté , de sa popularité ; il leur étoit
devenu plus cher depuis que le duc de *Chartres*,
par sa conduite & ses propos avoit annoncé se peu
soucier de leur affection.

Le Roi aimoit beaucoup aussi le duc d'*Orléans*; il
envoyoit de quatre heures en quatre heures savoir
de ses nouvelles.

M. le duc *de Bourbon* , à cause de sa femme,
étoit brouillé avec son beau-pere ; il n'alloit
point à Sainte-Assise : s'étant présenté devant

le Roi, pendant la maladie du duc *d'Orléans*; sa majesté lui a fait des reproches de cette indifférence, & lui a dit que c'étoit par lui qu'elle auroit dû en apprendre des nouvelles; ce qui a forcé ce prince à se rendre à Sainte-Assise, & à donner au mourant une consolation à laquelle il ne s'attendoit plus.

L'on attribue la mort du duc *d'Orléans*, au docteur *Barthès*, son premier médecin, qui a mal vu la maladie. Au reste, ce prince avoit l'estomac usé; il étoit gros mangeur, comme tous les *Bourbons*; il faisoit des tours de force en ce genre, & l'on compte vingt-sept ailes de perdreaux qu'il avoit expédiées en un repas.

19 *Novembre*. Ceux qui se flattoient que l'esprit de bigotterie & de superstition alloit s'éteindre insensiblement depuis le regne de la philosophie, depuis qu'elle commence à inspirer le souverain & les ministres en France, sont fort désorientés par le résultat de la comparaison des professions religieuses des années 1783 & 1784, dans quinze généralités du royaume : suivant lequel malgré l'âge reculé pour l'émission des vœux, le nombre, loin de diminuer, est augmenté presque d'un cinquieme : en 1783, il ne se montoit qu'à quatre cents soixante-deux votants, & en 1784 il est porté jusqu'à cinq cents trente-un.

19 *Novembre*. Les petits spectacles de l'intérieur du Palais-Royal ont vaqué depuis la nouvelle de la mort de M. le duc *d'Orléans*.

20 *Novembre*. Quoique depuis son incendie, l'hôtel-Dieu semble consolidé plus que jamais dans son ancien emplacement, & par sa restauration, & par les augmentations qu'on y a jointes

& par celles auxquelles on travaille en ce moment
fur le terrain du petit Châtelet démoli ; un fociété
de patriotes qu'on croit être la *Philantropique*,
fait un nouvel effort pour l'exécution du projet
de le transférer à l'ifle des Cignes. A ce projet
du *fieur Poyet*, architecte & contrôleur des
bâtiments de la ville, qui a donné les plans
du nouvel hôtel-Dieu, ils ont joint un mémoire
où l'on s'efforce de démontrer que dans le local
actuel, l'hôtel-Dieu ne fera jamais ni falubre,
ni fuffifant, ni commode ; mais qu'il s'oppofera
encore à tous les projets généraux d'embelliffement, de commodité, de falubrité même
que le gouvernement voudroit former pour la
capitale.

Cette fociété profite de la circonftance de la
démolition des maifons fur les ponts, pour
faire voir que ce fimple projet de magnificence
ne peut bien s'exécuter qu'en y joignant l'exécution de celui-ci de néceffité premiere impé-
rieufe.

Suivant le devis du fieur *Poyet*, la dépenfe fe
monteroit à douze millions, qu'on pourroit
obtenir, dans ce moment de générofité, de
bienfaifance, de patriotifme, où toutes les
bourfes s'ouvrent au feul mot d'*humanité*, par
une foufcription volontaire, dont la fociété
d'environ trois cents membres veut donner
l'exemple en offrant cent mille écus. M. le baron
de Breteuil, avide d'illuftrer fon miniftere par
des monuments patriotiques, a ce projet fort à
cœur.

20 *Novembre*. On évalue à près de treize
millions le procès gagné par le prince *de Guimené*
au fujet du port de l'Orient, qu'on fait acheter

au Roi onze millions , quoiqu'il n'en vaille
guere que quatre ou cinq. Indépendamment de
cette somme à payer en vingt-deux ans, à raison
de cinq cents mille livres par an , le Roi donne
encore pour une autre partie environ un million
cinq cents mille livres.

Au moyen de cet arrangement, le prince de
Guimené est sorti de sa retraite, & paroît ici
tout fier. Il est allé voir sa femme au *Bordeaux-*
de-Vigny près de Pontoise , où , comme on l'a
dit dans le temps , elle a fait construire un
théâtre & jouer la comédie dont elle régale
sans doute son mari ; ce qui est encore plus indécent ou plus affreux dans ce moment de l'affaire
du cardinal *de Rohan* , son frere.

20 *Novembre.* Un des pamphlets contre l'archevêque de Bordeaux actuel a été envoyé ici
par un membre du parlement. Il est sanglant
non-seulement contre le prélat , mais encore
contre ses commensaux , ses grands-vicaires , &
autres collaborateurs dans le saint ministere.

21 *Novembre.* Quoique dans la nouvelle
édition des Œuvres de Voltaire sortant des
presses de l'imprimerie de la société littéraire
typographique, on ait affecté de laisser des
lacunes dans la série des volumes livrés au
public, sans doute pour dérouter les contrefac-
teurs , le théâtre est complet en neuf volumes.
Comme on l'avoit prévu, il n'y a rien de nouveau que trois pieces insérées dans le neuvieme,
& qu'on auroit pu supprimer sans rien dérober
à la gloire de l'auteur ; savoir, *le Baron d'Otrante*,
les deux Tonneaux , & *Tanis & Zélide*, ou *les*
Rois Pasteurs.

La premiere est un opéra bouffon ; ce qui confirme
bien

bien la manie de *Voltaire* d'essayer de tous les genres, même de ceux qu'il décrioit : on ne le reconnoît absolument pas dans cette bouffonnerie grossiere & plate sans gaieté.

La seconde est une esquisse d'opéra comique, présentant une idée plus ingénieuse & plus morale, mais très-médiocre dans l'exécution.

Quant à la troisieme, c'est une tragédie pour être mise en musique, c'est-à-dire, un opéra de grande maniere à prétention, & l'on sait que *Voltaire* n'y a jamais réussi.

Les éditeurs, très-circonstanciés sur les ouvrages connus, & qui n'ont pas besoin de plus de détails, n'en donnent aucun sur ceux-ci. Ils ne disent pas si ces morceaux lyriques ont jamais été mis en musique, & joués quelque part. Cela seul prouve le peu de soin qu'ils ont apporté dans ce genre de recherches & d'anecdotes, qui en nécessitoit le plus, & la premiere chose que le public avoit droit d'exiger d'eux.

22 *Novembre. La Dot*, comédie nouvelle en trois actes & en prose, mêlée d'ariettes, qui n'avoit pas eu de succès à la cour, a été mieux reçue hier à la ville au moyen de nombreux battoirs que les auteurs avoient répandus en profusion de tous les côtés ; car dans le fond le poëme n'est qu'une niaiserie, une farce, & la musique, très-agréable dans le premier acte, dégénere infiniment dans les deux autres. Au surplus, une anecdote de la vie du roi de Prusse, racontée dans quelques papiers publics, a vraisemblablement fait naître l'idée du sujet ; trait infiniment plus comique dans l'histoire que dans la piece.

22 *Novembre*. Dans son nouveau *prospectus*

Tome XXX.   D

intitulé : *Hommage à l'œuvre de la Rédemption des Captifs*, M. *Baftide*, très-fade de fon naturel, en parlant de la lettre par laquelle M. le contrôleur-général lui annonce que le Roi a daigné fouscrire pour cinquante exemplaires, qualifie ce miniftre de *Vertueux* interprete de fa majefté. Le paragraphe a été dans le temps copié mot pour mot par la gazette de France, & l'on en a bien ri, & fans doute M. *de Calonne* lui-même, qui ne fe pique pas d'une auftérité de mœurs à laquelle l'épithete puiffe convenir, qui fe pique au contraire d'être très-aimable, très-galant, d'accumuler conquêtes fur conquêtes, & d'être plutôt ce qu'on appelle *Roué de cour* dans l'acception gaie & agréable qu'on donne aujourd'hui à cette expreffion. Auffi tranfpire-t-il que *Louis XVI*, lorfqu'il a lu cette phrafe, a fouligné d'un crayon rouge le mot *Vertueux*, qui a plutôt l'air d'un perfifflage que d'un éloge décent & mérité.

22 *Novembre*. Il paroît conftaté qu'on impute au docteur *Barthès* la mort du duc *d'Orléans*; que ce prince ayant la plus grande confiance en lui, s'eft enfin apperçu qu'il étoit la victime de fa méprife & de fon entêtement, le lui a fait connoître, en ajoutant qu'il lui pardonnoit.

M. le curé de Saint - Euftache, dont le duc *d'Orléans* étoit paroiffien, s'eft tranfporté à Sainte-Affife le jeudi comme pour s'informer par lui-même de fon état & lui rendre fes devoirs. Le prince a fenti ce que cela vouloit dire, a fait écarter tout le monde, s'eft confeffé à fon pafteur, & a reçu les facrements avec une édification générale.

Les abbés *de Saint-Far* & *de Saint-Albin*, fes

enfants-naturels, n'ont pas quitté le prince, & lui rendoient tous les offices d'une garde, ainsi que madame de. ..... leur sœur.

Quand le prince a été passé, madame la duchesse de *Chartres* & madame la duchesse *de Bourbon* ont pris avec elles madame de *Montesson*, & l'ont ramenée à Paris.

Le cœur de M. le duc *d'Orléans*, suivant ses dernieres volontés, doit rester à Sainte-Assise, & son corps être transféré ici au Val-de-Grace, sépulture de sa maison. C'est aujourd'hui que la cérémonie aura lieu.

23 *Novembre*. On ne voit point dans le public de réponse directe de madame *Vanhove* à la lettre de Mlle. *Contat* qu'on a rapportée. Il sembleroit même que la premiere se seroit mise à la raison par la déclaration qu'elle a faite à ses camarades de ne plus réserver la sœur pour les rôles de soubrettes. Ceux qui vivent dans ce tripot savent cependant que l'inimitié subsiste entre les deux familles. M. *de Murville* s'est rendu le défenseur des *Vanhove*, & ceux-ci répandent une fable de lui qu'on peut regarder comme une vengeance de la lettre. La rose orgueilleuse & le bouton sont Mlle. *Contat* & sa petite sœur ; la rose nouvelle & modeste est Mlle. *Vanhove* ; sans cette explication on ne sentiroit pas trop le sel de l'allégorie.

Dans un jardin où l'art & la nature,
L'un de l'autre jaloux brilloient de toutes parts,
Une rose orgueilleuse étalant sa parure
Sembloit sur elle seule attirer les regards ;
Mais ce qui la rendoit plus superbe & plus fiere,

C'étoit un jeune & foible rejeton ;
Elle avoit mis fur lui fon efpérance entiere :
    (Rofe toujours fe plaît dans fon bouton.)
    Un fol efpoir trop fouvent nous égare !
Le deftin autrement en avoit ordonné,
Et de fes dons pour lui nature trop avare
    Sembloit l'avoir abandonné.
  Pour fon malheur, une rofe nouvelle,
Non loin de là, s'élevoit chaque jour ;
Jamais rofe aux regards n'avoit paru plus belle !
    Elle croiffoit fous les yeux de l'amour.
  Les zéphyrs empreffés à lui faire la cour
Devenoient plus conftants, & fe fixoient près d'elle ;
Les graces, la beauté font toujours des jaloux ;
    La jeune rofe en fut la preuve ;
    Tout ce que peut un injufte courroux
    Contre elle fut mis à l'épreuve ;
Mais l'envie à la fin vit fes traits épuifés ;
Elle ne perdit rien de tous fes avantages,
La rofe & fon bouton furent humiliés :
    L'autre emporta tous les fuffrages.
N'envions pas les dons qui ne font pas chez nous ;
    Se taire alors eft un parti fort fage :
On triomphe toujours des efforts du jaloux,
Et le jaloux fouvent n'emporte que la rage.

A cette fable allégorique, M. *de Murville*
avoit joint un *envoi à Mlle. Vanhove*, qui en
développe encore mieux l'objet :

    J'ai dit le bien tout haut, je dis le mal tout bas ;
    On ne gagne rien à médire...

On a beau chercher à leur nuire ,
Les méchants ne se rendent pas.
Sous le voile de cette fable
Je n'ai jamais voulu les blesser aujourd'hui ;
Ce n'est point aux dépens d'autrui
Qu'un éloge à vos yeux peut paroître agréable.
Sur celui-ci j'ai gardé le secret ,
S'il s'éventoit pourtant , & si quelqu'indiscret
Venoit me reprocher une juste satire ,
Je répondrois encore au censeur irrité ,
Ce vers que j'aime tant à vous entendre dire :
" *Ne faut-il pas toujours dire la vérité !* „

§. 24 *Novembre.* Depuis la mort de M. le duc
d'*Orléans* , on agitoit dans les sociétés si madame
de Montesson draperoit. Le Roi a décidé la
question ; il a déclaré qu'elle pourroit porter
dans son intérieur le deuil , comme bon lui
sembleroit , mais nullement en public. En conséquence elle va demeurer en couvent durant
l'année de son veuvage. On croit que ce qui
s'est passé à la mort de *Louis XIV* a réglé cette
étiquette. Madame *de Maintenon* ne drapa point ,
elle habilla ses gens couleur de feuilles mortes,
& se retira à Saint-Cyr.

24 *Novembre.* Le fameux *musæum* recule au
lieu d'avancer ; on comptoit en jouir l'année
prochaine , ou du moins en 1787 , & l'on n'a rien
fait celle-ci. Une nouvelle difficulté s'est élevée ,
ou plutôt s'est renouvellée ; c'est sur la manière
d'éclairer : quoique toutes les croisées fussent
prêtes , on a senti que le jour venant par la
voûte conviendroit infiniment mieux. La dé-

penfe avoit effrayé les autres contrôleurs-géné-
raux : M. *de Calonne* a déclaré qu'il ne falloir
rien épargner pour ce monument national. En
conféquence la décifion eft remife à l'académie
royale d'architecture.

24 *Novembre*. Réponfe à l'ouvrage qui a pour
titre : *Sur les Actions de la Compagnie des Eaux
de Paris*, *par M. le comte de Mirabeau*, par les
adminiftrateurs de la compagnie des eaux de
Paris. Tel eft le titre du nouvel ouvrage du fieur
de Beaumarchais, de deux cents feize pages
d'impreffion *in-8°*. On dit que fon adverfaire
lui a déjà répliqué.

25 *Novembre*. On affure avoir vu mardi
dernier à l'opéra M. le prince *de Conti*, pendant
que l'on enterroit au Val-de-Grace M. le duc
d'Orléans, & que tous les autres princes affif-
toient à cette cérémonie. On veut même qu'il
ait affecté de fe montrer en grande loge. Tout
le monde en général s'eft récrié contre l'indécence ; cependant les partifans du prince le dé-
fendent, en difant que c'eft une revanche qu'il
prend dès autres qui l'ont laiffé feul en 1771
lors du lit de juftice, aliénés par l'exemple du
défunt, ils louent fa fermeté, & difent que
c'eft avoir du caractere.

25 *Novembre*. Les comédiens de M. le comte
de Beaujolois ont repris le mercredi, le lendemain de l'enterrement du duc *d'Orléans*, & les
variétés n'ont recommencé qu'un jour plus tard.
On donne pour raifon de cette différence que
les premiers ne font pas cenfés dans l'enceinte
du Palais, ainfi que les feconds.

26 *Novembre*. Mlle. *Vanhove* doit jouer demain dans *Eugénie* le rôle de l'héroïne. Le fieur

de Beaumarchais a promis d'y affister. Ce fera la première fois qu'il reparoîtra à la comédie, depuis fa retraite à Saint-Lazare.

26 *Novembre.* On prétend qu'on a éventé la mine d'où fortoient les bulletins en forme de *Supplément au Journal de Paris*, dirigés principalement contre M. *de Calonne*, & l'on compte que le cours eft arrêté. Ainfi pour en compléter les notices, il fuffira de revenir fur deux qui nous avoient échappé.

L'un intitulé N°. 155, pag. 655, ce qui fe rapporte au 7 juin dernier, où, après avoir plaifanté fur le Journal de Paris & fa fuppreffion, l'on rend compte de la manière dont le miniftre des finances a fait fes fonds pour deux ans d'avance, où l'on entre dans le détail des ornements de luxe & d'agrément dont il a enrichi l'hôtel du contrôle général, d'une fête qu'il y doit donner au clergé, de fes fpéculations fur fon projet de fe débarraffer d'une partie du fardeau de fa place en faveur de M. *le Noir*, qui plus exercé que lui au travail, ne lui laiffera aucune inquiétude fur les événements.

L'autre daté du 12 juillet, roule fur les brochures de M. le comte *de Mirabeau*, en faveur du contrôle contre la caiffe d'efcompte, la banque de Saint-Charles, &c. où l'on parle d'une chanfon prétendue, dans laquelle M. *de Calonne* fe feroit égayé fur M. *de Cipières*, qu'on défignoit alors pour en faire un lieutenant de police ; d'une autre chanfon au contraire où l'on perfiffle le rembourfement des refcriptions, où l'on annonce une brochure intitulée : *Vie & Mœurs de M. de Calonne*, &c.

Ces deux pamphlets dans le même genre des

D 4

autres , vrais fans doute fur quelques points
de faits fimples, font infinimemt brodés dans
leurs circonftances , quelquefois avec gaieté ,
plus fouvent avec beaucoup d'amertume , de
dénigrement & de méchanceté.

26 *Novembre*. Extrait d'une lettre de Limoges ,
du 15 novembre.... Tout ce qu'on vous a dit
& écrit des travaux faits dans cette ville par
M. *d'Aifne* , l'intendant prédéceffeur de celui
actuel , pour fon utilité & embelliffement , eft
fort exagéré. Ce commiffaire départi aimoit
beaucoup à fe vanter , à fe faire prôner dans les
papiers publics : en général les monuments qu'il
a élevés font de mauvais goût , fans nobleffe ,
& ne répondent point aux dépenfes qu'ils ont
caufées.

26 *Novembre*. La comédie de l'*Oncle & les
deux Tantes* , du marquis *de la Salle* , qui devoit
être jouée à Fontainebleau , n'y a point eu lieu
à caufe des changements furvenus dans le répertoire ; en forte qu'elle a paru toute neuve
hier à Paris , où elle a été repréfentée pour la
premiere fois par les comédiens françois. Quoiqu'elle reffemble à plufieurs autres du même
genre , & ne foit qu'un réchauffé d'une du même
auteur (*chacun a fa folie*) jouée en 1781 fur le
théâtre italien fans fuccès ; le public n'a fait
attention qu'à la gaieté affez continue qui y
regne , & a beaucoup ri ; elle a eu un fuccès
complet , qu'elle n'auroit pas obtenu peut-être à
Fontainebleau à raifon des caricatures outrées
qui ne font pas faites pour plaire aux gens d'un
goût fin & délicat.

27 *Novembre*. M. *François de Neuf-Château*
procureur-général au confeil du Cap , y eft tombé

dangereusement malade, & a pensé y mourir. Voici
ce qu'il a écrit à un de ses amis de Bordeaux.

« Que sont devenus tous nos amis ? Je suis
» réduit pour entendre parler de ce qui m'in-
» téresse dans Bordeaux, à lire les lambeaux du
» Journal de Guienne. .... Je suis très-content
» de ce Journal. ..... Je sors d'une longue &
» cruelle maladie qui m'a duré sept à huit mois.
» Il y a très-peu de temps que je puis écrire ;
» on me gronde même de me remettre si-tôt aux
» affaires. Le travail du cabinet est peu assorti
» au climat de Saint-Domingue. »

> Mais on me gronde vainement,
> De bon gré je me sacrifie
> A mon unique amusement,
> Le travail est mon élément,
> Et le bien-public est ma vie.
> Je sais que le Dieu du repos
> Jadis aux *Chaulieux*, aux *Chapelles*,
> Fit vanter ses tristes pavots.
> J'aime leurs rimes immortelles ;
> Mais, en dépit de leurs accents,
> Leur indolente léthargie
> N'obtiendra jamais mon encens,
> C'est dans le travail que je sens
> L'existence & son énergie ;
> Et ce n'est que par sa magie
> Que je retrouve encore mes sens,
> L'ame oisive est un fumée
> Dont la vapeur noircit les airs ;
> Mais l'ame active est enflammée
>
>   D. §

D'un tiſſu de brûlants éclairs
Qui font briller dans l'univers.
L'écharpe de la renommée.
Heureux trop heureux le mortel
Qui peut ſans ceſſe à ſon autel
Porter l'offrande accoutumée ;
Quand même plus rapidement,
Ma lampe en ſeroit conſumée,
Du moins juſqu'au dernier moment
Je veux qu'elle reſte allumée.

On obſervera peut-être à travers les ſentiments
patriotiques dont ces vers ſont remplis, des
métaphores qui ſe reſſentent de la chaleur du
climat, & de la fièvre ardente dont l'auteur étoit
dévoré.

27 *Novembre*. M. l'avocat *Marchand* eſt mort
enfin il y a quelques jours ; il étoit tombé dans
une enfance abſolue, & M. le curé de Saint-
Nicolas a eu beau jeu.

28 *Novembre*. M. *de Calonne* s'eſt rendu mercredi à l'hôtel des monnoies ; il y eſt reſté fort
long-temps relativement à la nouvelle opération.

Il a voulu voir des échantillons des quarante
mille nouveaux louis fabriqués pour commencer,
& en a été très-mécontent. Il a trouvé le type
vilain. En conſéquence il a demandé M. *Duvivier*, le graveur général des monnoies & des
médailles du Roi, & lui a fait des reproches.
Cet artiſte lui a d'abord répondu qu'il n'étoit
point attaché à la monnoie, & n'en avoit proprement que l'inſpection ; cependant il eſt convenu s'être mêlé des deſſeins en cette occaſion,
& a montré ſon eſquiſſe au miniſtre qui l'a trouvée

charmante ; la faute en eſt reſtée aux ouvriers , & ſur-tout aux balanciers très-défecteux. En conſéquence M. *de Calonne* ayant beſoin de douze mille louis pour la cour qu'il devoit y porter le dimanche , il eſt convenu qu'on les fabriqueroit aux médailles , & que M. *Duvivier* préſideroit au travail.

28 *Novembre.* Depuis quelque temps on parloit de mémoires qui devoient ſe publier dans l'affaire du cardinal ; depuis deux jours on en voit un de madame *de la Motte.* Il eſt de Me. *Doillot,* ſon avocat. Tous les exemplaires , au nombre de deux mille , ont été enlevés avec une rapidité incroyable. On le dit très-mal fait , mais inculpant fortement ſon éminence.

28 *Novembre.* Extrait d'une lettre de Straſbourg, du 20 novembre.... Il eſt certain que M. le cardinal *de Rohan* étoit déteſté ici. Au lieu d'être le bienfaiteur du pays , comme il auroit dû , il en étoit le tyran. Au lieu de dépenſer ſes revenus en digne prélat , à faire des charités , il mangeoit en quatre mois de temps qu'il réſidoit, leur montant de 800,000 livres en repas , en fêtes , en galanteries.

Le chapitre trouvoit très-mauvais qu'il détournât auſſi les fonds affectés à la reconſtruction du palais de Saverne , pour faire des jardins à l'angloiſe, pour bâtir des kioskes , pour entourer de murs une enceinte immenſe , y mettre toutes ſortes de gibier , & s'en faire un parc uniquement propre à ſes chaſſes.

Depuis ſa détention on a repris les travaux du bâtiment, & le chapitre a fait ceſſer ceux de luxe & de frivolité ſeulement.

29 *Novembre.* Il eſt queſtion d'une dénon-

ciation de nouveaux faits concernant l'hôpital des Quinze-vingts, qui doit avoir lieu inceffamment aux chambres affemblées. Afin d'y mieux préparer les efprits, on a imprimé, fous le titre *de pieces importantes*, un petit pamphlet contenant la réponfe du Roi faite par M. le garde-des-fceaux au nom de fa majefté en feptembre 1784, aux fecondes remontrances du parlement de Paris, du mois de mai 1784, au fujet des défordres de la nouvelle adminiftration des Quinze-vingts, & *troifeme & itératives remontrances de la cour du parlement de Paris fur cette réponfe*. Elles ont été préfentées au mois de mars 1785, & l'on obferve que M. le garde-des-fceaux n'a point encore procuré de réponfe.

29 Novembre. Extrait d'une lettre de Troies, du 10 novembre 1785. .... Une difpofition du teftament olographe de M. *Grofley* mérite d'être connue par fa fingularité ; il legue une fomme de fix cents livres pour contribution de fa part au monument à ériger au célebre *Antoine Arnaud*, foit à Paris, foit à Bruxelles ; il continue en ces termes : « L'étude fuivie que j'ai faite de fes
» écrits m'a offert un homme, au milieu d'une
» perfécution continue, fupérieur aux deux
» grands mobiles des déterminations humaines,
» la crainte & l'efpérance ; un homme détaché,
» comme le plus parfait anachorete de toutes
» vues d'intérêt & d'ambition, de bien-être &
» de fenfualité, qui, dans tous les temps, ont
» formé les recrues de tous les partis. Ses écrits
» font l'expreffion de l'éloquence du cœur, qui
» n'appartient qu'aux ames fortes & libres. Il
» n'a pas joui de fon triomphe. *Clément XIV*
» lui en eût procuré les honneurs, en faifant

» déposer sur son tombeau les clefs du *Grand* » *Jesus*, comme celles de *Château - Neuf de* » *Randans* furent déposées sur le cercueil de » *Duguesclin*. »

Il est à observer que cette tournure est destinée sans doute à suggérer l'idée du prétendu monument dont personne n'a encore parlé. Il ne faut qu'une folie comme celle-là pour faire renaître le jansénisme presque éteint : elle ne manquera pas d'être prônée avec enthousiasme dans la gazette ecclésiastique.

30 Novembre. Ce n'est que depuis peu qu'il a paru ici une brochure intitulée : *Remarques historiques sur la Bastille.* On voit par une lettre adressée à l'auteur, datée de Londres du premier juillet 1783, que l'ouvrage a dû s'imprimer dans le courant de cette année-là. On peut le regarder comme un supplément aux mémoires de Me. *Linguet*, sur la même matiere; il est plus circonstancié dans les détails, dans les descriptions du château & contient plus de faits. Malheureusement la partialité a fait outrer les choses, & les faussetés qui sont jointes aux affreuses vérités que l'historien s'est permises, décréditent celle-ci. Quoi qu'il en soit on ne sauroit trop s'élever contre un pareil genre de despotisme, & l'heureux effet qu'ont produit plusieurs déclamations récentes du même genre doit encourager les patriotes zélés qui auroient des matériaux nouveaux & sûrs à les mettre en œuvre avec plus de confiance que jamais.

30 Novembre. Voici d'abord la réponse littérale du Roi aux secondes remontrances du parlement, au bout de quatre ou cinq mois.

» J'ai examiné avec attention les remontrances
» de mon parlement au sujet des Quinze-vingts.
» Je suis assuré de la pureté de son zèle, & je
» prendrai toujours ses représentations en bonne
» part.

» Mais j'ai *reconnu* qu'on l'a trompé sur les
» faits contenus dans ses remontrances. Mon
» *grand-aumônier* n'a rien fait que par mes
» ordres; au surplus je m'occupe de rendre mon
» hôpital des Quinze-vingts de plus en plus
» utile. »

C'est de là que le parlement est parti pour
faire voir à quel point on a compromis sa
majesté en lui faisant donner une pareille réponse.
Après une énumération de plus de trente griefs
tous très-distincts & très-repréhensibles, il en
conclut que l'intrigue seule a surpris cette réponse;
puisque l'intention du souverain n'a pu être qu'on
couvrît de son nom & de son autorité tous ces
faits, toutes ces manœuvres, toutes ces entreprises contre sa propre puissance, ces mal-
versations & abus d'autorité, ces scandales
publics.

Si ce sont des calomnies, il faut venger le
grand-aumônier & ses adhérents du crime combiné de six personnes assez téméraires pour les
attester & déposer des pieces falsifiées ou fabriquées
à leur appui.

Tel est le résumé de ces remontrances cour-
tes, vives & dont la logique est si pressante qu'elle
a jusqu'à présent mis en défaut l'interprete de sa
majesté resté dans le silence.

I *Décembre* 1785. Depuis l'enlevement de
madame *de Charnois* par le marquis *de Permangle*,
on n'en avoit pas entendu parler. Voici la suite

de son Histoire. Il paroît que le bruit que ce
galant avoit fait courir sur le départ de cette
dame pour jouer la comédie en Russie étoit
faux & répandu à dessein de dépayser le mari.
Elle avoit pris l'état d'actrice, mais s'étoit tenu
sans doute dans les royaumes voisins de France.
Elle y étoit rentrée cette année & venoit de
débuter à Toulon avec un grand succès, lorsqu'un exempt l'a arrêtée dans la nuit par ordre
du Roi, sous prétexte de la ramener dans la
maison de son pere, mais en effet pour la conduire aux Magdelonettes, où elle a été rasée,
revêtue d'un habit de bure & réduite à la vie
dure & humiliante des filles renfermées en ce
lieu. Elle est restée ainsi pendant quelques mois.
Enfin on a représenté à le M. lieutenant de
police qu'il étoit bien cruel de la part du mari
ou du pere de traiter ainsi une femme dont tout
le crime étoit d'avoir suivi les mauvais exemples
de son mari, d'avoir cherché à se procurer une
existence qu'il lui ôtoit, enfin d'avoir joué la
comédie que jouoient encore son pere & sa
mere. L'humanité de M. *le Noir*, a été tou-
chée de ces représentations ; mais ne pouvant
par lui-même rien changer à l'ordre du Roi,
il a pris le pere *Préville* du côté de l'intérêt,
& lui a fait concevoir que sa fille lui coûteroit
moins cher dans un couvent plus honnête, où
elle a été transférée peu de temps avant la retraite
du magistrat.

1 *Décembre.* On se rappelle que madame
Bellanger Desboulais, dont le procès a fait tant
de bruit avant les vacances, étoit admise à la
preuve ; on assure qu'elle en avoit rassemblé de
si fortes que le mari lui-même en a été effrayé

& de l'avis de ſes conſeils a paſſé arrêt de ſépa-
ration. Il a voulu depuis conſtater ſes regrets
par un monument pittoreſque, où il a repréſenté ſa femme s'éloignant , & un tombeau
avec cette légende autour : *Je la regretterai toute*
ma vie.

Son frere qui eſt auſſi ſéparé de ſa femme à
l'amiable , a pris l'inverſe de cette allégorie : c'eſt
ſa femme qui s'enfuit ; l'amour briſe ſon arc, éteint
ſon flambeau , & la légende eſt : *Je ne la regrette*
point.

1 *Décembre.* Le *mémoire pour dame Jeanne de*
Saint Remy de Valois, épouſe du comte de la Motte,
de quarante-ſix pages d'impreſſion, bien loin
d'éclaircir la matiere, ne ſert qu'à l'embrouiller
davantage , & tellement que les juges mêmes
qui , après pluſieurs délais, devoient s'aſſembler
le mardi vingt-neuf , ne ſavent plus quand ils
commenceront leurs ſéances, parce que de ce
Factum , il réſulte la néceſſité d'une nouvelle
plainte du procureur-général , de nouvelles informations , &c.

Beaucoup de ces gens prétendent que *l'imbroglio*
jeté dans le mémoire qu'on impute d'abord
au peu de ſagacité & au médiocre talent de
l'avocat , eſt d'une adreſſe merveilleuſe, en ce
que dans les affaires de cette eſpece les coupables
ne peuvent avoir de meilleure reſſource que de
gagner du temps.

Quoi qu'il en ſoit , le mémoire roule ſur l'ex-
traction de la comteſſe *de la Motte* , ſur ſa
perſonne , ſur ſes liaiſons avec M. *de Rohan*,
ſur la négociation du fatal collier , enfin ſur
un projet combiné *de Caglioſtro* , dans ſes com-
mencements , ſes progrès & ſa conſommation.

Telle est la marche du défenseur, qui ne concerne encore que les faits & réserve pour les temps de l'instruction, la discussion des moyens.

2 *Décembre.* A travers le désordre qui regne dans le mémoire de madame *de la Motte*, encore augmenté par l'obscurité du style, on y démêle des faits curieux & qui en font soutenir la lecture dégoûtante.

1º. On y établit assez clairement la descendance de madame *de la Motte* de *Henri II*, roi en 1547, par un bâtard de ce prince, nommé *Henri de Saint-Remy*; elle est au septieme degré, suivant le mémoire généalogique dressé en 1776, par M. d'*Hozier de Serigny*, juge d'armes de la noblesse de France. Cette branche d'abord illustre & riche, étoit tombée dans la misere au point que le pere de madame *de la Motte*, est mort à l'hôtel-Dieu & qu'elle a été élevée, ainsi qu'on l'a rapporté ailleurs, par les soins de madame *de Boulainvillers*, & mariée en 1780 au comte *de la Motte*, gendarme & depuis garde d'*Artois*.

2º. Son attachement à sa bienfaitrice l'oblige d'aller trouver madame *de Boulainvillers*, malade à Strasbourg entre les mains du comte *de Cagliostro*, en 1870. De-là sa connoissance avec le cardinal, à qui elle est recommandée au lit de la mort par cette dame.

3º. Le cardinal *de Rohan* lui donne des secours considérables & s'intéresse chaudement à elle pour la faire rentrer dans des terres de sa maison mal aliénées.

4º. C'est dans ces entrefaites que Me. *de la Porte* avocat, & le sieur *Achet* son beau-pere, se présentent chez elle, conjointement avec se sieur *Bassanges*, joaillier de la couronne, pour la prier de procurer à celui-ci la négociation d'un collier magnifique de diamants, collier dont depuis sept ans il étoit occupé avec le sieurs *Bohmer* son associé ; collier porté en pays étrangers sans pouvoir le vendre ; collier présenté quatre ans auparavant au Roi & à la Reine qui, sur l'estimation d'un million six cents mille livres, s'étoient écriés : *Nous avons plus besoin de vaisseaux que de colliers* ; elle a refusé de s'en mêler.

5°. Elle en parle cependant au cardinal de Rohan, qui lui demande l'adresse des joailliers.

6°. C'est le cardinal qui va chez les sieurs *Bohmer* & *Bassanges*, qui leur offre des propositions écrites, qui les fait venir chez lui, qui leur montre les acceptées & la prétendue signature de la Reine, qui reçoit le collier, qui leur confirme par écrit que c'est pour sa majesté.

7°. M. le cardinal se plaint d'avoir été trompé par madame *de la Motte*, ce qui l'implique dans une affaire qui jusques-là lui étoit étrangere comme s'il avoit cru & pu croire que le collier fût réellement pour la Reine.

8°. M. le cardinal ne l'a pu croire, puisqu'à plusieurs reprises différentes il lui a donné des diamants à vendre dépecés de ce collier.

9°. Ici paroît sur la scene le comte *de Cagliostro*, dont étoit enthousiasmé le cardinal, au point de le regarder comme un Dieu ; après des mystifications cabalistiques dignes des petites-maisons, il engage le mari de madame *de la Motte* à passer en Angleterre pour y vendre des diamants & en faire monter.

10°. De toutes ces négociations il résulte une somme de 307,000 livres payée au cardinal.

11°. Au commencement d'août le cardinal témoigne ses inquiétudes à madame *de la Motte* & à son mari sur les démarches des joailliers auprès de la Reine ; il craint qu'ils ne jasent ; il fait venir & coucher dans son palais les deux époux : il leur propose de sortir du royaume : ils ne veulent pas , ils s'évadent de l'hôtel & partent pour Bar-le-Duc , où il ont une maison.

12°. C'est le 18 août où des inspecteurs de police viennent chez elle visiter & prendre leurs papiers & emmenent à Paris madame *de la Motte* seule , sous prétexte de parler au ministre.

On voit par cet exposé que madame *de la Motte* ne doit pas être inculpée par les deux pieces que le procureur-général a administrées comme la base du procès; qu'elle ne s'est mêlée en rien de la négociation du collier; que par conséquent le cardinal ne peut l'avoir accusée avec quelque fondement de l'avoir trompé , de lui avoir fait accroire que le collier étoit pour la Reine; que si le collier a été dépecé , ç'a été par lui ou par ses adhérents , & que si elle a concouru à la vente d'une portion de diamants , ç'a été sans savoir même d'où ils provenoient. Elle convient au surplus ne pouvoir administrer les preuves qu'elle avoit de son innocence, parce que M. le cardinal, quelques jours avant qu'elle partît pour Bar-sur-Aube , lui avoit redemandé ses lettres & billets depuis quatre ans.

Il paroît d'abord révoltant que madame *de la Motte*, en convenant des obligations infinies qu'elle a au cardinal, l'inculpe si gravement ; mais sa défense naturelle l'exigeoit : elle cherche au surplus à atténuer le crime de son mieux, en l'imputant au sieur *de Cagliostro*, qui avoit un pouvoir absolu & incroyable sur l'esprit du cardinal, & à un certain baron *de Planta*, l'un des éleves de celui-ci, écuyer du cardinal, & le trompant de concert avec le docteur.

2 *Décembre*. Les quatre volumes de la nouvelle édition de *Voltaire*, contenant son *Essai sur les mœurs & l'esprit des nations, & sur les principaux faits de l'histoire depuis charlemagne jusqu'à Louis XIII*, n'offrent rien de véritablement neuf, sauf de petites notes de l'auteur & des éditeurs. Ces dernieres sur-tout sont très-philosophiques, c'est-à dire très-violentes contre le clergé & par suite contre la religion. On les attribue au marquis *de Condorcet* & en sont dignes.

3 *Décembre*. Extrait d'une lettre de Bordeaux, du 16 novembre.... Voici un logogryphe composé dans cette ville par un M. *d'Orvigny*, qui mérite d'être excepté des autres pour son originalité ; il est sur Mlle. *Théodore*, aujourd'hui madame *d'Auberval*, qui nous enchante & fait avec son mari les délices de notre théâtre :

O combien l'on doit croire à la métamorphose,
Jadis vierge & martyre on a connu mon tout ;
Par le secours heureux de la métempsycose,
Des amateurs charmant & les yeux & le goût,
Je suis nymphe aujourd'hui captivant les suffrages,

Jugez si je dois être excellente en total,
Puisqu'une part de moi fait le meilleur métal.
Je puis encore fournir un nombre de sauvages.
En vers un peu hardis un ouvrage excellent,
Mais, chef-d'œuvre proscrit d'un homme à grand
       talent ;
Après cela cherchez une note, une plante,
Un roi de la Judée, & le mot est nommé.....
Or, quoique dans huit pieds mon nom soit renfermé,
Ce n'est qu'avec deux que j'enchante.

Sans doute il faudroit un commentaire pour
expliquer tout cela, c'est au lecteur instruit à
y suppléer ; il suffira d'indiquer les mots principaux, *thé, or, horde, ode, &, herode, ré*, &c.
En outre, M. *d'Orvigny* a fait un envoi par
le quatrain suivant, adressé à l'héroïne :

Du logogryphe en désignant l'objet,
Au public, par ce mot je ne crois rien apprendre,
Lorsqu'il en applaudit tous les jours le sujet,
Il ne pouvoit sur le nom se méprendre.

4 *Décembre.* Extrait d'une lettre de Saintes,
du 28 novembre.... Presque toutes les provinces
de France ont chacune aujourd'hui leur feuille
périodique ; notre ville doit avoir aussi la sienne ;
elle commencera le 5 janvier 1786, & se publiera
une fois par semaine ; c'est M. F. *Marie Bouri-
gnon*, connu par un grand nombre de pieces fugitives d'un goût agréable, dont la plupart ont été
insérées dans l'almanach des Muses & dans quelques autres journaux, qui en sera le rédacteur.

Il compte la calquer fur le journal de Bordeaux & il
l'annonce comme devant être très-févere fur les
objets de littérature , & principalement à l'égard
des morceaux de poéfie....

4 *Décembre.* Extrait d'une lettre de Lille, du
28 novembre.... M. *Blanchard* , citoyen de Calais ,
penfionnaire du Roi , vient de faire encore un
voyage aérien dans la Flandre Autrichienne ;
c'eft le famedi 19 qu'il l'a entrepris , il prétend
s'être élevé à 32000 pieds de la terre , & avoir
réfifté au moins trois minutes à la température
de cet air ; il convient avoir couru de grands
dangers ; il a été obligé de crever fon aéroftat ,
& même de couper les cordes de fa nacelle ; il
s'eft attaché aux premieres , & fon ballon lui
fervant de parachûte , il eft ainfi tombé aux
environs de Delf fans fe faire aucun mal , mais
en brifant des arbres & un toit de chaumiere.
Il s'eft rendu à Gand , où il a été très-fêté. Il
ne fe décourage pas , & fait conftruire ici un
nouveau ballon.

4 *Décembre.* Le comte *de Caglioftro* , depuis
le mémoire de madame la comteffe *de la Motte* ,
devient plus intéreffant que jamais , parce qu'elle
conftate les chofes merveilleufes qu'on en débi-
toit. Deux nouveaux écrits fur fon compte font
courus avec fureur ; l'un qui contient une efpece
d'hiftoire de fa vie & mœurs , & certains No. du
Courier du Bas-Rhin , où il eft peint de main de
maître.

4 *Décembre.* On parle de deux intrigantes
arrêtées & mifes à la Baftille depuis peu de jours ,
une prétendue comteffe *de la Palun* & madame
de Courville : la premiere eft une fervante nommée *Bouvier* , arrivée de Lyon il y a quelques

années, & qui, par son génie d'astuce, de four-
berie & de séduction, s'est poussée, & est devenue une femme importante, une protectrice
donnant des audiences, promettant sa faveur,
& vendant son crédit. L'autre est une femme
séparée de son mari, fille d'un procureur nommé
Gillet, fameuse par ses aventures galantes, par
ses méchancetés, qui est depuis quelque temps
maîtresse du prince *de Montbarey*. Il paroît qu'elles
s'étoient réunies pour mystifier le contrôleur-
général, sous prétexte d'un emprunt favorable
qu'elles vouloient lui procurer, & que n'ayant
pu le faire donner dans leurs pieges, elles
cherchoient à décréditer son ministere & ses
opérations. Voilà ce qu'on en raconte en gros ;
il faut espérer qu'on en apprendra plus de détails.

5 *Décembre.* Le sieur *Rudder*, mécanicien, dont
l'expérience de marcher sur l'eau, annoncée
depuis long-temps, avoit été retardée, l'a enfin
tentée hier. Il s'est présenté à la rive du Pont-
tournant ; il étoit environné de plusieurs batelets
destinés à lui rompre le fil de l'eau, & à le
secourir sans doute en cas d'accident. On a jugé
qu'il lui auroit été impossible de traverser la riviere sans dériver considérablement, il n'a pu
regagner l'autre bord qu'à la hauteur du gros
Caillou, où il est descendu.

Son appareil est embarrassant & volumineux ;
il cherchoit à le dérober au moyen d'une redingote dont il étoit enveloppé ; on croit qu'il
consiste en deux cônes creux, ovales & assez
larges à leur base, dont la pointe vient aboutir
à chaque aisselle ; ces deux cônes sont attachés
par deux bases transversales, sur lesquelles est

rapporté le voyageur ; quoiqu'il ait suivi le fil
de l'eau, sa marche a été très-fatigante.

5 *Décembre*. M. le président *Basset de la Ma-*
relle, ayant payé provisoirement, est sorti de
l'hôtel de la Force : il prétend que c'est un tour
de ses ennemis, mais qu'il triomphera. Quoiqu'il en soit, il ne peut siéger d'ici-là ; il paroît
même difficile qu'il rentre jamais dans ses fonctions. Au reste, messieurs du grand-conseil, loin
d'être humiliés de voir un de leurs chefs recevoir
cet affront, s'en prévalent comme d'une preuve
de leur amour de l'ordre & de la justice rigoureuse ; ils disent qu'on n'auroit pas traité ainsi
un président du parlement, non qu'il n'y en ait
quelques-uns dans le cas, mais parce que par
une tyrannie effroyable aucun huissier n'oseroit
seulement lui lâcher un exploit.

6 *Décembre*. Le jour de la mort de M. le duc
d'Orléans, M. le duc *de Chartres* est allé, suivant
l'étiquette, annoncer lui-même cette nouvelle
au Roi, & sa majesté lui ayant répondu suivant
le même protocole : *Monsieur le duc d'Orléans,*
je suis très-fâché de la mort du prince votre pere ;
ce prince en a pris tout de suite le nom, &
celui du duc *de Chartres* est passé à son fils aîné,
M. le duc *de Valois*.

La qualité de premier prince du sang lui appartient encore, puisque le fils aîné de M. le duc
d'*Angoulême* est le premier de la famille royale
dans qui ce titre puisse commencer.

En cette qualité de premier prince du sang,
M. le duc d'*Orléans* actuel jouit de tous les honneurs & prérogatives de son pere ; ses officiers
sont commensaux de la maison du Roi, & l'état
de sa maison reste le même.

En

• En conféquence M. le duc *d'Orléans* a nommé pour chancelier garde-des-fceaux, chef du confeil, & furintendant des maifons, finances & bâtiments, M. le marquis *du Cray*, le frere de madame la comteffe *de Genlis*.

M. l'abbé *Baudeau*, qui afpiroit à cet honneur, & par fes talents, & par la confiance dont l'honoroit fon maître depuis quelque temps, a prétendu que fa qualité d'eccléfiaftique étoit un nouveau titre pour lui, & qu'il ne pouvoit avoir le fecond rang.

M. le duc *d'Orléans* lui a déclaré qu'il falloit cependant que fon choix tînt; fur quoi l'abbé fe retire avec 2,400 livres de penfion.

6 Décembre. Depuis la rentrée du parlement, un mémoire très-volumineux fur la difcipline des avocats fait fermenter le palais. On l'attribue à Me. *Falconnet*, quoiqu'il ne foit pas figné de lui; on dit même qu'il l'avoue & le donne. Il s'y venge avec amertume de tous fes dégoûts que l'ordre lui a fait effuyer. En conféquence les colonnes fe font affemblées, & plufieurs jeunes orateurs, entr'autres Me. *de Bonnieres*, ont péroré pour qu'on prît un parti violent contre ce libelle diffamatoire & fon auteur : mais les fénieurs, les fages de l'affemblée ont calmé cette efferveícence ; ils ont été d'avis que l'ordre remît fa vengeance aux magiftrats, & s'en rapportât à la prudence du parlement, & le grand nombre s'y eft conformé.

7 Décembre. La réplique de M. le comte *de Mirabeau* à la réponfe du fieur *de Beaumarchais* n'a pas plu aux chefs de la compagnie des eaux ; ils fe font affemblés hier pour délibérer fur cette nouvelle *Mirabelle* ; c'eft ainfi que d'après

leur burlefque orateur ; ils qualifient les diatribes
de l'adverfaire. Ces meffieurs voudroient bien
afin de mieux fermer la bouche au comte, obtenir une lettre de cachet contre lui, & le faire
rentrer dans les châteaux-forts qu'il a fi long-
temps habités : malheureufement il eft foutenu
par le contrôleur-général, & la chofe ne feroit
pas fi aifée. La délibération a été définitivement
fufpendue jufqu'à l'arrivée du *grand Perrier*, qui
peut-être leur fournira de meilleures raifons.

7 *Décembre*. Le wauxhall qu'on conftruifoit
rue de Chartres eft enfin terminé, & hier l'on
a fait un effai de l'illumination en préfence des
miniftres, des grands feigneurs, des artiftes
fameux, des amateurs diftingués : on l'a bap-
tifé *Panthéon*, comme devant renfermer toutes
les divinités de Paris. Il eft deftiné à fervir de
fuccurfale à l'opéra pour les bals, qui depuis fon
établiffement à la porte Saint-Martin font abfolument tombés, à caufe de l'incommodité du
local dans cette faifon rigoureufe.

En conféquence il y a deux rangs de loges au
panthéon & trois fortes de places ; quarante fous
pour le parterre, fix livres les premieres loges,
& trois livres les fecondes.

On critique déjà l'enceinte trop petite ; on
prétend qu'il n'y peut tenir que deux mille cinq
cents petfonnes : on en jugera mieux demain
que doit s'en faire l'ouverture véritable.

7 *Décembre*. M. le préfident *de Meinieres*, avant
fa mort, avoit vendu fa bibliotheque & tous fes
manufcrits à M. *de Flandre de Brunville*, procureur du Roi au Châtelet, moyennant la fomme
de cent mille livres ; mais il s'en étoit réfervé
la jouiffance durant fa vie, & l'acquéreur lui

faisoit cinq mille livres de rentes jusqu'au paiement, sauf l'estimation ; car il étoit convenu que si la bibliotheque étoit prisée seulement cinq cents livres de moins, M. *de Brunville* seroit autorisé à déduire cette somme, ou telle autre plus forte en proportion sur le capital ; on est actuellement à procéder à cette estimation, & l'on calcule qu'elle pourra bien coûter 10,000 l. de frais.

Quoi qu'il en soit, la privation de cette bibliotheque sera très-sensible à madame la présidente *de Meinieres*, qui aime les lettres & les cultive : comme elle s'est piquée de beaux sentiments lorsque le président l'a épousée, elle n'a voulu accepter aucun avantage considérable, & elle reste dans une médiocrité de fortune qui fait honneur à son désintéressement, ou à sa délicatesse.

8 Décembre. La fermentation qu'on croyoit raffise à la comédie françoise au sujet de Mlle. *Vanhove* par la déclaration de Mlle. *Contat*, s'est réveillée plus fortement que jamais à l'occasion du succès prodigieux qu'a eu la débutante dans le rôle d'*Eugénie* : il a été tel que le public n'avoit cessé de l'applaudir pendant toute la piece le samedi 26 novembre, l'a redemandée encore après ; & qu'étant venue sur le théâtre accompagnée de son pere, les brouhaha, les *bravo*, les *bravissimo* se sont fait entendre de toutes parts & très-long-temps.

Mlle. *Contat* furieuse a tellement intrigué auprès du maréchal duc *de Duras*, que ce supérieur a décidé que Mlle. *Vanhove* n'auroit rang qu'après Mlle. *Laurent* & Mlle. *Mimi*, la cadette de Mlle. *Contat*. La mere *Vanhove* étoit désolée, elle ne pouvoit souffrir cet affront, elle étoit décidée à ne point laisser jouer sa fille mercredi

E 2

7 décembre, où elle devoit reparoître pour la troisieme fois dans *Eugénie*, & à courir les groupes de provinces avec elle : heureusement l'aréopage comique a senti le tort qu'alloit lui causer une semblable injustice, si contraire au vœu du public ; ils ont député vers le supérieur, & l'ordre a été réformé. Mlle. *Vanhove* prendra rang, non-seulement au-dessus de Mlle. *Mimi*, même au-dessus de Mlle. *Laurent* : voilà où en est la querelle.

8 *Décembre*. M. *le Maître*, secrétaire des finances, avant-hier en revenant de Belleville avoit un paquet sous sa redingote, dont les commis se sont apperçus, & qu'ils ont voulu visiter : on soupçonne que c'étoit une planche d'imprimerie toute préparée ; mais adroitement M. *le Maître* en se rendant au bureau, a laissé couler les caracteres, en sorte que la planche s'est trouvée rompue. Il a également jeté dans le poële du bureau des papiers qui ont été bientôt consumés, & l'on a jugé que c'étoient les imprimés qu'il venoit de faire, & dont personne ne pouvoit l'empêcher en ce moment. Cependant les commis ont fait avertir un exempt de la librairie, & après des formalités, qui ont duré toute la nuit, le détenu a été conduit à la Bastille le lendemain matin.

Pendant qu'on alloit chercher l'exempt, M. *le Maître* a écrit à une cuisiniere affidée nommée *Gothon*, pour lui apprendre sa catastrophe, en lui recommandant d'avoir soin de ses enfants & de ses affaires ; d'apprendre cette nouvelle avec ménagement à sa mere.

Quand on est venu le lendemain matin chez M. *le Maître* pour fouiller chez lui, on a lu ce billet qui a paru suspect ; en conséquence on a arrêté aussi cette *Gothon*.

9 *Décembre*. On assure que par les recherches
& les découvertes faites chez M. *le Maître*, il
avoit à Belleville une petite imprimerie, où il
imprimoit au rouleau différents pamphlets, soit
de sa composition, soit de celle de ses amis ; on
ajoute que tous ceux qui ont paru récemment
contre M. *de Calonne* sortoient de son arsenal.
On dit qu'il a tout avoué, & beaucoup plus
qu'on ne lui demandoit ; que dans le premier
moment il a été question de le mettre entre les
mains de la justice, & de faire porter plainte de
ces libelles par le procureur du roi au Châtelet ;
mais qu'on préférera cependant d'assoupir l'affaire.

9 *Décembre*. Me. *Marizot*, avocat au parlement, ayant voulu plaider lui-même sa cause
en cette qualité, au Châtelet, l'année derniere,
les autres avocats de la jurisdiction ont prétendu
que n'étant point inscrit sur le tableau, il n'avoit
pas le droit de se mettre au banc des avocats,
ni d'avoir le bonnet carré sur la tête ou à la
main, & le 10 décembre par sentence du Châtelet il ne lui fût permis de plaider qu'à la barre
de l'audience, comme un profane. Appel de la
sentence aujourd'hui pendante au parlement : telle
est la cause dans laquelle à été publié le *mémoire*
dont on a déjà parlé, *sur les privileges des avocats*,
où l'on traite du tableau & de la discipline de l'ordre.

Dans ce *factum*, très-volumineux, très-érudit,
son auteur, Me. *Falconnet*, qui lui-même a lieu
d'être mécontent de l'ordre, va jusqu'à lui con-
tester son bâtonnier, sa discipline, & les divers
privileges qu'il lui reproche d'avoir usurpés ; il
renvoie adroitement aux magistrats la censure
que les avocats exercent contre leurs propres
membres, & se prévaut sur-tout de l'exemple

E 3

récent du parlement de Befançon, qui a rendu un arrêt, confirmé au confeil, par lequel toutes les profcriptions de confreres font fagement prohibées pour l'avenir, & juftement annullées pour le paffé.

On juge par cet expofé que le fond du mémoire eft intéreffant : malheureufement il n'eft pas affez digéré, il n'y regne pas tout l'ordre, toute la clarté qu'exigeoit la matiere ; le ftyle en eft fouvent peu noble, il y a de mauvaifes plaifanteries, & en général une trop grande amertume.

Un fieur *Gueniot* y joue un grand rôle, comme partie adverfe du fieur *Marizot*, relativement au procès d'intérêt ; il eft fortement tourné en ridicule à raifon d'une *ode fur l'abolition de la fervitude, couronnée à l'immaculée conception de Rouen*, & d'un *plan de finances*.

9 *Décembre.* Il eft très certain que M. le contrôleur-général a befoin d'un nouvel emprunt porté à quatre-vingts millions. L'édit en a été porté au parlement ; mais comme il en affignoit l'hypotheque fur les vingtiemes, on lui a demandé une explication là-deffus. On craint que ce ne foit une furprife pour perpétuer d'avance indirectement le troifieme, qui doit finir au premier janvier 1787 ; on lui a demandé une explication cathégorique, & l'édit eft retiré pour le réformer.

10 *Décembre. Thémiftocle,* le premier opéra joué à Fontainebleau ne pouvant être exécuté en ce moment à caufe de la maladie de deux des principaux acteurs (les fieurs *Cheron & Laïs*), on a repréfenté hier *Pénélope* qui a été mieux accueillie qu'à la cour. Le fuccès complet du premier acte ne s'eft pourtant pas étendu aux deux autres qui

ont été moins généralement applaudis , mais de maniere encore à contenter les auteurs. Du reste, les ballets ni les airs de danse n'en valent rien ; il y a de grands défauts dans le poëme, & la musique n'est pas sans reproche : avant cependant d'entrer dans cette discussion, il faut attendre l'effet de quelques représentations.

Madame *saint-Huberti* , dans le rôle de *Pénélope* , développe encore plus de talent , s'il est possible , que dans celui de *Didon*, & c'est le plus parfait éloge qu'on en puisse faire.

10 *Décembre.* C'est décidément mercredi que commence le rapport concernant le cardinal *de Rohan* : il est depuis quelques jours plus resserré ; il ne peut plus voir que ses avocats, son frere l'archevêque de Cambray, son autre frere, madame la comtesse *de Marsan*, & le prince *de Soubise*.

11 *Décembre.* M. *Dombey*, médecin-botaniste du Roi, dont il a été question dans le temps , est arrivé le 9 octobre du Pérou & du Chili, où il étoit allé il y a près de dix ans ; il a rapporté une quantité d'objets précieux d'histoire naturelle dans les trois regnes, dont il a rendu compte à l'académie royale des sciences en qualité de son correspondant, & il va les déposer au cabinet du Roi.

11 *Décembre.* Extrait d'une lettre de Brest, du 6 décembre.... M. *de Chastenay*, depuis son retour en septembre, bien-loin d'avoir eu permission de se rendre à Paris, a été mis aux arrêts pour avoir embarqué avec lui sa femme, sans en avoir eu l'agrément de la cour ; ce qui est une prévarication grave, contraire à toutes les ordonnances. En outre il magnétisoit beaucoup sur son bâtiment ; ce qui a déplu aussi à la cour.

12 *Décembre.* M. le préſident *de Roſſet*, auteur du poëme ſur l'agriculture, s'eſt auſſi évertué & a compoſé l'inſcription ſuivante pour le palais de juſtice reſtauré :

Hic ſcelerum ultrices poſuere palatia pænæ :
—Hic fraus victa jacet, datur unicuique ſuum jus.

12 *Décembre.* On peut ſe reſſouvenir du mar-quis *de Letoriere*, officier aux gardes, la coque-luche des femmes, & réputé le plus joli homme de Paris. Ayant gagné la petite-vérole du feu roi, il en eſt mort. Un auteur vient de réveiller ſes manes dans un roman intitulé : *L'Année ga-lante*, ou *les Intrigues ſecretes du marquis de L.......* On ſe doute bien qu'à un petit-fond de vérité, il y a beaucoup de fables mêlées dans ce frivole ouvrage, où après avoir décrit la *brillante & pénible carriere* du héros, ſon hiſtorien termine cependant très-philoſophiquement & même très-chrétiennement ; il ajoute : « On l'enterra comme » un homme qui n'avoit plus rien ; on l'oublia » comme un ruban dont la mode eſt paſſée ; la » gazette en dit un mot, & on lui fit l'épitaphe » ſuivante, relative à ſon genre de mort : »

Ci-gît du beau-ſexe l'idole,
Un *adonis* formé pour les plaiſirs,
Dont la dépenſe & les déſirs
Auroient tari la ſource du Pactole.
Les parques n'oſoient le ravir
De peur d'outrager la nature ;
Mais les Dieux ſous ſes traits contemplant leur figure,
Le trouvèrent trop beau pour le voir s'enlaidir.

11 *Décembre.* Le principal objet de la conftruction du panthéon a été de remplacer le
Wauxhall d'hiver de la foire Saint-Germain,
qu'on a démoli cet été, & dont on a transporté
tous les ornements propres à s'employer dans le
monument actuel, exécuté sur les desfins & sous
la conduite du fieur *le Noir*, architecte aussi du
premier.

Les avis jusqu'à préfent font fort partagés ;
les gens délicats blâment le luxe des ornements
de tous genres dont le grand falon eft furchargé ;
d'autres prétendent qu'il falloit éblouir les perfonnes qui fréquenteront affidument ce panthéon ; ils difent qu'une certaine févérité de goût
n'eft pas ce qu'on exige dans ces fortes d'endroits, que la profufion y devient richeffe, comme
la foule y fait décoration : enfin qu'on ne peut
trouver un local plus propre à donner de char-
mantes fêtes ; que M. *le Noir* eft un homme
admirable pour créer, comme par enchantement,
des lieux d'affemblée riches, élégants & commodes.

11 *Décembre.* Le directeur de la monnoie a
repréfenté au miniftre des finances que l'opération de la converfion des louis avoit été mal
vue & peu réfléchie, & qu'avant de l'ordonner
il auroit fallu garnir l'hôtel des monnoies de
fonds fuffifants pour faire face au public.

De fon côté la caiffe d'efcompte a repréfenté
que le grand nombre de billets qu'on fournif-
foir à l'hôtel des Monnoies pour les louis, affluant
fans ceffe vers elle de la part des porteurs, elle
feroit bientôt dans le cas de fermer & de ne
pouvoir fuffire aux demandeurs, en un mot de
répandre les mêmes alarmes qu'en 1783.

E 5

Ces repréſentations ont dû déterminer des lettres-patentes rendues hier à Verſailles très-précipitamment & portées aujourd'hui en la cour des Monnoies pour y être enrégiſtrées.

12 *Décembre.* Madame la comteſſe *Dubarry*, eſt venue mercredi au Palaïs en dépoſition dans l'affaire, ou plutôt à l'occaſion de l'affaire du Cardinal : on a ſu que madame *de la Motte* lui avoit écrit étant fille, pour lui demander à être ſa fille de compagnie, on étoit curieux de voir cette lettre pour en connoître & examiner la ſignature, où l'on prétend qu'elle avoit joint le titre de *France.*

Madame *Dubarry* a déclaré que le fait étoit vrai ; qu'elle avoit répondu à Mlle. *de Valois*, qu'elle ne pouvoit accepter les ſervices d'une perſonne de la maiſon de France ; qu'au ſurplus elle lui avoit envoyé quatre louis & brûlé ou égaré cette lettre inutile & dont elle ne pouvoit prévoir qu'on auroit beſoin un jour.

13. *Décembre.* Dom *Berjon*, bénédictin du couvent de Saint-Denis-de-la-Charte, vient d'être exilé à Riom pour une cauſe ſingulière. Ce religieux, homme de mérite, mais ne ſe mêlant en rien des affaires, des diviſions de l'ordre, a la paſſion du jeu de trictrac. Il y a quelques mois qu'il perdit deux cents louis contre un chevalier de Saint-Louis. Preſſé de s'acquitter & ne le pouvant, il a offert de réſigner un bénéfice qu'il avoit en faveur du gagnant, qui eſt abbé ; comme ce bénéfice vaut quinze cents livres de rentes, il a demandé une ſomme en indemnité qui lui a été accordée ; on ignore de quel prix. Telle eſt la honteuſe ſimonie qui a provoqué la punition, plus grave ſans doute

si elle eût été prouvée. En outre, l'ordre lui a
su mauvais gré d'avoir fait passer à un séculier
un bénéfice qu'il auroit pu réserver pour un
confrere.

14 *Décembre.* C'est mal-à-propos qu'on a mêlé
madame de *Courville* (Gillet) dans l'affaire de
madame *La Palun*; elle affecte de se montrer
par-tout & a réclamé contre cette confusion de
noms ; ce qui sembleroit en indiquer une autre
arrêtée.

Quoi qu'il en soit, il paroît plus constant
que le baron d'*Entrechaux* (*Ailhaud* en son nom,
fils du célebre inventeur des poudres) est aussi
à la Bastille & auroit trempé dans la même
intrigue.

14 *Décembre.* Hier les chambres ont été assemblées pour entendre la lecture de l'édit d'emprunt
réformé ; on ne l'hypotheque plus sur les vingtiemes, mais sur les aides & gabelles. Toutes
les voix ont été pour supplier le Roi de le
retirer, comme également onéreux & dans le
fond & dans la forme. Le rapporteur de la cour,
le premier président même ont été de cet avis,
qui doit être motivé dans des représentations,
pour lesquelles on a nommé des commissaires.

On observe sur-tout que par certaine tournure
de l'édit, le contrôleur-général se ménage insi-
dieusement la faculté d'emprunter pendant dix
ans toutes les sommes viageres qu'il voudra,
sans avoir besoin d'aucun enrégistrement &
en les faisant comprendre dans le même précédent.

14 *Décembre.* L'aventure fâcheuse de M. le
Maître donne lieu de s'entretenir de lui. On
ne sait s'il est Normand ; mais il étoit avocat

L 6

à Rouen lors de la révolution de la magiftrature. Il étoit chaud patriote, zélé parlementaire; il fervit la province de fa plume & compofa plufieurs des pamphlets alors ufités dans
cette querelle. Il dreffa fur tout la fameufe *requête
de la nobleffe*, qui lui attira la difgrace de la
cour; il fut conduit à la Baftille, il y refta
quinze mois & fut enfuite exilé à Soiffons.
M. *de Miromefnil* qui l'avoit connu étant premier
préfident, lui fut bon gré de fon zele & n'a
pas peu contribué à le faire fixer à Paris, &
à lui procurer une charge qui lui donnoit des
relations au confeil. Il paroît cependant que le
chef de la magiftrature n'a pas fait pour M. *le
Maître* tout ce qu'il lui avoit promis; ce qui
a donné de l'humeur à ce dernier & l'a difpofé
à fervir le parti qui voudroit fupplanter M. le
garde-des-fceaux.

Quant à fon imprimerie, on veut qu'il la
tînt de M. *le Camus de Neville*, qui dans le
temps de la révolution en avoit fait ufage auffi
pour fervir la caufe commune.

14 *Décembre.* Hier enfin a été entamée la
grande affaire du cardinal de Rohan; la foule
des juges s'eft trouvée confidérable, car outre
la grand'chambre affemblée, les confeillers
d'honneur & beaucoup d'honoraires s'y font
rendus, ainfi que les maîtres des requêtes fuivant
le droit qu'ils en ont, au nombre de quatre
feulement.

La féance a duré tout le matin & de relevée
l'après-midi jufques à neuf heures du foir: elle
s'eft paffée à lire les dépofitions, au nombre
de trente-cinq, & demain l'on opinera fur les
deux queftions:

1°. Si l'on admettra la plainte du procureur-général.

2°. De quelle nature on lancera des décrets.

15 *Décembre.* Toujours des gens officieux cherchent à servir le public & à lui procurer plus de commodités pour son argent. On voit aujourd'hui : *Avis au public sur le transport des paquets, meubles, ballots & marchandises dans l'intérieur de la ville de Paris.* La sureté des effets, la célérité de leur transport, la modicité du prix sont les principaux avantages que la compagnie, auteur de l'entreprise, fait valoir : du reste, son privilege n'est point exclusif ; bien plus, elle se prétend utile aux porteurs & commissionnaires même, qu'elle semble déposséder ; errants ou isolés au coin des rues, ne tenant à rien, obligés, même dans les heures de repos, de rester exposés à l'injure du temps, pour y solliciter le travail & la confiance, leur état deviendra préférable lorsqu'ils seront attachés à cet établissement par des gages fixes, indépendants des événements, lorsqu'ils seront vêtus & habillés à ses dépens, & certains de trouver une pension de retraite dans leur vieillesse, ou des secours dans le cas d'accident & de maladie, auxquels ils sont exposés.

Cet établissement reçoit des abonnements des corps, communautés, maisons de commerce, &c.

Il s'ouvrira le 20 décembre 1785.

15 *Décembre.* M. *Haüy,* interprete du Roi & l'un des vingt-quatre membres du bureau académique d'écriture, qui s'est chargé depuis long-temps de l'éducation du jeune étranger trouvé en Normandie, avoit invité tous les voyageurs

qui ont été aux Indes, dans la mer du fud &
autres pays plus éloignés, s'il eft poffible, de
fe trouver à une féance publique de fa communauté, devant fe tenir jeudi 8 décembre &
continuée au dimanche 11 : il promettoit de
procurer quelques renfeignements fatisfaifants
fur cet inconnu qui eft encore un problême,
mais il ne paroît pas qu'il ait fatisfait l'affemblée,
& l'éducation même en eft très-lente, puifqu'avec toute l'intelligence dont on le dit pourvu, fon inftituteur n'a pu encore parvenir qu'à
lui faire lire quelques phrafes françoifes.

Au refte, le mémoire où M. *Haüy* traite de
cet objet, traite encore plus effentiellement fur
fes progrès dans l'éducation des aveugles-nés,
depuis fes effais communiqués dans la féance
publique de l'année 1784 : fous ce point de vue,
il a été très applaudi. Il doit être imprimé par
les aveugles & à leur profit ; le roi à qui il
a été rendu compte par le baron *de Breteuil*,
de la poffibilité de rendre utiles à la fociété des
infortunés qui en étoient féparés, a foufcrit pour
l'ouvrage qui fortiroit de leur preffe & en a
accepté la dédicace.

16 *Décembre.* Extrait d'une lettre de Bordeaux,
du 4 décembre..... L'affaire de M. *Dudon* le fils,
adjoint à la place de procureur-général de fon
pere, s'eft réveillée plus fortement que jamais
depuis la rentrée. Las de lutter inutilement
contre fa compagnie, il a enfin obtenu la liberté
de fe rendre à Paris & d'y plaider fa caufe.
M. le garde-des-fceaux & M. le comte de Vergennes ayant le département de la province, ont
fenti le danger de laiffer croître le defpotifme
du parlement de Bordeaux, tout fier d'avoir fait

renvoyer un intendant, déserter un président à mortier & mis en déroute un procureur-général. Il a été dressé des lettres-patentes en date du 8 novembre , des plus vigoureuses, enrégistrées dans une séance extraordinaire du commandant de la province, où le greffier en chef avoit ordre de porter les registres, à quoi contraint *par corps* ; cette clause insolite a révolté la compagnie , qui depuis la séance a pris un arrêté non moins violent , & a ordonné qu'il en seroit envoyé expédition à tous les parlements. On attend ce que le gouvernement fera là-dessus ; on craint la foiblesse du chef de la magistrature , dont le principe est de ne frapper ses coups de vigueur qu'aux approches des vacances ; mais M. *de Vergennes* a plus de nerf : tous deux d'ailleurs font le plus grands cas de M. *Dudon* le pere.....

16 *Décembre.* On est allé aux opinions hier sur les questions agitées à la grand'chambre assemblée ; il y avoit cinquante-huit opinants : la premiere n'a pas souffert de difficulté ; quant aux décrets , il y a eu cinquante voix contre huit seulement pour décréter de prise de corps le cardinal : en outre M. & madame *de la Motte* , le comte *de Cagliostro* & la fille *Oliva* , ont été frappés du même décret.

Cette fille *Oliva* , dont on parle aujourd'hui pour la premiere fois, parce qu'on l'a regardée jusques ici comme un personnage fictif , est une fille publique, ressemblante à la Reine. On veut qu'en accordant ses faveurs au cardinal, elle lui ait fait accroire qu'elle étoit sa majesté elle-même ; de-là les grandes idées d'ambition du prélat qui se flattoit d'être premier ministre. Tout cela sans doute est dénué de vraisemblance , est monsgueux; mais il y a tant de choses incroyables dans cette aventure, qu'on ne doit s'étonner de rien.

16 *Décembre*. l'académie françoise assemblée hier pour l'élection du successeur de M. *Thomas*, au nombre de vingt-neuf opinants, s'est réunie presque unanimement, comme on l'annonçoit depuis long-temps, en faveur de M. le comte *de Guibert*.

Il y a eu une ou deux voix pour le sieur *Garat*, quoiqu'il déclare n'avoir pas eu la fatuité, comme le chevalier *de Florian*, de se mettre sur les rangs.

17 *Décembre*. Avant de publier sa *réponse à l'écrivain des administrateurs de la compagnie des eaux de Paris*, le comte *de Mirabeau* avoit adressé une lettre circulaire, en date du 6 décembre, à chacun des associés gérants cette compagnie; savoir, MM. *de Sainte-James*, *de Serilly*, *Taille-pied de Bondy*, *Papillon de la Ferté*, *le Clerc*, *Aubert*, *Caron de Beaumarchais*, dans laquelle il leur déclaroit se trouver insulté par les plus graves imputations, & désirer savoir s'il adhéroit à l'écrit de M. *de Beaumarchais*.

C'est vraisemblablement sur cette lettre qu'ils ont formé l'assemblée dont on a parlé, où a été rédigée une réponse uniforme pour chacun en date du 7 décembre, sans celle de M. *le Clerc*, différente dans la formule, en date du 9; réponse qui décele leur embarras, sans les en tirer.

M. *de Mirabeau*, instruit que ces messieurs répandoient dans le public le bruit qu'ils lui intenteroient une action personnelle, a fait paroître sa réplique, où il les prend tous à partie, & leur déclare que résolu depuis long-temps à commencer un voyage dans le nord, il ne l'a suspendu que par la nécessité de confondre

les arguments de leur libelle, & qu'il restera
quelque temps encore à Paris, afin de leur laisser
celui de le traduire devant les tribunaux, s'ils
en ont envie.

Du reste, cette réplique est très-sévere, comme
il la qualifie, pleine de logique, de bon sens,
de netteté, & la péroraison est atterrante pour
le sieur *de Beaumarchais* ; c'est un coup de massue
dont il ne peut se relever.

17 *Décembre.* Il paroît constant que le chef
suprême de la justice se trouvant attaqué personnellement dans les pamphlets de M. *le Maître*,
a cru devoir faire mettre le procès en justice
réglée, & qu'en conséquence les pieces servant
à conviction sont remises aux mains du procureur du Roi du Châtelet pour dresser son réqui-
sitoire.

17 *Décembre. Mémoire sur l'éducation de la
discipline militaire* : à ce titre on ne croiroit pas
l'opuscule assez dangereux pour être sévérement
prohibé. En le lisant, on en conçoit aisément la
raison.

Il est précédé d'un *avis de l'éditeur* anonyme,
qui annonce ce mémoire comme un simple
extrait d'un ouvrage plus étendu, mais qui ne
paroîtra pas. Quoiqu'il y combatte le système &
les idées actuelles du comité militaire, il en a
été envoyé un exemplaire à chacun des membres.
L'éditeur traite lestement & ce comité, & les
maréchaux de France actuels, du grand nombre
desquels il semble faire peu de cas : ses héros
sont le comte *de Vergennes*, M. *Necker*, le maréchal *de Broglio*, le comte *d'Estaing*. Il en veut
sur-tout aux ministres de la guerre & de la marine ; il prétend que le Roi en parlant au dernier,

lui a dit, qu'*après son cousin le maréchal de Ségur,*
il ne connoissoit personne de plus sot que lui, Castries.
Par cet échantillon on peut juger du ton du reste.

Suit la *préface* de l'auteur du mémoire, qui
s'éleve contre le grand nombre d'ouvrages écrits
de notre siecle sur l'art de la guerre ; il veut
qu'en commençant seulement à *Folard,* on en
compte plus que dans tous les temps de la monarchie qui ont précédé. C'est à cette multitude même
d'écrivains qu'il attribue la décadence de l'art,
du moins dans la pratique : les exemples ne sont
jamais plus rares, suivant lui, que lorsque les
préceptes deviennent plus communs.

Si nous avons moins que jamais de généraux,
d'excellens officiers, de braves soldats, c'est par
le défaut d'éducation militaire ; c'est que nous
ne sommes plus qu'un peuple imitateur, qu'on
veut tout faire à *l'allemande* ; c'est que le gouvernement s'obstine à méconnoître ou à combattre l'esprit françois ; c'est que l'autorité est en
opposition avec le caractere, & les loix avec les
mœurs.

Après ces préliminaires vient le mémoire, qui
consiste dans le développement de ces deux propositions : *Nécessité de réformer l'éducation de la*
jeunesse destinée au parti des armes, & *son ins-*
truction dans les corps : Nécessité de réformer abso-
lument la discipline militaire. L'auteur plus fort
de choses que de style, les prouve très-bien : il
répare la sécheresse de la matiere par des notes,
où il rapporte des anecdotes intéressantes, & qui
le deviendroient davantage, si les personnages
étoient nommés. En général, c'est un écrivain
hardi, caustique, ami de la vérité, & n'épar-
gnant pas les personnages les plus constitués en

dignité. Il paroît connoître beaucoup le corps des officiers de la marine, & ne les en méprise que mieux. Il se donne pour un officier ex-major occupé de son métier, instruit à fond du caractere du soldat françois qu'il a beaucoup étudié; instruit en outre de la constitution particuliere des états militaires de l'Europe, & il affirme qu'il n'en est point d'aussi monstrueuse que la nôtre, & d'aussi vicieuse qu'elle va l'être, si l'on persiste à nous soumettre au régime germanique. Enfin, c'est un profond admirateur des *la Fayette*, des *Guibert*, des *d'Aguesseau*.

18 *Décembre*. Le *musée* de Paris a vu enfin rentrer cette année dans son sein les membres schismatiques, ainsi que M. *Cailhava*, leur chef; c'est M. *Selis* qui est le président actuel : en outre pour subvenir aux frais d'un établissement aussi considérable, le musée a adopté une seconde classe sous le titre de *Philarmonique*. C'est elle qui donne les concerts ; elle a cru ne pouvoir mieux témoigner sa reconnoissance d'une semblable union qu'en rendant ses hommages aux manes du feu président *Gebelin*. Elle a convoqué une assemblée générale de tous ses membres pour hier, & a exprimé sa douleur par une musique analogue à des stances lyriques sous le titre suivant : *La solitude de Francoville*, lieu où ce savant est enterré dans les jardins de M. le comte *d'Albon*. Voici les paroles, dont l'auteur est anonyme :

Tout se tait, tout est calme, & dans l'air & dans l'onde :
L'on n'entend que le bruit des ailes du zéphir ;
Tout dort autour de nous dans une paix profonde.
  Nous seuls, nous veillons pour gémir.

Déjà vers l'Orient, sur un char de lumiere
L'aurore à l'univers annonce un jour nouveau
Si ce jour est un bien pour la nature entiere,
 Pour nous seuls il est un fardeau.

Sous le poids du chagrin le malheureux succombe :
Tu n'es plus, cher objet d'amour & de douleurs ;
Gebelin ! Gebelin ! la pierre d'une tombe
 Renferme ton corps & nos cœurs,

L'auteur de la musique est M. *Toméoni*, nouveau maître italien, qui a débuté le 8 de ce mois au concert spirituel : le quatuor de cet hymne françois a été exécuté par Mlles. *Audinot & de Saint-James*, de l'académie royale de musique, & MM. *Aubert & Nis*, amateurs. Il a produit un grand effet.

18 *Décembre.* Le bruit court que le chevalier *Gluck* est mort à Vienne ; événement auquel on s'attendoit d'après son triste état.

18 *Décembre.* Les libraires étrangers, & surtout ceux de Suisse, ayant représenté qu'ils faisoient un grand commerce en Espagne de livres latins & autres, & qu'ils ne pouvoient plus faire passer par la France, vu la gêne & les frais qu'entraînoit l'obligation de les faire viser à la chambre syndicale de Paris, le gouvernement a senti le tort que faisoit au royaume cette cessation ; en conséquence par arrêt du conseil du 22 novembre, le *transit* libre est accordé pour ces livres ; en même temps l'on prend des précautions, afin d'éviter les abus & la vente de livres étrangers dans le royaume, qui n'auroient pas subi les formalités exigées.

19 *Décembre.* M. *de Lalande* prétend qu'il y a erreur dans la relation du feizieme voyage aérien de M. *Blanchard,* fuivant laquelle il fe feroit élevé à trente-deux mille pieds ; ce qui produiroit cinq mille trois cents trente-trois toifes ; tandis que la plus grande hauteur où l'on ait été jufqu'ici, n'eft que de deux mille quatre cents trente-quatre toifes , & qu'il eft phyfiquement démontré qu'on ne pourroit exifter en un pareil milieu.

19 *Décembre.* Extrait d'une lettre de Grenoble, du 10 décembre........ Il eft très-vrai que nous avons eu le bonheur de jouir de la préfence du docteur *Mefmer,* il n'y a pas un mois ; mais il n'a fait que paroître & coucher une nuit dans cette ville. Comme on étoit prévenu de fon arrivée, notre fociété de l'harmonie s'étoit affemblée extraordinairement pour le recevoir, le haranguer & lui donner un fuperbe feftin. Il ne fauroit vous rendre toutes les folies dont il a été le fujet. Du refte, il a exhorté fes difciples à la patience & au courage néceffaires, pour foutenir les diverfes perfécutions auxquelles tout novateur eft en bute.....

19 *Décembre.* Le fieur *Francaftel,* qui a un talent fingulier pour les falles des petits fpectacles & l'auteur de prefque toutes celles des boulevards, a été chargé d'en conftruire une portative pour la Reine : elle fe monte & fe démonte avec la plus grande facilité & fuivra fa majefté dans fes différents voyages ; en forte qu'on pourra toujours jouir du fpectacle & en amufer fa cour.

20 *Décembre.* M. le comte de *Mirabeau,* dans fa réponfe au fieur *de Beaumarchais* & con-

gagnie, avoue enfin que le ministre des finances l'avoit appellé, invité, encouragé pour détruire l'agiotage ; il se flatte de l'avoir fait avec succès contre la banque de Saint-Charles, & la caisse d'escompte ; il ne lui restoit plus qu'à travailler aussi efficacement contre la compagnie des eaux de Paris ; d'ailleurs un pere de famille l'avoit consulté sur l'acquisition qu'il désiroit faire de ces actions, & M. *de Champfort* avoit prié l'auteur d'éclairer ce pere de famille : & pour troisieme motif M. *Claviere*, son ami, auteur d'un mémoire sur la banque de *Saint-Charles*, qui a servi de base à son ouvrage sur cet important objet, invoquoit son secours. Cet agioteur avoit promis de livrer cent actions des eaux de Paris, à seize cents livres pour le mois de mars 1787, lorsque les joueurs à la hausse avoient fait monter leur valeur jusques au prix de quatre mille livres. Il s'agissoit de les faire baisser. Ainsi M. *de Mirabeau* remplit à la fois un devoir envers le gouvernement, celui de bon citoyen & celui de l'amitié. Tel est l'aveu qu'il fait, aveu que tout le monde pourroit ne pas envisager sous le point de vue favorable qu'il se présente, mais dont il faut au moins louer la franchise. Quoi qu'il en soit, il a merveilleusement rempli les intentions de ceux qui l'ont mis en œuvre : il a détruit l'illusion dans son premier pamphlet, & dans le second il fait voir que son adversaire n'a rien prouvé contre son mémoire, & laisse subsister au contraire ses argumens dans toute leur force.

20 *Décembre*. M. *Augeard*, fermier-général & secretaire des commandemens de la Reine, soit ami de M. *le Maître*, se trouve impliqué

Dans cette affaire, il a su que sur les déclarations
du prisonnier, il y avoit eu une lettre de cachet
décernée contre lui : cependant, graces aux mouvements que ses amis & ses parents avertis à
temps se sont donnés en sa faveur, elle n'a
point eu lieu. Il s'est même montré à Versailles
le dimanche suivant; il a fait son service auprès
de la Reine, & sa majesté instruite de ses inquiétudes, a eu la bonté de lui promettre sa plus
éclatante protection, s'il n'y avoit rien dans
l'accusation intentée contre lui qui eût trait aux
crimes d'état. On ne sait pourquoi il a disparu,
depuis qu'il est décidé de mettre M. *le Maître*
en justice réglée : sa famille déclare hautement
que sur de bons avis il s'est rendu dans une de ses
terres voisines de la frontiere, d'où au besoin
il passera en pays étranger.

20 *Décembre*. Les *mémoires d'un prisonnier d'état,
ou correspondance de M. le vicomte de B.... avec...
la marquise de Saint-L. & plusieurs autres personnes de distinction*, ne sont qu'un roman semblable à beaucoup d'autres : ce qu'on y trouve
de particulier, sont des détails sur le local de
Charenton & sur le régime de cette maison de
force, où, si l'on n'éprouve pas l'affreuse solli-
tude de la Bastille ou de Vincennes, on gémit
sous un régime monacal plus dur & plus honteux. L'ouvrage du reste n'a rien de merveilleux quant au style; il y a quelques morceaux
de sensibilité qui en font le mérite au fond.
C'est un jeune homme qui ne voulant pas répondre aux vues de ses parents pour un mariage
de fortune considérable, parce qu'il a le cœur
pris d'ailleurs, est victime de son amour & de
sa constance, jusqu'à ce que les circonstances

deviennent plus favorables ; mais forti de la
prison , il finit par perdre son amante. Il promet
de donner la suite de sa vie & de se nommer
alors. Il y a, du reste, quelques anecdotes
sur certains prisonniers de Charenton d'alors,
c'est-à-dire, en 1776, neuves, curieuses & intéressantes.

21 *Décembre*. Les comédiens italiens ont donné
hier une piece de caractere en cinq actes & en
vers, qui manque à la comédie françoise &
restoit encore à traiter. C'est *le Méfiant*, sujet
regardé comme très-difficile par tous les faiseurs
de poétique. M. *Borel*, l'auteur de celui-ci, n'en
a point été effrayé & son principal personnage
est assez bien soutenu : malheureusement son
intrigue est petite & pénible ; la marche en est
lente & embarrassée ; le ridicule qui est le ressort
des grands maîtres en pareil genre, n'y est pas
assez employé, & le peu qui y regne n'a rien
de comique & de saillant. : le style est quelquefois trivial & en général peu noble & point correct : malgré tous ces défauts & beaucoup d'autres, la piece a du mérite & a joui d'un léger
succès.

21 *Décembre*. M. *Bailli* étoit garde des tableaux
du Roi ; cette place étoit depuis cent ans dans
sa famille : aujourd'hui que le *Muséum* prend
couleur & qu'il a fallu en confier la garde à deux
peintres, les fonctions de M. *Bailli* s'anéantis-
soient. En conséquence M. *d'Angiviller*, avec
toutes les graces possibles, lui a annoncé que
sa place étoit supprimée, & que sa majesté pour
l'en dédommager lui donnoit une pension de
deux mille quatre cents livres. C'est ce qui a
donné lieu à un *quiproquo* du mercure qui
avoit

avoit l'air d'un perfifflage, & que l'académicien a été obligé de rélever. On croit qu'on lui a auffi confervé fon logement au Louvre.

21 *Décembre.* Les repréfentations du parlement à l'occafion de l'emprunt ont été portées au Roi dimanche, & fa majefté y a fait une réponfe impérative qui ordonne l'enrégiftrement pour le lendemain, avec une phrafe à la *Maupeou* fur les limites de la réfiftance du parlement, *dont les fonctions font d'éclairer l'autorité, & non de la reftreindre ou la gêner.*

Le parlement n'a point obtempéré, ce dont il a été rendu compte au Roi, qui a bien voulu recevoir d'itératives repréfentations, qui ont été fixées, rédigées & lues dans la matinée du mardi, & portées au Roi l'après-dînée. Sa majefté ayant perfifté à vouloir être obéi, le parlement a enrégiftré *de l'exprès commandement du Roi*, & a joint à fon enrégiftrement des modifications fi fortes qu'elles ne pourroient que décréditer l'emprunt ; ce qui a alarmé le contrôleur-général, qui, dit-on, a obtenu un ordre pour faire arrêter l'impreffion, & rompre la planche chez l'imprimeur du parlement.

22 *Décembre.* A la bourfe d'hier, fur la réfiftance du parlement, un agent de change qui avoit des récépiffés du nouvel emprunt, car il eft à obferver qu'on l'avoit toujours ouvert au tréfor royal depuis quelques jours, a offert de vendre fes récépiffés à demi pour cent de perte : il en a réfulté la plus grande fenfation ; le commiffaire de la bourfe eft venu dreffer procès-verbal de cette offre illégale, alarmante, & l'on a craint pour la liberté de cet agent de change ; on affure pourtant que cela s'eft civilifé.

Tome XXX. F

22 *Décembre.* Les négociants de Paris sont fort mécontents de la création de la nouvelle compagnie des Indes, & de tout ce qui s'en est ensuivi. En conséquence l'un d'eux a fait un mémoire sous le titre d'*Observations sur l'arrêt du* 10 *juillet* 1785, *portant défenses d'introduire dans le royaume aucune toile de coton & mousseline venant de l'étranger, & qui interdit le débit des toiles peintes, gazes & linons de fabrique étrangere.* Cet imprimé timbré de Nantes, sans nom d'imprimeur & sans aucune approbation, n'est souscrit que du sieur *Guillaume* : ses confreres n'ont osé suivre son exemple. Le réclamant n'en a pas moins eu le courage de le remettre au gouvernement. Le premier cri étoit de le faire arrêter comme séditieux ; cependant l'écrit est si modéré, il montre si évidemment l'injustice ou l'ineptie de plusieurs articles de l'arrêt, qu'on n'a osé sévir, & qu'on travaille actuellement à un arrêt du conseil interprétatif du premier, qui a déjà été fait & refait plusieurs fois. Cet écrit est fort rare.

23 *Décembre.* Les colporteurs ont redemandé de nouveaux envois des volumes VIII, IX & X de l'*Espion Anglois* saisis, & ils se répandent enfin avec plus de facilité. Ils sont très-curieux, non-seulement par l'importance des matieres, mais par leur variété. D'abord tout ce qui concerne la guerre maritime allumée à cette époque entre la France & l'Angleterre, y est traité dans le grand détail, & avec non moins de clarté que de vérité ; chose d'autant plus étonnante, qu'à commencer par les mémoires de *Dugué-Trouin* si intéressants pour le fond, nous n'avons aucun ouvrage en ce genre dont la lecture se puisse supporter. Les opérations de M. *Necker* y font encore discutées avec beaucoup d'intelligence. Tout ce qui concerne la mort de *Voltaire* & celle de *Rousseau* arrivées alors, n'y est point oubliés. plusieurs autres lettres sur les arts, sur des procès fameux, sont instructives & agréables ; on y trouve aussi les anecdotes galantes du jour : mais les lettres sur les tribades modernes sont piquantes sur-tout & d'un genre absolument neuf. Ces nouveaux volumes ont réveillé l'ardeur du public pour ce livre, & il est à souhaiter que la suite ne tarde pas à paroître.

23 *Décembre*. M. *de Calonne*, non content d'avoir fait arrêter l'impression des modifications, opposées par le parlement à l'enrégistrement de son édit, a voulu les faire supprimer par l'autorité. En conséquence tout le parlement est mandé à Versailles pour aujourd'hui six heures du soir, avec ses registres.

Comme tout ce qui concerne cet événement est précieux à recueillir, il faut ajouter à ce qu'on a dit, que malgré la seconde réponse du Roi infiniment plus douce, il y avoit encore vingt-une voix contre l'édit, soixante pour l'enrégistrement avec des modifications, & pas une pour l'enrégistrement pur & simple.

24 *Décembre*. Depuis la mort du sieur *Pilâtre*. soit par le dégoût naturel aux François pour tout établissement trop long, soit par l'augmentation de l'abonnement porté à un quart de plus, soit parce que les augustes protecteurs qui sont à la tête y font disparoître l'égalité, base de toute association semblable, son *musée* est abandonné, du moins on a beaucoup de peine à recruter des sujets : afin de ranimer le zele des tiedes, on a

imaginé d'en changer le nom en celui de *lycée*, plus analogue par la réunion de tous les genres d'instruction qu'on y doit trouver, & de travailler un *prospectus* très-ample & très-bien fait des avantages que l'un & l'autre sexe doivent y trouver. Il a pour titre : *Programme du lycée établi sous la protection immédiate de Monsieur & de monseigneur le comte d'Artois*, & on le répand en profusion.

24 *Décembre. Le mieux est l'ennemi du bien.* C'est ce que vient d'éprouver M. *Sedaine* : quoique son opéra *Richard cœur de lion* ait eu trente-cinq représentations, le public a toujours été mécontent du dénouement : pour en faire un autre, l'auteur a imaginé de joindre à son poëme un quatrieme acte qui ne l'a rendu que plus long & plus froid, avant-hier, qu'il a été joué dans cet état.

24 *Décembre.* Quoique le projet du nouvel hôtel-Dieu soit très prôné, & que le ministre de Paris désire le voir effectué, il y a grande apparence qu'il ne produira aucun effet, sur-tout aujourd'hui qu'on sait que ce projet, du moins pour l'idée principale, se trouve dans un mémoire de M. *A. Petit*, médecin, *sur la meilleure maniere de construire un hôpital de malades*, publié en 1774, c'est-à-dire, dans le temps où l'hôtel-Dieu venoit d'être incendié, temps le plus favorable pour agiter cette importante question.

24 *Décembre.* On a publié aujourd'hui l'édit donné à Versailles au mois de décembre 1785, portant création de rentes héréditaires, remboursables en dix ans, dont l'enrégistrement a été réformé dans l'espece de lit de justice tenu

impromptu à Versailles hier au soir. Il porte seulement *du très-exprès commandement de Seigneur Roi*, porté par sa réponse du 18 du présent mois aux très-humbles & très-respectueuses représentations du 16 du même mois, & réitéré par sa réponse du jour d'hier aux très-humbles & très-respectueuses itératives représentations de son parlement, pour être exécuté selon la forme & teneur.

Comme tout cela est très-illégal, messieurs ont remis à délibérer sur cette séance de Versailles au mercredi 28 de ce mois.

25 *Décembre.* Au moment où par le retour de M. *Augeard* en cette capitale on se flattoit que l'affaire de M. *le Maître* se civilisoit, on a appris tout-à-coup que ce prisonnier avoit été transféré hier de la Bastille au Châtelet à huit heures du matin, & avec le plus grand mystere; qu'il avoit été interrogé sur le champ par le lieutenant-criminel, & que son interrogatoire, très-pénible, avoit duré douze heures; qu'ensuite il avoit été mis au secret. On assure même qu'il n'aura point de conseil, & qu'on lui en a refusé un.

25 *Décembre.* Le ciel du lit de M. *de Calonne*, comme il étoit endormi profondément, s'est détaché & lui est tombé sur le corps. Sa premiere idée en se réveillant a été de croire qu'on venoit l'assassiner : heureusement il n'a point eu de mal, & en a été quitte pour la peur ; on l'a saigné deux fois. Il en a résulté des calembours à l'infini ; on a dit *que le ciel étoit juste, que c'étoit un coup du ciel, que c'étoit un ciel vengeur, que c'étoit un lit de justice*, & mille autres quolibets du même genre que peuvent enfanter le bavar-

F 3

dage, la méchanceté ou la gaieté des Parisiens
& des courtisans persiffleurs.

16 *Décembre*. Il passe pour constant que M. le
prince *de Soubise* a eu ordre de s'abstenir d'entrer
au conseil, que madame la comtesse *de Brionne*
est aussi dans une espece de disgrace, enfin que
toute la famille des *Rohan* est mal vue à la cour,
sauf madame *de Marsan*.

Quant au prince *de Condé*, on a remarqué
que depuis long-temps il ne se mêloit plus de
l'affaire du cardinal ; il ne s'est point présenté
chez les juges avant les assemblées du parlement, & l'on ajoute qu'il a dit que le cardinal
l'avoit trompé, qu'il ne lui avoit pas avoué les
faits comme ils étoient.

16 *Décembre*. Le préambule du nouvel emprunt
est très - séduisant : à en croire le rédacteur,
malgré le surcroît de dépenses occasionnées par
les mesures prises pour écarter ce qui auroit pu
troubler la tranquillité de l'Europe ; malgré
l'augmentation des charges ordinaires du gouvernement pour le soulagement dû aux sujets
souffrants de l'intempérie des saisons & des calamités qui ont affligé plusieurs provinces ; malgré
la diminution des revenus & le retard des re-
couvrements qui en ont résulté, les paiements
relatifs aux différents services n'ont pas été un
seul instant moins exacts : tous les engagements
ont été ponctuellement acquittés à leurs époques, les termes de plusieurs remboursements
ont été même anticipés, les arrérages des rentes
ont été payés plus promptement qu'ils ne l'a-
voient jamais été ; jamais autant de fonds n'ont
été employés en amortissement ; jamais il n'en
a été accordé d'aussi considérables pour les travaux

d'utilité publique, pour les ports, pour les canaux, pour les chemins, pour les deſſéche-
ments ; jamais le commerce n'a reçu plus d'encouragements ; jamais des ſecours plus abondants
n'ont été répandus dans le royaume.

Tels ſont déjà les fruits, telles devroient être
les premieres baſes du plan adopté : les reſſources
trouvées pour ſatisfaire à autant de beſoins,
malgré tant d'obſtacles ont de plus en plus con-
vaincu M. *de Calonne* que les dépenſes d'amélioration ſont des reſſources de richeſſes, & que
le crédit ſe fortifie par les paiements. Il eſt au
moment d'achever ceux de toutes les dettes de
la derniere guerre, & même de toutes celles
arrivées dans les différents départements. C'eſt
pour y parvenir dans le courant de 1786, qu'il
fait faire au Roi un emprunt de quatre-vingts
millions.

Cet emprunt, loin de déranger ou de retar-
der en aucune ſorte la marche de la libération
ſucceſſive réglée par l'édit du mois d'août 1784,
eſt combiné pour s'accorder & en accélérer les
diſpoſitions.

Du reſte, M. *de Calonne* annonce qu'il compte
ſur une augmentation de revenus par le renouvellement du bail prochain.

Enfin, comme il avoit fait promettre au Roi
de ne plus emprunter de ſi-tôt en rentes viageres, il ſe retourne le mieux qu'il peut pour
déguiſer celui-ci & le faire paſſer.

26 *Décembre.* On accuſe beaucoup dans l'affaire de M. *le Maître*, un ſieur *Cadet de Senneville* de manœuvrer inſidieuſement pour perdre
ce galant homme, dont il s'avoue l'ennemi, mais
en faiſant ſemblant d'être l'ami de la femme.

C'est lui qui a empêché madame *le Maître* de jeter au feu le billet écrit par son mari à *Gothon*, sous prétexte qu'il falloit le garder afin de le montrer à M. *de Crosne*, & le tourner à la justification du prisonnier, & au lieu de le mettre en poche, l'a laissé sur la cheminée ; en sorte qu'il est tombé le lendemain aux mains des inquisiteurs ; qu'il leur a donné des soupçons sur cette cuisiniere ; qu'ils l'ont arrêtée, ont fouillé dans sa chambre, & y ont trouvé beaucoup de choses qu'on appelle *pieces de conviction*, qui ont été mises sous les scellés en présence de l'accusé qu'on a ramené chez lui avant de le conduire à la Bastille. C'est le commissaire *de la Porte* qui a fait toute l'expédition, mais extrajudiciairement.

27 Décembre. Depuis long-temps on parle de transporter ailleurs la bibliotheque du Roi, comme ne pouvant être placée dans le local actuel. On compte près de trente mille volumes qui restent épars & sans ordre. Il avoit été question autrefois de la transférer au Louvre, & même un arrêt du conseil rendu à cet effet, il y a peut-être vingt ans, est resté sans exécution.

M. *le Noir* qui, depuis qu'il a l'administration de cette partie, s'en occupe avec le plus grand zele, a vraisemblablement excité le génie des architectes de sa majesté sur cet objet. L'un d'eux M. *Boullée*, a conçu une idée grande, neuve, ingénieuse & simple. C'est tout uniment de couvrir la cour qui est immense, d'en disposer la décoration intérieure de maniere qu'elle présente un superbe amphithéâtre de livres, & de réserver les bâtiments actuels comme dépôts des

manuscrits , des estampes , des médailles , de la
géographie & autres.

Ce qui rend ce projet plus recommandable ,
c'est que l'artiste effectue avec un million &
demi au plus , ce qui sur un autre emplacement
coûteroit quinze à dix-huit millions.

27 *Décembre.* On apprend de Semur en Auxois,
que M. *Guenau de Montbeillard* y est mort le
28 novembre dernier , âgé d'environ soixante-
cinq ans. Il avoit d'abord entrepris un *collection
académique* , qu'il fut obligé d'abandonner , faute
de coopérateur. Ce qui le rend recommandable
sur-tout , c'est d'avoir travaillé à la description
des oiseaux de l'*histoire naturelle* de M. *de Buffon* ,
& d'avoir si bien imité les tournures & le style
de ce grand homme , que les connoisseurs ne
s'apperçurent du changement que par un aver-
tissement de M. *de Buffon* , empressé de rendre
justice à son éleve.

M. *Gueneau* est aussi auteur d'autres ouvrages
de physique ou de métaphysique peu répandus.

28 *Décembre.* Extrait d'une lettre de Londres,
du 28 novembre...... Voici une anecdote concernant *Voltaire* , que je recueille chez l'étranger ,
& qui mérite d'être connue. Ce grand poëte
étoit chez un lord où se trouvoient le célebre
docteur *Young* & quelques gens de lettres : jaloux
de tous les poëtes épiques , il avoit l'audace de
rabaisser même *Milton* dans sa patrie ; il frondoit
sur-tout dans le *Paradis perdu* , la mort, le péché
& le diable personnifiés. *Young* indigné lui
adresse sur le champ l'épigramme suivante :

Thou art so Witt , Wicked and so thin ,
That are at once the devil , death and sin.

F 3

On peut l'a traduire ainsi :

Ton esprit, ta laideur & ton corps desseché,
Font voir en toi la mort, le diable & le péché.

Voltaire déconcerté resta court, & s'en fut.

28 Décembre. Le comte *de Cagliostro* étant un des héros du jour, on n'a pas manqué de recueillir tout ce qui en a été raconté dans les gazettes, les journaux, les pamphlets, & de fondre ces prétendues anecdotes dans une brochure sous le titre de *Mémoires authentiques pour servir à l'histoire du comte de Cagliostro*, c'est-à-dire d'en composer un roman, où à un petit nombre de faits vrais, le compilateur a réuni les fables les plus merveilleuses que son imagination ait pu lui suggérer. En outre il l'a enrichi de quelques portraits satiriques, tels que celui du duc *d'Orléans* actuel, & on se l'arrache. Au fond il n'est pas du tout satisfaisant sur l'histoire du collier dont il ne parle que vaguement, & sans détails intéressans. L'épisode de Mlle. *Oliva* qui joue un rôle si extraordinaire dans l'aventure, n'y est pas même indiqué. Le style est foible, incorrect & bigarré des différens styles des premiers compositeurs.

29 Décembre. Hier les chambres se sont assemblées au parlement, afin de délibérer sur ce qui s'est passé à Versailles vendredi 23 : la séance a encore été renvoyée au vendredi 30.

29 Décembre. Jusqu'à présent l'affaire de M. *le Maître* s'est instruite secrétement au Châtelet entre le lieutenant criminel & le procureur du roi ; la chambre criminelle n'en a point encore

eu de connoiſſance légale. *Gothon* a été tranſ-
férée durant les fêtes de la Baſtille au Châtelet,
& interrogée. Hier il a été lancé divers décrets,
un de priſe-de-corps contre M. *Augeard*, qu'on
eſt venu lui ſignifier le ſoir même. Il n'y étoit
pas ; on a voulu fouiller dans ſon ſecretaire, &
n'en trouvant pas la clef, on l'a enfoncé, &
l'on a enlevé quelques papiers.

Meſdames *le Maître* mere & bru ſont décrétées d'ajournement perſonnel.

On nomme différentes autres perſonnes & de
grande conſidération comme décrétées d'aſſigné
pour être ouï, mais mal-à-propos. On ſoup-
çonne que M. le garde-des-ſceaux s'imaginant
que ces pamphlets étoient dirigés par la cabale
ennemie, ſes eſpions répandus dans les ſociétés
affectent de ſemer ces faux bruits pour exciter
à parler, pour intimider les coupables, & chercher à découvrir quelque choſe. On cite parmi
les inculpés M. *Albert*, maître des requêtes,
ancien lieutenant de police ; M. *de Montholon*,
ancien premier préſident du parlement de Rouen
& aſpirant aux ſceaux ; M. le préſident *de La-
moignon*, chez lequel il ſe tient journellement
des comités d'ambitieux & d'intrigants ; M. *de
Bretigneres*, conſeiller au parlement ; Me. *Elie
de Beaumont*, grand intrigant, &c.

29 *Décembre*. Le duc *de Penthievre*, depuis
le gain de ſon procès contre le comte *d'Arcq*,
aujourd'hui M. *de Saintefoix*, inſtruit qu'il vouloit encore remuer & ſe pourvoir au conſeil,
avoit obtenu un ordre du Roi qui l'obligeoit
de ſortir de Paris ; comme il n'y a point obtempéré, il en eſt venu un plus ſévere qui l'exile à
Tulle, où il a dû ſe rendre.

29 *Décembre. Veneves in gemmis antiquis.* Tel est le titre d'un relevé qu'on a fait de toutes les gravures des anciens, conservées jusqu'à nos jours, & roulant sur leurs fêtes, leurs jeux & leurs plaisirs obscenes. Elles sont au nombre de soixante-douze environ, & forment un cours complet de luxure: Elles viennent à l'appui du système de l'auteur de *l'Erotika biblion*, dont on a parlé dans le temps.

30 *Décembre.* On a présenté requête au parlement pour M. *Augeard* contre le décret de prise-de-corps lancé contre lui ; on y a exposé les irrégularités & les vexations dont il a été accompagné. M. *Dionis Duséjour*, rapporteur de la requête, lui a été favorable, & d'après son avis, la tournelle a rendu arrêt qui, sans rien décider sur le décret, ordonne que le greffier du Châtelet sera tenu de remettre à la chambre une expédition des charges & informations pour y être statué définitivement.

30 *Décembre.* Depuis quelque temps on parloit d'une nouvelle tragédie de M. *le Mierre*, intitulée *Céramis.* Il avoit été question de la jouer devant la cour à Fontainebleau. Ce projet ne s'est pas effectué, & la piece toute neuve a paru hier pour la premiere fois sur le théâtre françois. L'auteur sentant le danger de traiter des sujets historiques trop récents, ce qu'il éprouve depuis nombre d'années à l'occasion de son *Barnevelt* qu'on ne veut pas laisser jouer, s'est perdu cette fois dans l'antiquité. La scene est à Memphis & le sujet d'imagination, ressemblant cependant à plusieurs tragédies connues. Les trois premiers actes ont été fort bien reçus, & le troisieme a enlevé par une scene superbe ; mais le

quatrieme & le cinquieme ont absolument dégénéré. Il faut voir si le poëte trouvera dans sa
tête des ressources pour améliorer ces deux actes,
& les rendre aussi bons que les précédents aux
yeux du public difficile.

30 *Décembre*. M. *Sédaine* a de nouveau refondu
les deux actes ajoutées à son *Richard cœur de
lion* & l'a remis en trois. Ne pouvant plus y
intéresser le cœur, il a cherché à séduire les
yeux. Le nouveau dénouement consiste dans le
siege de la forteresse où le Roi est détenu. Le
public a très-fort goûté cette leçon. On assure que
le siege est de la composition de M. *Vestris*. Il ne
laisse rien à désirer; après la toile baissée, on a
demandé pendant très-long-temps l'auteur ; à la
fin le musien M. *Gretri* s'est montré. Il paroît
que la piece se trouve ainsi dans l'état de perfection désiré.

30 *Décembre*. Le célebre *Dagoty* pere vient de
mourir. C'étoit lui qui avoit imaginé le *journal
de Physique*, dont l'abbé *Rozier* l'avoit ensuite
dépouillé. Il s'étoit retourné cependant & commençoit à publier *Observations périodiques sur
l'histoire naturelle, la physique & les arts*, par
une société de gens de lettres, avec des planches en couleurs naturelles ; secret où excelloit
cet artiste.

30 *Décembre*. Malgré tous les efforts du
parlement de Rennes pour obvier à la distribution du tabac pernicieux, dont la Bretagne est
infectée depuis plus de quinze mois, les fermiers-
généraux se sont obstinés à n'y point envoyer
une meilleure denrée, & le contrôleur-général
trompé sans doute par leur exposé, les a soutenus
au point que cette cour n'obtenant aucune justice

s'eſt portée à des arrêtés & à des coups d'autorité plus violents ; le commandant de la province a été envoyé à Rennes pour y tenir une ſéance militaire, biffer les arrêts & arrêtés du parlement, & y faire enrégiſtrer de force les volontés du Roi. Toute cette conduite illégale a donné lieu à des remontrances très-graves, & une députation du parlement doit arriver inceſſamment à Verſailles.

31 *Décembre*. L'eſpece de lit de juſtice tenu à Verſailles le 23 de ce mois étant un des événements les plus mémorables qu'il y ait eu depuis long-temps pour la magiſtrature, on ne ſauroit trop en conſtater tous les détails.

D'abord, quoique le Roi eût demandé ſon parlement, on a ſu que ſa majeſté ne vouloit pas le voir ; elle comptoit ſeulement ſe faire offrir les regiſtres par le greffier en préſence du premier préſident & des gens du Roi, pour y biffer ce qui déplaiſoit & y faire inſcrire ſes volontés. M. le garde-des-ſceaux a repréſenté à ſa majeſté que ce ſeroit contre toute regle & & ſans exemple ; qu'ayant mandé ſon parlement en corps de cour, elle ne pouvoit ſe diſpenſer d'en admettre tous les membres en ſa préſence : à quoi elle a enfin conſenti, en ordonnant qu'on n'ouvrît qu'un battant de ſon cabinet.

Le premier préſident a obſervé à l'huiſſier, quand il s'agit d'entrer, que l'uſage étoit qu'on ouvrît les deux battants : l'huiſſier lui a répondu que tels étoient ſes ordres ; il en a été cependant référé au gentilhomme de la chambre de ſervice, qui a confirmé cette mortifiante éti-

nette. On a paffé par-deffus, l'on eft entré &
le Roi a dit :

    « Mon parlement, qui connoît les regles &
» les formes, n'auroit pas dû inférer dans fon
» arrêt d'enrégiftrement deftiné à être publié &
» affiché, des chofes qui doivent refter dans
» le fecret des relations intimes que je lui permets
» d'avoir avec moi. Je retrancherai de cet
» arrêt tout ce qui eft étranger à fon objet ;
» je trouve bon que mon parlement m'avertiffe
» par de refpectueufes repréfentations de ce qui
» peut intéreffer le bien de mon fervice & le
» bonheur de mes peuples ; mais je ne prétends
» pas qu'il abufe de ma bonté & de ma con-
» fiance jufqu'au point de fe rendre en tout
» temps & en tout lieu le cenfeur de mon admi-
» niftration. Je dois anéantir un arrêt auffi peu
» réfléchi. »

    Ici le Roi a fait lui-même la radiation d'une
partie de l'arrêt & de tout l'arrêté ; il a enfuite
ajouté :

    « Je compte que mon parlement réglera
» les effets de fon zele d'après les principes
» de fageffe, de refpect & de foumiffion qui
» font dans le cœur de chacun de fes membres,
» & dont il ne peut être excufable de s'écarter.
» Au furplus, je veux qu'on fache que je fuis
» content de mon contrôleur-général, & je ne
» fouffrirai pas qu'on trouble par des inquié-
» tudes mal fondées l'exécution de plans qui
» tendent au bien de mon état & au foulagement
» de mes fujets. »

    Enfuite le Roi a fait lire par le greffier en chef
l'arrêt, tel qu'il fe trouve depuis la radiation faite
par fa majefté, & a ajouté :

» « C'eſt ainſi que l'arrêt doit ſubſiſter
» voilà comme je veux qu'il ſoit impriné &
» affiché. »

Alors le Roi a donné à M. le baron de Breteuil un papier qu'il a tiré de ſa poche, & lui
a dit de faire inſcrire ſur le regiſtre par le greffier
en chef tout ce qu'il venoit de dire. M. le
baron de Breteuil l'a dicté tout haut au greffier,
à qui ſa majeſté a ordonné d'en faire lecture;
puis elle a dit à M. le premier préſident de
le ſigner.

S'adreſſant enſuite à M. Seguier, ſa majeſté lui
a dit : « Vous avez bien entendu que l'arrêt
» doit être imprimé tel qu'il eſt à préſent ? »

A cette occaſion M. Seguier n'oſant en faire la
difficulté au Roi lui-même, a demandé à M. le
baron de Breteuil de quand on dateroit l'arrêt ?
Il lui a obſervé que ſi l'on conſervoit l'ancienne
date, avec ces changements, ce n'étoit plus
le même arrêt & c'étoit un faux : que ſi on
le datoit du jour de la préſente ſéance, il falloit
faire mention de l'eſpece de lit de juſtice que
ſa majeſté venoit de tenir & y joindre les for-
mules uſitées en pareil cas. M. le baron de Breteuil
n'étoit point préparé à ces difficultés; il a dit qu'il
falloit s'en tenir à ſuivre littéralement les ordres
du ſouverain, & M. le premier avocat-général n'a
pas inſiſté d'avantage.

Comme le parlement ſe retiroit, le Roi a
appellé le premier préſident & lui a dit : « Je
» ne veux plus que M. d'Amecourt ſoit rappor-
» teur de mes affaires; vous en indiquerez un
» autre à mon garde-des-ſceaux, qui m'en rendra
» compte. »

Pour mieux entendre ceci, il faut ſavoir que

précédemment il y avoit eu une contestation vive à Versailles entre M. le contrôleur-général & M. *d'Amecourt*, le rapporteur de la cour ; que le premier avoit reproché au second d'être l'auteur de cette querelle pour n'avoir pas communiqué à sa compagnie le mémoire que le ministre lui avoit remis tendant à l'éclairer sur l'emploi des fonds empruntés depuis son administration : à quoi M. *d'Amecourt* lui avoit répondu qu'il avoit cru lui rendre service en ne produisant pas ce mémoire rempli de fauſſetés ; de-là de gros mots de part & d'autre.

Il eſt conſtant cependant que le mémoire en queſtion a été mis ſur le bureau ; que M. *d'Amecourt* en a fait verbalement un extrait ; qu'il a offert de le lire en entier, ou de le communiquer à quiconque voudroit, & que meſſieurs l'ont regardé comme inutile.

31 *Décembre*. C'eſt par un arrêté du 10 décembre, que le parlement de Rennes effrayé des conſéquences dangereuſes de l'expédition militaire de M. le comte *de Montmorin*, a déterminé de faire de nouvelles remontrances, moins ſur le fond déjà trop bien inſtruit, que ſur la forme plus révoltante & plus inſolite que jamais, & de demander au Roi la permiſſion de venir les lui porter par une députation ſolemnelle ; ce qu'on aſſure qu'il n'a pas obtenu encore.

31 *Décembre*. On apprend que la ſalle du ſpectacle de Montpellier a été conſumée preſqu'en entier. Heureuſement on ne parle point de malheurs arrivés à perſonne. On attend les détails de ce triſte événement.

31 *Décembre*. Effectivement ces jours-ci, les

chambres affemblées du parlement, on a lu l'arrêté du parlement de Bordeaux annoncé, on est convenu que le greffier en chef seroit chargé d'écrire une lettre très-honnête & très-affectueufe à la compagnie gémiffante, & que fur le furplus la délibération feroit renvoyée au premier jour ; ce qui veut dire qu'on ne fe foucie pas, ou qu'on craint de s'en occuper : que la cour juge avoir affez de fes propres affaires. Il s'agit de grandes & longues remontrances ordonnées dans l'affemblée d'hier 30 fur toutes les difgraces & humiliations qu'elle vient d'éprouver.

31 *Décembre*. L'accident de M. *de Calonne* eft des plus extraordinaires, & il eft bien heureux d'en avoir été quitte à fi bon marché. Il pouvoit être affommé très-facilement : du refte, il s'eft trouvé tellement empêtré qu'il n'a pu ni crier ni fonner, & qu'il n'a reçu de fecours qu'au moment où fon valet de chambre eft entré pour allumer fon feu.

Le Roi, informé de l'accident deux heures après, a écrit une lettre affectueufe à ce miniftre.

Du refte, les calembours continuent. On dit que ce miniftre ayant ordonné à fes gens de chercher, de voir s'il n'y avoit pas quelque voleur de caché, qu'il y en avoit furement dans la chambre ; ils lui ont répondu, après leur perquifition : *Mais nous ne voyons que vous ici Monfeigneur.*

31 *Décembre*. Extrait d'une lettre de Morta-gne...... Dans cette ville, capitale du Perche, il vient d'être élevé un monument d'un genre unique & méritant par cette raifon d'être connu.

Cette ville ayant obtenu par une déclaration

23 septembre 1784, la décharge de droits litigieux & susceptibles de recherches ruineuses, voulu en consacrer la mémoire.

M. *Bouchu*, architecte, éleve de l'académie, a été chargé de l'exécution. Il a composé un dessin simple & clair, d'une grande correction, où il représenté la muse de l'histoire, achevant de graver sur une pyramide de marbre le titre de la loi bienfaisante. Ce dessin approuvé produit un très-bel effet en relief. L'ouvrage fini, on en a fait l'inauguration le 15 novembre dernier. Au bas on lit ces quatre vers, adressés aux députés :

Vertueux citoyens, qui du peuple & du prince
Avez concilié les intérêts divers,
Mortagne accomplissant le vœu de sa province,
A la postérité consacre vos bienfaits.

Plus bas sont gravés les noms de ces députés, M. *Bertereau*, lieutenant-général ; M. *de Fontenay*, chevalier de Saint-Louis.

PREMIERE LETTRE

Sur les peintures, sculptures & gravures exposées au salon du Louvre le 25 août 1785.

Les artistes, Monsieur, sont comme certains malades qui, ne pouvant vaincre leur répugnance à la vue d'un remede, préferent les souffrances & quelquefois même la mort à un dégoût momentané. Heureux de rencontrer des parents, ou plutôt un ami qui s'intéresse assez à leur conservation, pour user d'une contrainte salutaire, & les sauver, en quelque sorte, malgré eux. La critique est à l'égard des premiers ce remede souverain ; mais en horreur à l'amour-propre de tous, & cependant quels biens infinis elle leur a procurés ! En effet, n'est-ce pas elle qui, à force de s'élever contre l'indignité du local, si long-temps théâtre de leur rivalité, sous le titre ridicule de *Sallon*, est venu à bout de le faire convertir en un séjour plus décent, plus noble & plus analogue à cette dénomination fastueuse ? N'est-ce pas elle qui, sans relâche, gémissant sur le grand nombre de portraits obscurs, de bambochades puériles, de tableaux de genre estimable, mais où le génie ne peut prendre son essor, a réveillé le zele du gouvernement, a provoqué sa munificence & fait naître cette foule de peintres d'histoire, dont s'énorgueillit aujourd'hui l'école françoise ! N'est-

pas elle qui, pourfuivant impitoyablement le
mauvais goût, le goût faux, la maniere brillante, mais fouvent déplacée & toujours trop
prodiguée, dont *Boucher* avoit engoué fes éleves,
a rappellé les jeunes athletes aux vrais principes du grand genre, aux beautés mâles de l'antique ? Enfin, pour tout comprendre en un
mot, n'eft-ce pas elle qui a produit le falon
actuel, le plus magnifique, &, de l'aveu général,
le plus impofant qu'on cite depuis fon établiffement ? Nulles futilités, nuls colifichets, point
de grotefques, point de caricatures, point de
ces fcenes molles & efféminées dont l'effet ordinaire eft d'énerver le talent en corrompant le
cœur. Il y regne un ton févere qui le rend
moins agréable aux gens frivoles & fuperficiels,
mais qui plaît aux vrais amis des arts, & aux
partifans des mœurs ; qui éleve & agrandit
l'ame ; qui fournit aux méditations du génie
& le perfectionne en l'exerçant. C'eft à quoi,
fans doute, font deftinés fur-tout plus de trente
tableaux d'hiftoire, dont la plupart de vaftes
machines, & dont quatorze commandés pour
le Roi. On défireroit feulement que, fuivant le
plan arrêté, les fujets euffent été choifis dans nos
annales, & l'on regrette de n'y en trouver qu'un
de cette efpece (*) : toutefois il feroit bien temps
que les Romains, les Grecs, les Egyptiens,
les Hébreux, qui depuis quatre mille ans occupent la fcene, cédaffent la place à des perfon-

---

(*) *Saint Louis rendant la juftice dans le bois de
Vincennes ;* tableau de M. *Brenet*, deftiné pour la
chapelle du château de Compiegne.

mages plus rapprochés de nous, plus dans nos
mœurs & plus intéressants pour des François.
Quoi qu'il en soit, j'envisage du moins de
toutes parts des traits d'héroïsme, des actions
patriotiques, des vertus douces, sociales &
religieuses.

Ici M. *Vien*, après avoir offert il y a deux
ans *Priam* allant supplier *Achille* de lui rendre
le corps de son fils *Hector*, nous le montre qui
revient dans sa capitale avec ces précieuses reli-
ques : l'on sort au-devant de lui ; le char est
bientôt entouré de son auguste famille qui l'arrête.
Hecube embrasse le héros inanimé. *Andromaque*
lui prend la main & semble se plaindre encor
aux Dieux de la mort de son époux. *Astianax*
conduit par sa nourrice, tend les bras à sa
mere qu'il voit éplorée : *Pâris* & *Helene*, craignant les reproches, se tiennent à l'écart derriere
Andromaque ; & *Cassandre*, qui a prédit tous
ces malheurs, se précipite sous une des roues.
Mêmes beautés & mêmes défauts absolument
que dans le tableau précédent. On reproche en
outre à M. *Vien*, quoiqu'il sache bien l'histoire
& connoisse parfaitement l'antiquité, d'avoir
employé dans son architecture l'ordre dorique
alors ignoré & mis sur la tête d'*Hécube* la couronne
à rayons, seulement en usage sous les empereurs
Romains.

Là, M. *la Grenée* l'aîné, nous retrace la
générosité compatissante d'*Alexandre*. Ce monarque averti par un eunuque de la mort de la
femme de son ancien rival, quitte le cours de
ses expéditions militaires, vient au pavillon de
Sisigambis, qu'il trouve couchée par terre, au
milieu des princesses éplorées & près du jeune

de *Darius*, encore enfant ; il prend part à
leur douleur & les console. L'artiste du moins
annonce cette intention ; mais elle n'est pas
remplie. On a peine à distinguer le roi Macé-
donien de son confident *Ephestion*. Sa tête n'est
point rendue d'après l'antique, & quoique ce
morceau soit riche de détails & d'un beau faire,
on sait mauvais gré à M. *la Grenée*, d'avoir
osé lutter contre *le Brun*, dans un sujet traité
par ce grand maître, & de rester si fort au
dessous.

Des connoisseurs préferent son *Ubalde* & le
Chevalier Danois aux prises avec les nymphes
qui cherchent à les séduire, comme plus dans
son genre aimable ; cependant l'action principale
y est mal exprimée, & il y regne un ton triste
peu convenable au sujet où *le Tasse* a répandu
tant de charmes.

En levant les yeux on voit *Enée* qui, au milieu
de la ruine de Troye, n'ayant pu déterminer
Anchise, son pere, à quitter sa patrie & son
palais, veut, dans son désespoir, tetourner au
combat, *Creuze* sa femme, l'arrête, en lui
présentant son jeune fils *Ascagne*. Dire que ce
morceau est de M. *Suvée*, c'est annoncer en
même temps une composition nette & facile,
des plans bien distincts, une scene simple, mais
trop vuide. D'ailleurs il ne s'est pas assez pénétré
du premier livre de son *Enéide*, en traitant un
sujet qui de sa nature exigeoit nécessairement
plus de chaleur & de mouvement, même de
tumulte & de désordre. Sa *Creuze* presque aussi
jeune, aussi fine que le petit *Ascagne*, est dans
la forme françoise, plutôt que dans celle des

Troyennes de M. *Vien*, tout ami que foit celui-
ci des femmes fweltes & légeres.

> Et les couleuvres étouffées
> Seront le jeu de fon berceau.

Ces deux vers d'une Ode de Rouffeau font le
principal fujet du tableau voifin dont le but eft
d'exprimer comment *Amphytrion*, voulant s'af-
furer de la diftinction qu'il devoit faire des
deux enfants qu'*Alcmene* avoit mis au jour, fit
lâcher deux ferpents entre leurs berceaux. Le
courage du petit *Hercule* détermina fon choix,
il reçut fon fils *Euryfthée*, qui fe jeta tout
effrayé dans fes bras en préfence de la mere,
de la nourrice & des femmes, témoins de cette
épreuve. On eft d'abord tenté de rire en voyant
cet *Amphytrion* depuis tant de fiecles dévoué à
la plaifanterie; & pour peu qu'il eût eu de goût,
M. *Taraval* auroit fenti que ce perfonnage
ridicule ne pouvoit figurer dans un poëme héroïque comme le fien; il y auroit conféquemment
renoncé. Quoi qu'il en foit, quant à la compofition, il ne s'en eft pas mal tiré; mais l'*Alc-*
mene eft détestable, & tout le coloris de ce
tableau eft du plus mauvais ton.

M. *Brenet* nous exprime enfuite la piété & la
générofité des dames Romaines qui, à la prife
de Veies, apporterent aux tribuns militaires
leurs bijoux d'or pour les fondre & exécuter
une coupe de ce métal que la république avoit
fait vœu d'offrir à *Apollon*; vœu que fa pauvreté
ne permettoit pas de remplir. On auroit défiré
que ce peintre, toujours fage, favant & froid,

eût

eût rendu plus nombreux le concours des dames
& montré plus d'admiration de la part des
tribuns, à moins qu'on ne dise que les belles
actions étoient déjà si familieres à ce peuple que
rien en ce genre ne les étonnoit ; obfervation bien
détournée pour M. Brenet, dont le défaut n'est
pas de pécher dans fes ouvrages par trop
d'efprit.

Le Moyfe fauvé des eaux par la fille de Pharaon,
est le tableau qui vient après, & je vois avec
peine que M. la Grenée le jeune mette le fpectateur dans le cas de fe rappeller le Moyfe fauvé
des eaux, du Pouffin, qu'on compte parmi fes
ouvrages les plus remarquables. Le premier est
fort gracieux ; mais ce qui feroit beauté ailleurs,
est ici défaut : la fineffe des têtes de profil,
l'élégance des formes donne plus d'idée des
Grecs que des Hébreux ou des Égyptiens. D'ailleurs le lieu de la fcene n'est point indiqué ;
rien ne caractérife le Nil. Enfin la princeffe trop
éloignée du grouppe de l'enfant & fa fœur,
amenant fa mere pour lui fervir de nourrice,
trop dégradée dans l'ombre, rendent l'action fans
enfemble & abfolument découfue.

Indépendamment de ce tableau pour le Roi,
l'artifte laborieux, toujours fécond, a expofé
plufieurs petits morceaux qui ne manquent pas
de partifans & dont quelques-uns font même
plus estimés que fa grande machine, tels que
Roland abandonnant Armide, malgré le défaut
de coftume d'avoir, au temps des croifades,
habillé les Preux chevaliers à la romaine. Sa
Frife repréfentant Moyfe, chaffant les bergers
de Madian qui empêchoient les filles de Jethro
de faire boire leurs troupeaux, est pleine de

mouvement & d'une exécution hardie & originale. Les amateurs du goût sain, y retrouvent avec plaisir le genre antique.

La maniere large & grande de M. *Ménageot*, dont le tableau est à côté du Moyse, lui fait un vrai tort. Celui-ci nous montre *Cléopâtre* rendant son dernier hommage au tombeau d'*Antoine*.

» Après la défaite d'*Actium* & la mort d'*An*-
» *toine*, cette Reine sachant que l'intention
» d'*Octave* étoit de la conduire à Rome pour
» orner son triomphe, résolut de ne lui pas
» survivre ; mais avant elle fit demander au
» vainqueur la permission de visiter pour la
» derniere fois le tombeau d'*Antoine*. Là s'ima-
» ginant qu'il la voyoit & l'entendoit encore,
» *Cléopâtre* lui dit qu'elle alloit lui donner la
» plus grande preuve de son amour, lui fit ses
» adieux, & après avoir semé sa tombe de
» fleurs, elle se retira avec ses femmes & rem-
» plit sa promesse. »

Cet exposé de l'artiste offroit, comme l'on voit, deux traits, l'acte religieux & l'acte héroïque, sujets de deux tableaux, à moins d'un génie bien inventif pour les rendre en un. M. *Ménageot* a choisi le premier, sans doute comme plus fécond en accessoires, comme plus susceptible du développement des différentes parties de son art. Peut-être même a-t-il cru avoir exprimé l'autre par le désespoir dont est empreinte la figure de *Cléopâtre*, par une carnation plombée & livide, d'une maniere si outrée qu'elle annonce déjà non-seulement la mort, mais la putréfaction. Peut-être aussi cette mauvaise plaisanterie est-elle trop exagérée : du moins est-il vrai que

la douleur de la reine d'Egypte, profonde & con-
centrée, ne devoit point être celle d'une fem-
melette de Paris, dont la moindre attaque de
nerfs dérange toute l'économie animale, en alté-
rant ses traits, ne devoit point s'étendre sur
toutes les autres parties de son corps, comme si
elle sortoit d'une maladie longue & cruelle, ou
même comme si elle avoit déjà un pied dans la
tombe.

Vous voyez, Monsieur, que je m'arrête principalement à l'expression, partie la plus essentielle, dont le plus ignorant peut juger. D'autres
critiques observent que les figures de M. *Ménageot* n'ont pas le caractere égyptien, que ce petit
page portant le manteau de la Reine n'est point
du temps ; que son sarcophage est la copie de
celui d'*Agrippa* à Saint-Jean-de-Latran ; enfin
que ce tableau manque d'harmonie, que la couleur en est dure......

Bien des gens préferent encore le tableau de
chevalet de cet artiste, où l'on voit *Alceste* rendue à son mari par *Hercule*, quoique celui-ci
soit un peu jeune, point assez mâle, & ne res-
semble en rien à l'*Hercule Farnese*.

Je vous parlerois, Monsieur, de l'esquisse de
M. *Ménageot*, d'un tableau pour la ville au sujet
de la paix de 1783, sujet intéressant plus que
tous les autres, si je ne préférois d'attendre le
tableau qui doit vraisemblablement figurer au
premier salon.

A ce morceau d'histoire profane succede un
morceau d'histoire sainte, dont la moralité est
le danger des vœux indiscrets, ou plutôt doit
être d'inspirer de l'horreur contre des vœux
atroces. En effet, le ciel envoyant à *Jephté* sa

G 2

propre fille, lorsqu'il vient de lui faire le vœu,
s'il remporte la victoire sur les Ammonites,
d'immoler la premiere créature que ses yeux
rencontreront en rentrant dans son palais, est
une terrible leçon. En la voyant, le pere dé-
tourne promptement ses regards, déchire ses
vêtements, tombe dans les bras de son écuyer,
& sa fille se précipite à ses pieds pour apprendre
la cause de sa douleur. Elle étoit suivie de ses
femmes jouant des instruments, & à ces concerts
d'alégresse succede un silence morne & effrayant.

Vous jugez, Monsieur, par cette description,
que le tableau est heureusement composé ; sur-
tout pour son espace, ne comportant que huit
pieds de large sur dix de haut. En cela M. *Vanloo*
est bien supérieur à son ouvrage du salon dernier : mais le costume n'en est point exact au
gré des antiquaires ; ses personnages sont habillés
comme des Grecs, & toujours point de coloris
ou plutôt un ton blafard, qui donne l'air d'une
croûte à celui-ci, & répugne au spectateur, n'y
revenant que par réflexion. En général, cet
artiste ne semble pas fait pour l'histoire ; il veut
soutenir l'honneur de son nom & sa dignité de
professeur, & cependant il vaudroit mieux être
le premier des peintres de genre, que le dernier
des peintres d'histoire.

Ce n'est pas un petit plaisir, Monsieur, pour
le public, que le contraste de tous ces sujets &
de toutes ces manieres. C'est maintenant la
fougue d'un débutant plein de verve, dont le
récit seul à coup sûr vous enflammera l'imagination ; quel effet ne doit pas produire le spectacle de l'action même ? Il s'agit du sac de
Troye, au moment épouvantable où *Pyrrhus*

bleſſé par *Polite*, le dernier des fils de *Priam*, le pourſuit juſques dans le palais de ce monarque, le maſſacre à ſes yeux, & le pere enſuite, voulant venger la mort du jeune héros. Tout ſe ſent ici de l'inexpérience du compoſiteur. On lui reprochoit l'an paſſé d'avoir choiſi la nuit pour le temps de l'éducation du centaure *Chiron* ; aujourd'hui, dérogeant à la vérité de l'hiſtoire, il oublie cette nuit déſaſtreuſe que nous peignent ſi chaudement & *Virgile* & *Racine*, où ſe paſſa la cruelle ſcene qu'il veut rendre, & il la tranſporte dans le jour : il oublie que le pathétique n'y doit être que ſecondaire, que l'action principale eſt la cruauté de *Pyrrhus*, & il met dans l'ombre ce vainqueur barbare, & il attire les premiers regards ſur le grouppe d'*Hécube*, d'*Andromaque* & de *Caſſandre* éplorées. Toutefois l'on fonde de juſtes eſpérances ſur cet artiſte, lorſque l'âge & la raiſon lui auront mûri la tête. Il faut que l'académie penſe de même, puiſqu'à peine reçu, elle l'a employé aux tableaux deſtinés pour le Roi. Qu'il conſulte encore long-temps ſon maître, M. *Bardin*, ſur le deſſin & la compoſition ; car, quoiqu'il l'ait laiſſé derriere lui, il peut ſans s'humilier continuer d'en prendre des leçons.

Toujours agréé, lorſqu'il voit ſon éleve académicien, M. *Bardin*, dont c'eſt ici le cas de faire mention, prouve bien que dans ce ſiecle frivole on va beaucoup plus loin avec un mérite brillant qu'avec un mérite réel. Son tableau repréſentant l'Extrême-Onction, d'une grande & belle ordonnance (*), mais gris & ſans effet de

---

(*) Il eſt de quinze pieds deux pouces de long ;

couleur, ne frappe point, & l'on passe sans la regarder, lorsque l'autre plein d'écarts & d'extravagances, saisit, & attire la multitude.

Comme dans ses esquisses dessinées, dont l'une représente l'adoration des Mages & l'autre une Vierge, il n'est plus question de couleur, on convient qu'il fait infiniment mieux, & qu'on les considere même avec plaisir.

Le sang-froid dont *Manlius Torquatus* condamne à la mort son fils, quoique vainqueur, pour avoir combattu, malgré la défense des consuls (*), est le principal objet du tableau de M. *Bertellemy*, qui occupe le milieu entre M. *Renaud* & un athlete entrant dans la carriere. Cet artiste a toujours l'expression juste & n'est point manièré jusqu'à présent ; depuis trois salons qu'il figure avec éclat, ses sujets ont été tous variés. D'abord noble & gracieux, il s'est ensuite montré terrible, & aujourd'hui il est grand, fier & pathétique ; car la vertu romaine poussée dans le principal personnage à son plus haut degré, ne l'empêche point d'être pere, & cette double conception est très-bien sentie. Le style est ferme & sévere, comme la composition.

M. *Peyron* est le nom du débutant indiqué, & son sujet *l'héroïsme de l'amour conjugal.* C'est *Euripide* qu'il a pris pour guide dans la distribution du poëme.

Alceste s'étant dévouée volontairement à la

_____

sur six pieds huit pouces de haut. Il est destiné pour la chartreuse de Valbonne, près le Pont Saint-Esprit en Languedoc.

(*) Ce trait d'histoire est de l'an de Rome 413.

mort, pour fauver les jours de fon époux, fait
fes adieux à fon mari, que le défefpoir acca-
ble, &, après lui avoir fait promettre de refter
fidele à fa mémoire, elle lui confie fes enfants,
dont elle eft entourée, & qui, baignés de larmes,
participent à la douleur d'une fi cruelle féparation,
à proportion de leur âge. Les femmes
plongées dans la triftesse rempliffent le palais de
deuil, & la ftatue de l'hymen eft voilée à jamais, comme ne devant plus éclairer d'autres
embraffements. Le pathétique de l'action y femble
bien rendu, les convenances morales parfaitement fenties. Le fond en eft trop noir ; ce qui,
au gré des connoiffeurs, provient en partie de
la mauvaife expofition du tableau, & d'ailleurs
ne meffied pas à la triftesse de la fcene. Les gens
de l'art, examinant tout avec l'équerre & le
compas, y critiquent trois plans abfolument
paralleles, défaut capital contre les premieres
regles de la compofition matérielle, & les dif-
fertateurs de l'académie des belles-lettres font
choqués d'y trouver encore fur la tête d'*Admette*
cette couronne à rayons ufitée feulement dans
les temps très - poftérieurs. Malgré ces reproches, fondés, M. *Peyron* s'annonce comme
devant être un jour un des foutiens de l'académie, & elle en a jugé ainfi en l'admettant, quoique agréé, à travailler pour le Roi ; honneur
rare, s'il n'eft pas fans exemple.

Le morceau de réception de M. *Taillasson*,
dont je ne vous ai dit qu'un mot il y a deux
ans, comme agréé, eft au-deffus du tableau de
M. *Peyron* ; c'eft *Philoctete* à qui *Ulysse* & *Néop-
tolème* enlevent les fleches d'*Hercule*. On ne trouve
point au premier les formes d'un héros Grec ;

G 4

on prétend que sa pose lui donne plutôt l'air terrassé que menaçant ; quant aux deux autres personnages, ils sont un peu roides & pas assez variés ; toute l'exécution est peinée. Malgré cela, l'intérêt du sujet, de la pensée, un bon style & de l'éclat dans le coloris, lui ont valu les suffrages des maîtres.

La foule des autres ouvrages que cet artiste a exposés, atteste d'ailleurs sa constance au travail & sa facilité. Sa Sainte Thérese (*) en extase est généralement applaudie. Elle électrise le spectateur & le ravit à son tour, malheureusement d'une maniere toute profane, sans lui faire quitter la terre, & en s'attachant plus que jamais à la créature.

Je vous ai, Monsieur, observé autrefois que les peintres manquoient presque toujours la figure de *Jesus - Christ* ; il en est de même de *Jupiter*. Ce souverain des dieux, endormi sur le mont Ida, sujet du tableau de M. *Barbier* l'aîné, devant lequel je me trouve en ce moment, est bien loin de la majesté qu'il devroit avoir : la *Junon* est beaucoup mieux pour la figure ; c'est une jolie femme, mais non encore celle qui dit dans *Virgile : Ast ego quæ divûm incedo Regina*. Le *Morphée* dans les airs, qui répand les pavots sur ce couple auguste, est bien suspendu & d'une grande légéreté ; & quant au méchanisme de l'art, le tableau n'est point sans mérite.

Vous vous impatientez peut-être, Monsieur,

(*) Ce tableau est pour les dames carmélites de Limoges, ainsi qu'un Saint Jean de la Croix, très-goûté aussi.

de ne point m'entendre vous parler de M. *Vincent*; m'y voilà. Il a composé deux tableaux faisant une suite historique. Par le premier, sans doute il a voulu s'essayer, se pénétrer de son principal objet, afin de le mieux rendre; dans le second, destiné pour le Roi & de plus grande maniere, *Cæcinna Pætus*, s'étant attaché à *Scribonius*, qui avoit soulevé l'Illirie contre l'empereur *Claude*, fut pris & mené à Rome. *Arrie*, sa femme, trop instruite qu'il n'y avoit aucune espérance de le sauver, l'exhorte à se donner la mort.

Cette héroïne, voyant que *Pætus* n'avoit pas le courage de se tuer, prit un poignard, se l'enfonça dans le sein, & le présenta à son mari, en lui disant : *Tiens, Pætus, il ne m'a point fait de mal* : exemple qui détermina son époux incertain, à ne pas lui survivre.

Quels beaux sujets & que l'ame doit s'élever en les traitant ! Vous voyez, Monsieur, que l'un n'est, à proprement parler, qu'une préparation à l'autre. Aussi M. *Vincent* n'en a fait qu'un tableau de chevalet; mais bien loin d'avoir suivi la gradation qu'il se proposoit, il semble s'être épuisé, pour ainsi dire, à composer son esquisse, & son grand morceau est fort inférieur au petit (*) : dans celui-ci son *Arrie* fièrement posée, comme l'exige la circonstance, le bras droit bien tendu, embrassant de la même main le poignard tourné vers son sein, les doigts ramassés en pointe & portés contre son front,

---

(*) De trois pieds six pouces de haut, sur quatre pieds trois pouces de large seulement.

G 5

indique à son mari que rien ne peut arrêter une résolution courageuse bien prise, & qu'elle va lui en offrir la preuve. *Pætus*, au contraire, porte dans toute sa contenance, l'humiliation, la foiblesse & le découragement. Il est assis, penché en avant, les yeux fixés vers la terre ; ses vêtemens sont ternes comme sa figure, tandis que la robe éclatante de l'héroïne forme un contraste piquant pour les effets pittoresques, & ingénieusement allégorique aux sentimens & à la situation des deux personnages.

Arrie s'est poignardée dans celui-là ; on le suppose du moins, car la blessure n'est pas assez visible. Mais au lieu de présenter le fer à son mari, avec ce calme héroïque, rendant autant qu'il est possible le sublime de ce mot, *Pate, non dolet*, elle le tient toujours dirigé vers elle, & sa tête renversée en arriere annonce sa défaillance : d'un autre côté, *Pætus* par son attitude exprime plutôt la surprise & l'effroi, que sa disposition à l'imiter ; ce que le peintre auroit dû faire sentir, & ce qui auroit été le comble de l'art. Le coloris n'en est pas non plus aussi fier.

La peste de Milan de M. *le Monnier*, est un tableau qui paroît bien froid après celui dont je viens de parler, & *saint Charles Borromée*, malgré l'auréole qui ceint sa tête, est un pauvre personnage mis en regard d'*Arrie*. Quoi qu'il en soit, ce début de l'auteur mérite des encouragemens ; il y a de l'ordonnance, de belles masses, un bon style ; mais on observe qu'un fléau dévasteur comme la peste n'est point rendu par une seule femme expirante & tenant son enfant mort dans ses bras ; & l'on exhorte cet

agréé à être plus correct dans son dessin, partie
si essentielle de l'art, & dans laquelle a toujours
excellé l'école françoise.

Je ne sais, Monsieur, si c'est par coquetterie,
mais voilà pour la seconde fois de suite que
M. *Callet* se fait attendre, désirer & prôner
d'avance; on vient enfin de placer son ouvrage,
qui nous ramene encore à cette histoire grecque,
dont nous ne pouvons sortir. Le sujet est celui
qui précede les tableaux de M. *Vien*, & qu'il a eu
soin de passer comme peu analogue à son génie,
trop sage pour l'enthousiasme & la fougue qu'il
exigeoit. Je veux parler d'*Achille* traînant le
corps d'*Hector* devant les murs de Troye & sous
les yeux de *Priam* & *d'Hécube*, qui implorent
le vainqueur.

Ce tableau, comme celui de M. *Peyron*, qui
est à l'opposite, est placé trop haut, & reçoit
le jour d'une façon trop ingrate pour n'en pas
perdre beaucoup de détails; d'autant mieux qu'il
est aussi très-ombré, pour ne pas dire noir. La
figure la plus apparente est le cadavre du héros
vaincu; spectacle qui répugneroit, si l'auteur
n'avoit eu l'attention de nous l'offrir en cet état
de conservation dû aux soins de *Vénus* & d'*Apol-*
lon, comme en prévient M. *Vien* dans son explication, mais ridicule & incompatible ici, où il
est censé couvert de la fange & de la poussiere
dont il est souillé successivement. L'artiste a sa-
crifié la vérité & même la vraisemblance aux
belles formes, à la savante anatomie qu'il vouloit développer. Il en a fait la partie principale
de sa composition, lorsqu'elle ne devoit être
qu'accessoire. Son héros vainqueur ne s'offre aux
yeux & ne frappe qu'en second. La position

G 6

hardie avec laquelle il fort le pied droit de fon char pour fouler fon rival, eft plutôt un tour de force reffemblant à ceux du fieur *Aftley* (*) que l'attitude noble & fiere d'un prince faifant parade en ce moment de fa férocité, mais non luttant d'adreffe avec les *Automedon* de l'armée grecque. Ces défauts & plufieurs autres, tels que la jambe d'*Achille*, qui n'eft point mufclée vigoureufement comme devoit être celle de l'éleve du centaure *Chiron*, n'empêchent pas que ce morceau ne foit très-eftimable pour la chaleur & le mouvement qui y regnent : on croit voir rouler le char, que fuit involontairement l'œil du fpectateur. Cependant fi, comme on l'en accufe, M. *Callet* n'avoit fait que copier fervilement un peintre Anglois nommé *Hamilton*, tout fon mérite fe réduiroit à rien.

J'allois, Monfieur, finir & fermer cette lettre concernant les tableaux d'hiftoire, lorfque, retourné au falon pour le vifiter de nouveau, & confidérer fcrupuleufement fi je n'ai rien oublié en ce genre qui puiffe vous intéreffer, je vois la foule des fpectateurs, jufques-là fi flottante & fi agitée, ne faire, pour ainfi dire, qu'une maffe ftupéfaite d'admiration en préfence d'un chef-d'œuvre qu'on venoit de placer. Vous n'en ferez pas étonné quand je vous dirai qu'il vient d'Italie ; mais ne vous y trompez pas, il ne s'agit ni d'un *Raphaël*, ni d'un *Guide*, ni d'un *Titien*, ni d'un *Correge*, mais d'un *David*. Ce

_____

(*) Fameux écuyer Anglois, qui tient depuis plufieurs années à Paris un fpectacle de chevaux, fur lefquels il exerce des tours de force & d'adreffe merveilleux.

jeune peintre se trouve à Rome, & y a composé pour le Roi sa tâche, qui étoit le *Serment des Horaces entre les mains de leur pere.* Revenu à soi, chacun se répand en louanges, & se récrie sur le genre de beautés qui lui plaît davantage. Quelle composition simple & sublime, dit l'homme de lettres ! quelle ordonnance noble ! quelles hautes conceptions dans la tête du pere ! quelle fermeté patriotique dans le premier des jeunes gens ! Quel dessin ! répond l'artiste ; comme ces muscles sont prononcés savamment, & variés avec intelligence dans la jambe du pere & dans celle du fils ! quelle vigueur ! quel accord ! quel coloris ! Ce tableau écrase tous les autres. J'en aime sur-tout l'architecture, continue un de nos *Vitruves* ; elle remplit bien le fond du tableau, elle est d'un grand goût, sans ornements, comme l'exigeoit le costume du temps, & tirant toute sa beauté de ses proportions bien entendues. L'aimable personne que la sœur ! ajoute un jeune homme, quelle douceur, qu'elle est touchante dans sa tristesse ! Les beaux yeux, quoique baignés de larmes ! *Si dolci nel pianti che saran nel riso !* La pauvre mere, repart en sanglottant une bonne femme ! Quelle douleur de voir partir ses fils pour le combat où ils vont peut-être périr ! Oui, mais c'est la douleur d'une Romaine, répond à côté d'elle l'homme d'esprit philosophe, accoutumé à disséquer & à nuancer les passions. Enfin, le savant s'extasie sur les draperies, sur les vêtements, où rien n'est omis de ce qui peut le satisfaire. Ce concert d'éloges cent fois répétés ayant pris fin, j'entends l'envie qui fait siffler ses serpents & glisse sourdement ses murmures. Le tableau est un peu jaune de

couleur, les grouppes font découfues ; le plus
apparent des *Horaces* pour prêter le ferment écarte
les jambes, comme s'il alloit tirer une botte. Il
y a quelque chofe d'embarraffé dans les bras
tendus des trois freres, & fur tout la main du
dernier eft d'un profil mal deffiné. Oui, je le
répete, il y a de la confufion en général dans
ces bras, & l'on a de la peine à démêler à quel
corps chacun appartient. Le pere *Horace*, au lieu
de préfenter les fabres à fes fils, les retient ferrés
dans fa main, & femble craindre de les leur
confier. Les fabres ne font pas trop bien rendus ;
il y a fur l'un d'eux une ombre trop forte :
la jambe gauche du pere qui, quoique reculée,
devroit être fur le premier plan, femble fur le
fecond ; ce qui fait perdre l'à-plomb au vieillard
& le rend chancelant : le tableau en général eft
trop éclairé ; il n'y a point affez d'oppofition
dans les ombres. M. *David* forme le jour comme
il lui convient pour faire briller fon talent, &
non comme il eft dans la nature. L'architecture
eft trop bien entendue pour le temps des *Horaces*,
la fcene trop nue ; l'action fe feroit mieux fen-
tie, fi l'on eût vu dans un lointain les deux
armées, du moins l'armée romaine.... Il pourroit
fe faire qu'il y eût quelque chofe de vrai dans
toutes ces critiques, & le tableau de M. *David*
n'en feroit pas moins, je le répete, un chef-
d'œuvre, ce qui ne fignifie pas un ouvrage fans
défauts, mais un ouvrage qui enchante, tranfporte, ravit tellement, que le fpectateur n'a pas
le temps de s'en appercevoir d'abord, ne les
obferve enfuite qu'à la difcuffion.

En voilà, Monfieur, affez pour vous faire
connoître les progrès rapides que notre école

fait dans le genre de l'histoire : dix-huit
concurrents dont je viens de vous entretenir &
dont aucun n'ait beaucoup de mérite, forment
un corps d'artistes bien précieux & bien propres
à illustrer les arts sous le regne de *Louis XVI*,
dont ils doivent aussi faire en partie la gloire.

J'ai l'honneur d'être , &c.

Paris, ce 13 Septembre 1785.

SECONDE LETTRE.

Au sujet d'une exposition de tableaux qui,
suivant l'usage, a eu lieu cette année à la place
Dauphine, le jour de la petite Fête-Dieu, de la
part des jeunes gens des deux sexes se livrant
à la peinture & en désirent faire voir leur talent,
il s'est élevé, Monsieur, une contestation grave.
Comme dans le nombre des concurrents, on
citoit beaucoup de demoiselles dont on prônoit
dans les feuilles publiques les heureuses dispositions, un rigoriste a prétendu que c'étoit un
meurtre de les encourager ainsi ; qu'un tel art
étoit pernicieux pour les personnes du sexe ,
qu'il leur faisoit perdre cette pudeur précieuse
leur plus bel ornement, & les entraînoit presque
toujours dans le libertinage. Je n'entre point
dans la discussion de cette question morale ;
mais il seroit fort à regretter pour la peinture
d'être privé de nos Minerves modernes : il
est des parties auxquelles les femmes semblent
plus appellées que les hommes, & dans les
arts comme dans les lettres tout ce qui tient
aux graces & à l'enjouement est par essence de

leur domaine. Depuis plusieurs expositions leurs
ouvrages brillent au salon entre ceux du second
ordre. Elles disputent la palme aux hommes,
elles l'emportent & s'en glorifient tour-à-tour,
Je vous ai parlé dans le temps & à plusieurs
reprises des succès de Mlle. *Vallayer*, devenue
madame *coster*; je me suis enthousiasmé en
1783, sur les chef-d'œuvres brillants & vigou-
reux de madame *le Brun*. C'est aujourd'hui
madame *Guyard*, dès-lors la serrant de près,
qui triomphe & fait entourer ses productions
avec ces cris de surprise & de ravissement invo-
lontaires qui ne s'arrachent que par un mérite
réel & éclatant.

Son tableau qui frappe le plus & le sujet de
l'admiration générale, est un tableau historié
où elle s'est figurée elle-même en pied, occupée
à peindre, avec deux de ses éleves derriere elle,
considérant l'ouvrage de leur maîtresse & épiant,
pour ainsi dire, le moment de surprendre le
secret d'un si rare talent. Unité d'action, plan
net, intention bien sentie, beau choix de
nature, attitudes variées, vraies & naturelles,
grande intelligence du clair obscur, tous sûrs,
coloris harmonieux, accord de la grace & de
la vigueur, tout ce qu'on peut désirer se trouve
réuni dans cette composition savante & digne des
plus habiles maîtres.

Les autres portraits faits par cette académicienne caractérisent un pinceau sévere, plus
propre à rendre les têtes pesantes & profondément occupées que les affections frivoles des
gens du monde. Elle nous offre un *Amedée*
Vanloo, un *Vernet*, un *Cochin*, trois artistes
qui ne prêtent rien moins qu'aux graces & à la

gentilleſſe du faire, mais exigeant une touche
réfléchie & vigoureuſe. Entre les femmes elle
ſemble ne choiſir auſſi que celles qui ſont de
ſon genre; on le remarque dans une comteſſe
avec ſon fils âgé de trois mois, fraîche comme
Flore, belle comme *Vénus*, mais chaſte comme
Penelope, & dont toute l'habitude du corps
annonce la vertu conjugale dans toute ſa
pureté la plus parfaite, comteſſe ſi modeſte,
qu'elle a voulu reſter anonyme, quoique ſa
figure ne puiſſe qu'exciter la curioſité des amateurs (*).

Il n'en eſt pas de même de madame *le Brun*,
ſe vouant aux plus jolies femmes de la cour,
aux plus galantes & les ſervant de tous les agré-
ments de ſon pinceau. L'une eſt en ſultane bou-
dant de n'avoir pas été choiſie par ſon maître
pour cette nuit-là; l'autre, en jardiniere qui,
ſous ce déguiſement ſimple & attrayant, cherche
les aventures; celle-là minaude, celle-ci agace;
la derniere ſéduit par les charmes de ſa voix (†):
du ſein de toutes ces beautés s'éleve M. le contrôleur-général, & comme il n'eſt point ennemi
du ſexe, les bonnes gens croient le voir au
milieu de ſon ſérail. Ce portrait hiſtorié eſt
bien plus ſavant que ceux dont je viens de parler.
Il eſt riche de compoſition, vrai dans ſes détails.

(*) On dit que c'eſt madame la comteſſe *de Fla*,
belle-ſœur de M. *d'Angiviller*.

(†) Ces cinq dames ſont madame la comteſſe *de*
Clermont-Tonnerre, madame la comteſſe de *Grammont-*
Caderouſſe, madame la comteſſe de *Ségur*, madame
la comteſſe *de Chatenois*, & madame la baronne *de*
Cruſſol.

Les étoffes en font précieuses, les ombres, les reflets ménagés avec foin; il est monté sur le haut ton de couleur qui lui convient. La ressemblance du personnage est telle que chacun le nomme au premier coup d'œil; c'est fon air ouvert, fon œil plein de feu, fa figure spirituelle, riante & affable; c'est l'homme en un mot, c'est M. *de Calonne* exactement : mais ce n'est pas le contrôleur-général, il a l'air plus distrait qu'occupé; une lettre au Roi, un mémoire déployé à côté de lui font excellents pour faire briller le talent de l'artiste, mais ne font que des enfeignes & ne désignent nullement ce ministre enchanteur, qui fait avec tant d'art attirer au fisc public, non-feulement l'argent de la nation, mais celui des étrangers, pour le reverser enfuite avec tant de profusion & de munificence.

Je passe à la *Bacchante* affise, de grandeur naturelle & vue jusques aux genoux; ouvrage de la même académicienne, fort admiré d'abord & plus fort critiqué enfuite. Il est certain que la tête en est charmante au possible, pleine de finesse, de malice & de gaieté. Le corps largement peint, d'une carnation admirable & féduisante par fa nudité lubrique : mais à la peau du tigre près, parfaitement imitée, on la prendroit plutôt pour une beauté de férail que pour une prêtresse de Bacchus. On trouve encore la tête trop petite pour le corps, & les chairs de celui-ci point assez *lacqueuses*, mot scientifique, voulant dire pas assez rougeâtres, assez fouettées de fang, ce qu'exigeoit l'état de la nymphe fréquent & habituel. Enfin d'autres vont jusqu'à dire que cette figure est d'une exécution molle & peu favante.

Quant à madame *Coster*, on eſt fâché de lui voir abandonner preſque entiérement le genre de la nature morte où elle étoit ſupérieure, pour ſe livrer au portrait & au portrait hiſtorié, dans lequel elle eſt bien inférieure à ſes rivales. A cette occaſion, il eſt très-plaiſant de voir un évêque la choiſir pour ſa minerve, auſſi le prélat n'a-t-il oſé ſe nommer & en paroît-il tout honteux dans ſon coin. Le portrait en pied de mademoiſelle *de Coigny* cueillant des fleurs dans ſon jardin, eſt une preuve de mon aſſertion; il n'y a de bon dans ce morceau que les fleurs; la figure principale eſt manquée, mal deſſinée &, pour ainſi parler, écorchée. Mais ſon ouvrage, d'autant plus blâmable qu'il eſt à grande prétention, c'eſt le portrait de madame de *Sainte-Huberti*, ſous l'abit de *Didon*. L'actrice ne manque pas de reſſemblance : à travers ſa laideur, ſon air ſpirituel brille & eſt bien ſaiſi; il y a du caractere dans ſa tête : mais ce n'eſt que madame de *Sainte-Huberti*, & au coſtume près l'on y cherche vainement la reine de Carthage, rôle cependant où elle jouoit avec une chaleur bien propre à enthouſiaſmer l'artiſte, où elle faiſoit oublier ſa figure ignoble & paroiſſoit belle & touchante, comme l'aimable & tendre ſouveraine d'Afrique.

Les faiſeurs de portraits ſemblent avoir tous voulu cette fois prendre un vol plus haut & ſe rapprocher autant qu'ils pouvoient de l'hiſtoire. C'eſt ainſi que M. *Roſlin* nous offre une dame debout, en ſatin blanc, devant une glace, pour y achever ſa toilette : quelques autres perſonnages étendent & rempliſſent la ſcene; la femme de chambre qui en eſt partie intégrante & tient le chapeau de la dame ; un petit garçon qui joue en un coin ; enfin un chevalier de Saint-Louis affis eſt occupé à lire. Par cette notice, exceptée la premiere liée à l'action, on voit que le reſte n'y tient en rien. L'auteur a cru ſans doute pouvoir s'autoriſer en cela des Hollandois, qui s'embarraſſoient peu d'être découſus dans ces ſortes de ſujets ; mais comme la regle de l'unité eſt priſe dans la nature & le bon ſens, je ne crois point qu'un pareil exemple diſpenſe de s'y aſſervir, & ce n'en eſt pas moins un défaut capital. Quant à l'exécution, elle eſt charmante. Il y a même beaucoup de gentilleſſe & d'eſprit dans le jeune enfant : tous les détails ſont ſoignés avec une perfection exquiſe. On ſait que M. *Roſlin* excelle principalement dans le rendu des étoffes, ſur-tout des ſatins, où, ſuivant pluſieurs connoiſſeurs, il l'emporte ſur les Flamands ; il s'eſt piqué cette fois d'une perſpective ſavante & de faire reſſortir de la glace juſqu'à la figure de la dame. En un mot, on ne reproche à l'artiſte qu'un précieux trop fini, de maniere que les acceſſoires attachent autant que le fond ; léger défaut dans un ſujet vague comme celui-ci & ne portant aucun intérêt.

M. *Dupleſſis* n'eſſuie pas le même reproche ; on dit au contraire qu'il copie avec une grande vérité & n'embellit jamais. Ce qui ſeroit un éloge, à prendre le terme dans le ſens phyſique, mais la critique l'entend au moral. Elle veut dire qu'il rend les traits & non l'eſprit de ſes perſonnages ; que dans M. *de Chabanon*, par exemple, on ne trouve point le membre de l'académie des belles-lettres & de l'académie françoise, ou du moins l'homme aimable, doué des talents enchanteurs de la société; dans M. *de Lassonne*, le médecin, le savant, le chymiste, le fondateur de la société royale; dans M. *Vien*, le peintre d'histoire, le directeur de l'académie. Quant à la petite observation de ne l'avoir point décoré du cordon de Saint-Michel, qu'on découvre seulement suspendu auprès de lui, elle porte à faux, en ce qu'il est représenté en robe de chambre & que c'auroit été lui prêter une vanité ridicule que de le barder de ce cordon dans son déshabillé.

Je finis, Monsieur, cette énumération des portraits, par où j'aurois dû commencer. En effet la Reine méritoit sans doute d'attirer la premiere mes hommages; mais je répugnois à y venir, comme le public à la considérer. Est-il possible, qu'un aussi habile homme que M. *Wertmuller*, destiné à remplacer le premier peintre du roi de Suede, se connoisse si peu en graces & en majesté: on assure que la Reine, lorsqu'elle est entrée au salon, s'est méconnue elle-même & s'est écriée: « Quoi! c'est moi-là.... » D'ailleurs quel moment a-t-il choisi? Elle se promene, dit-il, avec *monseigneur le Dauphin* & *Madame*, fille du Roi, dans le jardin Anglois du petit Trianon; action froide & particuliere, n'excitant qu'un interêt de curiosité; il falloit, comme l'a observé un critique judicieux (*), représenter la Reine, montrant ses enfans à la nation, appellant ainsi tous les regards & tous les

_____

(*) M. l'abbé *Soulavie* dans ses *Réflexions impartiales sur les progrès de l'art en France.*

cœurs, & refferrant plus fortement que jamais, par ces gages précieux, l'union entre la France & l'Autriche.

Ce groupe de la famille royale en font les feuls perfonnages qu'on rencontre peints au falon. .... Je me trompe, Monfieur : après bien des chofes je découvre le Roi s'éclipfant, il eft vrai, à l'éclat du trône ; en conféquence fervi fuivant fes vues & confondu dans un des boudoirs (*) de ce lieu. En effet, ce n'eft point un acte de fouveraineté qu'il exerce, mais un acte d'humanité, dont M. *de Bucourt* s'eft propofé de rendre compte. Ce fut durant l'hiver rigoureux de 1783, qu'il fe paffa. Sa majefté fe faifoit un plaifir de fe déguifer, de parcourir le matin les chaumieres de Verfailles & des environs, & d'y répandre lui même fes bienfaits.

Louis XVI eft repréfenté enveloppé d'un manteau d'écarlate, coftume autorifé par la faifon & fous lequel il cache fans affectation toutes les décorations qui le pourroient trahir ; il a la tête enfoncée dans un chapeau profond & rabattu qui dérobe une partie de fa figure ; il vient de donner fa bourfe à un petit garçon, le plus près de lui à l'entrée de la chambre : il eft reconnu par le grand-pere qui fe jette à fes genoux, & toute la famille en fait autant : la mere malade dans fon lit, fe fouleve prefque nue & ramaffe fes forces pour rendre fes hommages & exprimer fa reconnoiffance à fon augufte bien-

---

(*) On appelle les *boudoirs du falon*, les embrafures des fenêtres & les coins adjacents, qui forment au moyen des tréteaux fur lefquels font établies les fculptures, comme autant de cabinets particuliers.

iteur. Cette scene touchante est composée de
x acteurs, non compris le Roi , variés chacun
e figure , d'âge, d'attitude, d'accoutrement.
Mais plus le sujet est intéressant , plus on
auroit désiré que l'auteur en eût fait ressortir
out le pathétique. D'abord la rigueur de l'hiver
est point assez exprimée ; on voit bien une
femme à l'âtre, ranimant un charbon , ce qui
annonce un feu maigre, une disette de bois :
au reste ces pauvres gens, sauf celle qui est
alitée, sont vêtus de façon à ne pas souffrir
beaucoup de froid : on ne remarque pas d'ailleurs
s'ils ont d'autres besoins & tout cela se présume
plutôt qu'il ne se sent, par l'action généreuse
de l'étranger, dans lequel il eût fallu sur-tout
que *Louis XVI* eût été plus reconnoissable : &
pourquoi ne pas conter l'anecdote dans le livre ,
circonstancier tous les détails, faire en quelque
sorte violence à la modestie du monarque ? De
pareilles leçons qui s'exercent & se donnent sous
nos yeux par des personnages connus, sont d'une
moralité bien plus frappante , bien plus directe,
bien plus utile que les plus beaux traits de l'histoire grecque, romaine & même sacrée , qui,
vu l'éloignement , la différence des temps &
des mœurs, font peu d'impression ou rencontrent beaucoup d'incrédules , auprès desquels
ils n'obtiennent guere plus de confiance qu'un
roman.

Du reste, quant à l'exécution , ce petit morceau est encore charmant & de beaucoup préféré par les artistes à un autre sujet du même,
plus gai, où le peintre amoureux de son modele, en reçoit un billet & lui baise la main,
tandis que de l'autre la femme prodigue de

feintes careffes à fon mari qui fourit à la vue
du portrait commencé & en eft enchanté.
Ils trouvent que ce tableau-ci *grifaille* furieu-
fement.

M. *Wille* n'ayant point les mêmes confidérations de refpect , les mêmes craintes de dé-
plaire, fait beaucoup plus de fenfation par un
fujet de ce genre, autour duquel les flots de fpectateurs fe fuccedent fans interruption. Voici comme
il s'explique.

» Le fieur Louis Gillet , maréchal-des-logis
» au régiment d'Artois , cavalerie, retournant
» de Nevers à Autun fa patrie, & s'étant égaré
» dans fa route, eft attiré dans une forêt par
» les cris lamentables d'une jeune fille que deux
» affaffins avoient dépouillée & attachée à un
» arbre ; le brave militaire vole au fecours de l'in-
» fortunée, bleffe, défarme & met en fuite l'un des
» deux fcélérats , court au fecond qui lui lâche
» un coup de piftolet, le manque, & reçoit
» lui-même un coup de fabre , qui lui abat le
» poignet. »

Ainfi quatre acteurs dans cette fcene : l'artifte
a faifi l'inftant le plus chaud & le plus drama-
tique , où , débarraffé de l'un des brigands que
l'on voit terraffé dans un coin du tableau, l'intrépide défenfeur de la villageoife brave &
combat le fecond, à la vue de celle-ci encore
fufpendue & attendant fon fort de l'iffue de
cette attaque. Pour ajouter plus d'intérêt à fon
fujet , il a fait de la victime une très-belle
créature, mais dans l'efpece des payfannes, forte,
charnue, rubiconde. Le fcélérat agreffeur a bien
l'air d'un vrai garnement ; à travers la rage qui
le tranfporte & lui tient lieu de courage , on en-
trevoit

trevoit fa poltronnerie, & par fon attitude il
femble déjà difpofé à fuir, s'il manque fon
adverfaire.

Des critiques ont obfervé que les quatre
perfonnages ont la bouche ouverte, & il le falloit.
La jeune fille doit crier & appeller du fecours ;
le fcélérat, hors de combat, à qui l'on voit une
vafte entaille dans le bras, ne peut réfifter aux
douleurs de fa bleffure ; fon camarade forcené
jure & blafphême, & le maréchal-des-logis
avec l'afcendant que lui donne fon rôle, menace
& foudroie le brigand qui lui refte. Tel eft
le dialogue de la fcene parfaitement exprimé
par la figure & la pantomime de chaque inter-
locuteur.

M. *Wille*, en habile compofiteur, n'a rien
négligé des petits détails qui pouvoient concourir au développement de fon action & enri-
chir le fond de fon tableau. On voit par le
col de la fille macéré, écorché, par les oreilles
de fes fouliers rabattues, qu'on lui a volé fa
jeannette & fes boucles : elles fe trouvent fur
le devant, avec un poignard appartenant fans
doute au défarmé. L'autre, outre le piftolet
qu'il tient en action de la main droite, con-
ferve un fer dans la gauche. Sa ceinture eft garnie
d'inftruments meurtriers. Spectacle effrayant,
fi l'on n'étoit raffuré par la préfence du héros.
Le refte de fon coftume eft d'une grande
vérité & plein d'effets pittorefques. Peut-être
la fcene fe paffant dans un bois &, vu fa nature,
eft-elle trop éclairée ; peut-être auffi le peintre
s'eft-il perfuadé ne pouvoir donner trop d'éclat
à cette action rare & héroïque. La beauté de fon
coloris y répond, & fon pinceau mol ordinairement

s'eft renforcé & s'eft monté à la vigueur des conceptions de la tête.

Je m'applaudis, Monfieur, d'avoir réfervé,
pour la dernière de cette efpece, la defcription du
tableau de M. *Wille*, d'un intérêt vraiment tragique, après laquelle toute autre paroîtroit
froide, fût-ce celle de la marine de M. *Vernet*,
avec une tempête & naufrage d'un vaiffeau. Ce
morceau, de quatorze pieds de long fur huit de
haut, eft pour fon alteffe impériale le grand duc
de Ruffie, & je n'ai qu'un mot à y joindre
pour en faire l'éloge. C'eft que, quoique l'artifte ait foixante-dix ans, fa touche eft encore
ferme, fiere & terrible. Ses autres ouvrages,
d'un genre plus doux, ne dégénerent point de
ceux de fa jeuneffe, en graces, en fraîcheur,
en brillants. Le feul reproche qu'on lui faffe
d'être toûjours le même, confirme mon affertion, & prouve qu'il n'a rien perdu.

La vafte machine de M. *Vernet* fe trouve
entre deux de M. *Robert*, deftinées au même
prince étranger, & non moins impofantes par
le volume (*), dont l'une repréfente un incendie
dans la ville de Rome, apperçu à travers la co-
lonnade d'une galerie, & l'autre la réunion des
plus célebres monuments antiques de la France.
On reproche peu de vérité à la premiere, quoique d'un grand effet, & à la feconde un affem-
blage idéal d'édifices difparates qui n'ont jamais
exifté enfemble ; bizarrerie révoltante pour le
fpectateur, chez lequel c'eft fuppofer trop d'igno-
rance. M. *Robert* inventif, rempli de reffources

_____

(*) Ces tableaux ont chacun onze pieds de large
fur huit de haut.

dans fon art, pour vouloir être original, peche
fouvent contre le bon goût & le bon fens. Le
tableau dont je viens de parler, eft un exemple
du premier défaut, & les ruines d'une longue
galerie éclairée par un trou de fa voûte, tableau
appartenant à M. le comte *d'Adhemar*, ne peuvent être défendues du fecond. Il a imaginé de
produire plus d'effet pittorefque en plaçant l'ouverture au centre, c'eft-à-dire, dans la clef de
la voûte. Ce qui eft impoffible, puifqu'à l'inftant
toute la voûte s'écrouleroit. Ce peintre eft d'autant plus blâmable, que c'eft très-fciemment qu'il
peche, &, quand il veut, eft très-capable de la
plus fcrupuleufe exactitude. La preuve en exifte dans
fes deux pendants de *la fontaine de Vauclufe & des
roches d'Oliou en Provence* (*). Ils font l'étonnement du naturalifte, qui *reconnoît le caractere de
la pierre calcaire de Vauclufe, les coupes particulieres à ces fortes de pierres, & dans les roches
d'Oliou, l'enfemble des pierres vitrefcibles & pri-
mitives* (†). Voilà de ces nuances érudites dont
ne feroit point capable le vulgaire des artiftes.

M. *de Machy*, en poffeffion de conferver à la
poftérité le fouvenir de tous les événements
publics de fon reffort & de les fixer fur la toile,
n'a pas manqué de nous expofer cette année les

(*) Ces deux tableaux appartiennent à M. l'archevêque de Narbonne.

(†) Ce font les propres expreffions de M. l'abbé
Soulavie dans fon ouvrage déjà cité fur les tableaux.
Ce philofophe fi profond dans l'étude de l'hiftoire
naturelle en cette contrée, admire comment M. *Robert*
a pu voir & marquer des chofes qui échappent au
plus grand nombre, & ne frappent que les natura-
liftes les plus exercés.

H 2

départs de différents ballons ; mais plus en artiste
qu'en hiftorien, plus à deffein de faire briller
fon pinceau, que frappé d'un véritable enthoufiafme pour cette importante découverte. Auffi
a-t-il facrifié l'action au local qui ne devoit être
qu'acceffoire ; en forte qu'on peut regarder ce
fujet comme à refaire : du refte, en s'accordant
fur la richeffe de fes plans, fur l'exactitude de
la-perfpective, certains critiques lui reprochent
de dégénérer pour la couleur, de n'avoir plus
cette teinte qu'il tenoit de *fervandoni* & de
Panini.

Entre les payfagiftes, l'homme étonnant, Monfieur, c'eft M. *Nivard*, qui n'en eft qu'à la
feconde expofition, encore fimple agréé & fur-
paffant déjà fes maîtres, même M. *Hue* qui fe
foutient, mais ne fait pas les progrès rapides de
fon concurrent. Sa *vue du château de la baronnie*
de Mello (*), eft un chef-d'œuvre ; il eft vrai
qu'on ne peut être mieux fervi par la richeffe
& les difpofitions du fite ; mais auffi l'on ne pouvoit le mieux rendre. En homme de génie dans
fon genre, il a choifi pour fon jour un temps
variable ; ce qui lui donnoit le moyen de fe
ménager à volonté les divers accidents de lu-
mieres les plus propres à faire reffortir chaque
beauté de ce lieu charmant. Son ciel éclipfe fans
contredit tous ceux du falon. La verdure de fes
arbres eft variée & dégradée à l'infini ; les grandes
maffes n'empêchent point qu'on n'en diftingue
les efpeces, qu'on ne les compte, fi c'étoit néceffaire. Ses fabriques nobles, bien affifes, rares,

_____

(*) Appartenant à M. *Duclos Dufrenoy*, notaire,

placées à propos & fans confufion , produifent
des effets piquants : fes animaux d'un bon choix
de nature ; fes villageois naïfs & correctement
deffinés , jettent de la vie & du mouvement dans
toute la fcene : en un mot, elle eft fi vraie , que
tous ceux qui ont vu Mello , le reconnoiffent , &
fi enchanté qu'il n'eft aucun ami de la nature qui
ne défirât y fixer fon féjour. On juge que l'auteur
pour chaque partie en a profondément étudié
les différents maîtres , le *Lorrain*, le *Salvator*, le
Gouefpe & le *Berchem*.

Je voudrois finir, Monfieur , de peur d'être
trop long ; mais le moyen de paffer fous filence
M. *de Marne* , MM. *Céfar Vanloo* & *Veftier*. Vous
connoiffez le premier qui a débuté , il y a deux
ans , avec M. *Nivard* : quoique l'académie l'ait
traité plus rigoureufement que celui-ci , & ne
l'ait pas encore jugé digne d'être admis parmi
fes membres , il n'en eft pas moins précieux aux
amateurs pour fa fineffe , fon brillant & fa facilité ; mais il ne s'eft point corrigé des défauts
qu'on lui trouvoit du côté du deffin & de la
vérité des fites : cependant les critiques excep-
tent fes vues d'un *lac Suiffe* & des *ruines du château de Bermont*, deux petits morceaux , les
meilleurs de dix qu'il a expofés, & qu'ils jugent
d'un pinceau charmant.

On voit avec peine en citant le fecond , que
le fils du fameux *Carle* ne marche pas dans la
carriere brillante de fon pere : apparemment qu'il
ne s'eft pas fenti les forces fuffifantes pour foutenir dans le genre de l'hiftoire un nom malheureufement trop fameux pour lui ; il a préféré
d'être au premier rang entre les peintres de la
feconde claffe. Il n'avoit point encore paru fur

la scene , & débute comme académicien ; faveur accordée sans doute au descendant d'un grand artiste, premier peintre du roi , & dont on trouve très-dignes ses morceaux de réception. Il paroît se vouer au paysage du genre héroïque. Ses sites sont d'un choix noble , ses fabriques sont riches & magnifiques ; mais son pinceau est sec & sa maniere noire : on l'invite à rechercher des compositions susceptibles d'effets plus piquants , ou, pour mieux dire, à les saisir & à les rendre.

L'anecdote de l'admission du troisieme au rang des agréés suffit seule pour donner une idée de ses ressources & de sa facilité. Son genre est la miniature ; il en avoit présenté à l'académie : cette compagnie ordonna des exécutions en grand & des preuves d'un autre talent. C'est à cette rigueur que l'on doit un des plus beaux morceaux du salon, le *portrait en pied de Mlle. Vestier sa fille, peignant le portrait de son pere*. Les artistes l'estiment très-habilement fait, composé avec goût pour les accessoires bien mis à leur place ; les étoffes sont aussi rendues avec une grande vérité ; mais ce prestige est devenu si commun, que ce n'est plus qu'un petit mérite. Quant à ses miniatures, rival de M. *Hall*, il suit une route différente. Celui-ci a la légéreté de la touche , la vigueur du coloris , la hardiesse du pointillé, l'esprit adapté à ses différents caracteres de tête , & sur-tout la variété & la grace des ajustements : celui-là , plus monotone, excelle pour la douceur du faire , l'agrément de l'exécution, le fini précieux ; ses couleurs se noient tendrement & rien n'y tranche trop.

Je pourrois vous entretenir encore de MM. *van spaendonck, sauvage , Martin , Robin , Huet*, &c.

mais n'ayant rien de particulier à en dire, il faut s'arrêter, & la fculpture m'appelle.

J'ai l'honneur d'être, &c.

Paris, ce 22 feptembre 1785.

TROISIEME LETTRE.

Depuis quelque temps, Monfieur, un nouveau fyftême introduit dans notre école de fculpture tendroit à lui faire perdre, s'il s'accréditoit à un certain point, la haute confidération dont elle jouit, il y a plus d'un fiecle, dans toute l'Europe. Ce fyftéme eft d'autant plus dangereux qu'il fort d'un grand homme, & a été foutenu de fon exemple durant fes dernieres années. Je veux parler de *Pigal*, que les arts pleurent aujourd'hui. Il étoit un fcrutateur fi rigoureux de la nature, qu'il n'en vouloit rien omettre, même dans fon état de dégradation & d'abjection. C'eft ce qu'atteftent fa ftatue de *Voltaire*, celle du comte d'*Harcourt* à Notre-Dame, & jufques fon fuperbe maufolée du maréchal *de Saxe*, où il a ofé introduire le fquelette de la mort, non fans beaucoup d'art, il eft vrai, & avec les reffources du génie.

La premiere ftatue qui s'offre aux regards dans la cour du falon, eft de ce genre. C'eft *Philopœmen*, général des Achéens. Il eft repréfenté au moment où *Dimocrate* & les magiftrats Mefféniens lui font boire de la ciguë. On reproche à M. *de Joux*, fon auteur, d'avoir choifi le corps de ce héros grec d'une nature pauvre : l'hiftoire nous apprend bien qu'il avoit alors

H 4

foixante-dix ans ; mais ce n'étoit pas une raifon
pour le modeler fur quelque malheureux échappé
des cachots de Bicêtre. Cet ouvrage au furplus
n'eſt pas fans mérite , & la grande ame du vainqueur de Lacédémone fe retrouve fur fon vifage ,
à l'air de tranquillité avec laquelle il reçoit le
poiſon.

Le *Mercure* de M. *Boizot* pourroit bien , aux
yeux des critiques féveres , paffer pour tenir
quelque chofe de la même école , & cependant
c'eſt un Dieu du premier ordre qui doit jouir
d'une jeuneſſe éternelle. A la bonne heure qu'il
ne foit pas mufclé comme un Jupiter , comme
un Neptune , comme un Pluton , ou comme un
Mars ; qu'il ait la légéreté du meffager de l'Olym-
pe : mais point de ces méplats , de ces rides
ou de ces plis qui annoncent dans l'homme les
progrès de l'âge & le dépériffement.

Le modele en plâtre par le même du *Racine*
à exécuter en marbre pour le Roi , eſt d'un goût
plus fatisfaifant ; mais il s'eſt mépris fur la nature du génie de ce poëte , repréfenté la plume
à la main , les yeux levés au ciel , & femblant
en attendre l'infpiration. Ce n'eſt pas là qu'il
alloit chercher fes conceptions , comme *Corneille* ; c'eſt dans le cœur humain qu'il fouilloit ;
& il ne fe mettoit jamais au-deffus de notre
portée : il falloit donc lui donner un regard plus
terre à terre. C'eſt ce que , d'un autre côté , a
bien fenti & ingénieufement exprimé l'artiſte ,
en mêlant aux attributs de la mufe tragique ce
myrte , emblême du genre des pieces de l'auteur
de *Britannicus* & d'*Andromaque*.

Ce qui diſtingue M. *Boizot* cette année , c'eſt
fon buſte de *Louis XVI* où , s'élevant au-deffus

de lui-même & à la hauteur de son sujet, il a représenté non-seulement l'homme, mais le Roi; il a anobli la figure de ce prince, en général plus populaire que majestueuse. La draperie en est ajustée avec élégance, & tous les attributs en sont traités d'un ciseau aussi savant que précis.

A cette occasion je vous observerai, Monsieur, que nos artistes qui regardoient le costume françois comme ingrat, & ont agité plusieurs fois s'ils s'y asserviroient, y excellent maintenant, & ont vaincu toutes les difficultés du *Rendu* qui en avoit de très-grandes. Rien ne les effraie plus. Les souliers, les bottes, les vestes, les soubrevestes, les haut-de-chausses, les cravattes, les manchettes à dentelles, tout est de leur ressor; & quoique ces détails ne soient qu'accessoires, ils en tirent souvent parti & quelquefois en gens de génie. Ce n'est pourtant pas M. *Gois* qui en a déployé en tant d'occasions, & nous reproduit aujourd'hui d'une façon très-commune ce *Matthieu Molé*, qui, en 1779, avoit si fort enthousiasmé M. *Vincent*. Afin de mieux l'ensevelir dans sa vaste simarre, il l'a figuré assis, & s'est cru de la sorte dispensé d'expliquer le corps. Son attitude est de tenir le mortier de la main droite, & d'appuyer la gauche sur les sceaux; ce qui désigne la double dignité de premier président & de garde-des-sceaux. Du reste, le personnage a un air renversé, comme si on lui faisoit quelque proposition révoltante, & la sévérité de son visage soutient cette idée, mais trop vague. On pourroit également prendre la position du magistrat pour de la roideur & de la pédanterie. En un mot, c'est le buste de *Molé*

H 5

très-reſſemblant ; mais rien n'y caractériſe ſa probité , ſes talents , ſon zele pour le bien public & pour la gloire de l'état. L'artiſte s'eſt appliqué ſpécialement à développer toute la richeſſe de la draperie , à donner de la ſoupleſſe aux contours , à faire jouer juſqu'aux poils du manteau herminé.

On en peut dire autant du buſte de M. *de Calonne*, par le même. C'eſt bien lui, mais ce n'eſt ni le contrôleur-général , ni le miniſtre.

Si M. *Monot*, chargé de la troiſieme ſtatue pour le roi, n'a pas tout-à-fait rempli ſon ſujet , il s'en eſt au moins donné un, & s'en eſt échauffé. Il avoit à repréſenter *Abraham Duqueſne*. Le bombardement d'Alger étant un des principaux traits de la vie de cet amiral, il l'a choiſi ; ce qu'il exprime par des mortiers, des bombes, & autres inſtruments deſtructeurs dont il a entouré ſon héros. Son attitude eſt celle d'un général , l'attitude du commandement. Des demi-connoiſſeurs qui croient ſe donner plus de relief & en impoſer avec un ton tranchant , décident que le perſonnage eſt manqué, & que c'eſt un morceau à refaire. Je crois que le défaut vient de l'artiſte, qui n'a pas aſſez conſulté ſes forces, & dont le ciſeau a généralement plus de grace que d'énergie. Mais dans l'état même où il ſe trouve , l'ouvrage eſt très-louable, & ce ne ſera certainement pas la plus médiocre ſtatue de la collection royale.

Ce qui prouve , Monſieur, la mauvaiſe humeur des critiques dont je viens de parler, c'eſt qu'ils étendent leur proſcription juſqu'à la ſtatue du grand *Condé*, la derniere ordonnée pour cette expoſition, & la premiere dont M. *Rolland*, agréé , ait été chargé. Ce coup d'essai qui n'est pas sans défauts dans l'exécution, est peut-être pour les conceptions le plus parfait des morceaux de cette espece; j'ose dire même qu'il est sublime.

L'artiste a pris dans la vie de son héros l'instant où le prince attaquant le camp de Merci sous les murs de Fribourg, après un combat qui avoit recommencé trois fois, à trois jours différents, jeta son bâton de commandement dans les retranchements de l'ennemi, & marcha pour le reconquérir l'épée à la main, à la tête du régiment de *Conti*. Il est dans l'attitude décisive de l'action; il a passé son épée suspendue à la main gauche, & de la droite levée, il tient ce bâton à lancer, le signal d'un nouvel assaut. Sa figure est très-animée, le feu sort de ses yeux, il est indigné que le vainqueur de Rocroy trouve tant de résistance. Assurément du côté de la composition, on ne pouvoit choisir un moment plus heureux, & le mieux caractérisé suivant moi. Voyons maintenant les objections des faiseurs de pamphlets.

Ils disent que l'action de la main droite n'est point décidée; que le bâton est tenu trop mollement. Mais il ne s'agit pas ici de faire lutter le héros de force ou d'adresse; peu lui importe que ce signal aille quelques toises plus loin ou plus près; c'est un premier mouvement que lui suggere son imagination enflammée, & qu'il suit comme sa situation le permet.

Ils ajoutent qu'un héros ne doit point avoir l'air colere ni menaçant, & sur-tout celui qui dormoit si profondément la veille de sa premiere bataille gagnée. Cette maxime est vraie, prise généralement, mais mal appliquée & fausse dans la circonſtance. Voudroient-ils qu'un jeune prince, ardent, bouillant, opiniâtre comme *Achille*, eût le ſang froid d'un *Catinat* ou d'un *Turenne*? Quant à la douceur de ſon ſommeil, elle provenoit du calme d'un général habile, qui a tout ordonné, tout prévu, & n'a plus rien à faire en ce moment qu'à prendre du repos pour ſe mieux diſpoſer au combat; mais ç'auroit été un contreſens, & de caractere & d'action, d'avoir donné la même tranquillité au duc *d'Enghien*, contrarié dans ſa fougue héroïque, & voyant reculer deux fois ſon armée.

Ils vont plus loin ces impitoyables ariſtarques, & prononcent que cette figure n'a ni dignité, ni grandeur. Vous avez vu, Monſieur, par le détail de toute la compoſition, qu'il ſeroit difficile, pour ne pas dire impoſſible, qu'une ſtatue ainſi poſée & ordonnée manquât de dignité, &, quant à la grandeur, ſi elle conſiſte dans les proportions ſurhumaines de l'antique, je paſſe condamnation ; mais repréſentant un héros François, & devant être placée à la ſimple portée des ſpectateurs, il ſeroit ridicule ſans doute de l'avoir fait coloſſale & au-deſſus de la ſtature ordinaire.

Enfin, le duc *d'Enghien*, de la main à laquelle il a ſon épée ſuſpendue, a deux doigts enlacés dans ſon écharpe ; ce qui eſt trop meſquin & trop recherché. Pour accorder quelque choſe à ces meſſieurs, & (quoiqu'on pût encore chicaner là-deſſus, en répondant qu'un général ne doit pas avoir toujours ſon épée en l'air comme un ſoldat, qu'il ſuffit qu'il la tienne prête au beſoin) je leur accorde ce défaut très-facile à réparer, & que je regrette cependant, parce que ſi l'attitude n'eſt pas héroïque, elle eſt pittoreſque.

& très-propre à faire briller le talent du fta-
tuaire, qui n'a pas moins foigné tous les accompagnements du corps.

Je cherchois en vain, Monfieur, une ftatue
que j'avois vu expofée dans la cour le premier
jour de l'ouverture du falon, une *Pfiché aban-
donnée*, de M. *Pajou*, lorfque j'appris que le curé
de la paroiffe du Louvre l'avoit dénoncée à l'archevêque, & que le prélat avoit obtenu un ordre
de la retirer. Curieux de favoir quel pouvoit être
le motif de profcription, je me rendis à l'attelier
du fculpteur, où elle fe montre publiquement &
forme une feconde affemblée. Je fus bien furpris
de trouver une figure qui, quoique parfaitement
nue, étoit très-pudique. Je gémis fur l'idiotifme
des dévots, & j'admirai la belle fimplicité de
l'ouvrage. La nymphe, plongée dans la douleur,
en indique la fource par la main droite qu'elle
tient fur fon cœur : le poignard, la lampe fatale
renverfés à fes pieds achevent de la défigner. Le
grand art de l'auteur eft d'imprimer fur le vifage
de fa figure les fpafmes de fon ame, fans la faire
grimacer, fans en altérer en rien la beauté. Le
défaut que j'y critiquerois, ainfi que nombre
d'amateurs, ce font de trop fortes proportions
pour une jeune fille telle qu'on imagine *Pfiché*.
Le pied eft auffi certainement trop petit pour
fon corps : mais cette ftatue n'eft encore qu'en
plâtre ; il eft aifé d'y fubftituer les corrections
qu'on défire, & que le goût & le jugement de
M. *Pajou* lui feront fans doute adopter.

Revenu au falon, Monfieur, & m'attachant
à détailler les fculptures que je n'avois prefque
pas obfervées jufqu'à ce moment, il en faute
une à mes yeux d'un faire délicieux, mais cent

fois plus dangereuſe que la *Pſiché*. C'eſt le *Ga-
nimede* de M. *Julien*, *verſant le nectar à Jupiter
changé en aigle*. Le nom ſeul de ce beau jeune
homme rappelle déjà une fable très-obſcene, &
l'artiſte a déployé tout ſon talent pour faire mieux
travailler l'imagination ſur cette anecdote ſcan-
daleuſe du plus grand & du plus libertin des
dieux : l'aigle de ſes yeux de feu ſemble dévorer
le ſéduiſant échanſon qui eſt nu ; il le ſerre de
près , & de ſon aile lui careſſe amoureuſement
les feſſes.... Je ne ſais , mais il me ſemble que
c'étoit bien là le cas où le zele du paſteur auroit
pu s'échauffer , à moins qu'on ne prétende que
le péché philoſophique étant plus familier aux
gens d'égliſe, les effraie moins..... Je m'arrête
& reprends mes fonctions de critique amateur
ou plutôt admirateur. On ne peut mieux travailler le marbre , ce morceau remporte tous les
ſuffrages.

On eſt fâché de ne voir cette année que des
buſtes de meſſieurs *Caffieri* & *Houdon* ; mais
les grands artiſtes ſe retrouvent dans les moin-
dres choſes. Le *Thomas Corneille* du premier en
marbre pour la comédie françoiſe , eſt d'une
vérité de nature unique : le *Boileau* eſt d'un
caractere décidé, qui le feroit nommer preſque
ſur ſa figure. Le ſecond nous a conſervé le ſou-
venir des princes étrangers qu'on a vus avec
intérêt , & qu'on revoit avec plaiſir , le roi de
Suede & le prince *Henri*. Quant à M. *le Noir*,
c'eſt ſa phyſionomie pleine de fineſſe & de graces.
La tête inclinée en avant qu'on lui reproche ,
eſt, ſuivant moi, un trait caractériſtique ; il
déſigne les fonctions de ce lieutenant de police ;
il exprime la maniere facile & pleine d'aménité
de ſes audiences.

Si M. *Bridan* n'attire pas beaucoup plus l'attention par son maréchal *de Vauban* en marbre qu'il ne l'attiroit par le maréchal *de Vauban* en plâtre ; de jolis morceaux de sa composition & en grand nombre dédommagent les amateurs, entr'autres une jeune fille jouant aux offelets ; une autre jouant aux billes , qui font d'une naïveté charmante.

Messieurs *Mouchy* & *Berruer* ne nous offrent guere que des *Maquettes*, c'est à-dire , des esquisses trop imparfaites pour en juger ; M. *Mouchy* annonce beaucoup d'invention, il faut voir si l'exécution y répondra.

On admire dans M. *Stouff* un débutant pourvu d'excellentes études & rempli de bons principes : ses deux têtes du *Bélisaire* & d'une jeune *fille affligée* en font foi ; son petit grouppe *d'Hercule combattant les Centaures* étoit d'une composition difficile, dont il s'est tiré en habile homme : mais son *Abel expirant sous les coups de Caïn*, morceau d'une plus grande maniere & absolument fini en marbre, attire sur-tout l'attention, en lisant que c'est sur ce chef-d'œuvre qu'il a été reçu académicien. L'artiste en est très-satisfait ; il n'en est pas de même du spectateur qui ne reconnoît pas plus *Abel* dans ce personnage expirant que tout autre individu : au lieu d'une figure historique, ce n'est à ses yeux qu'une figure académique. Sans doute la mâchoire d'âne , instrument dont *Caïn* se servit contre son frere , étoit un accessoire peu noble à placer , & cependant le texte sacré ne l'oublie pas ; il falloit trouver quelque moyen de bien rendre & de ne point altérer l'anecdote de ce livre divin.

Le morceau de réception de M. *Foucou*, le dernier des académiciens, est plus caractérisé; c'est un fleuve désigné avec son attribut; il est appuyé sur une urne d'où il épand ses flots; mais c'est encore une idée vague : quel fleuve? On cherche en vain son buste de M. le bailli *de Suffren* qui, annoncé de deux mains différentes (*), par une fatalité qu'on ne peut concevoir, ne se rencontre d'aucune.

M. *Moite*, agréé qui commence & semble se vouer aux bustes, montre une grande facilité pour saisir les caracteres les plus opposés : il rend également bien la bonhommie de M. *Dusault*, sur la figure de cet académicien, & la méchanceté noire de l'abbé *Aubert*, sur celle de ce Zoïle. Son combat d'*Ulysse* & d'*Ajax* à la lutte, bas - relief esquissé seulement en terre cuite, montre qu'il sera capable des grandes compositions.

On diroit que messieurs *Milot*, *de Seine* & de *Laistre*, ses confreres, disputent ensemble dans le genre de cette nature pauvre, dont ils ont revêtu tour-à-tour *Socrate*, *Diogene*, & *Philoctete*: il faut espérer qu'ils ne persisteront point dans ce mauvais goût. M. *de Seine* sur-tout par ses têtes d'étude faites à Rome & dans le genre du plus bel antique, a trop de talent pour le dégrader par un faux esprit de systême.

Je ne ferai mention, Monsieur, des graveurs que pour leur rappeller le réglement de l'institution du salon, auquel on ne tient pas assez la main : suivant les statuts, ils devroient réserver

(*) L'autre artiste est M. *Monot*.

pour cette joûte académique leurs morceaux neufs
& même en composer exprès. Ils se négligent
étrangement là-dessus & semblent dédaigner une
lice où le dernier rang est encore susceptible d'honneur & de renom.

Je terminerai, Monsieur, par M. *de Wailly*,
dont je vous ai déjà entretenu plusieurs fois, &
qui nous offre un nouveau tour de force dans son
genre. C'est le modele d'un escalier à trois
rampes, qu'il décrit ainsi lui-même en vantant
son utilité :

« La premiere rampe est soutenue avec la plus
» grande solidité par la seule coupe des marches,
» sans le secours d'aucun mur, ni d'aucune
» voûte. Sous cette premiere rampe est pratiquée
» une descente de cave. Les deux autres sont
» de même soutenues par leur coupe & par
» le mur de cage, qui n'a que six pouces
» d'épaisseur. Ce nouveau moyen réunit à l'avan-
» tage de la plus grande solidité, l'économie
» de la pierre, de la main-d'œuvre, & peut
» réussir dans une plus petite cage, en la faisant
» paroître plus grande. L'auteur en a déjà
» fait exécuter deux de ce genre ; l'une au
» château des Ormes en Touraine, & l'autre
» dans la maison de *Voltaire*, rue de Riche-
» lieu. »

En général, Monsieur, la peinture, la sculp-
ture & l'architecture, sont trois arts dont les
destins sont communs. L'un ne peut guere faire
de progrès que l'autre n'y participe, & vous
pouvez juger par cet échantillon que le dernier
devient aussi très-florissant. Malheureusement il
vous prouve encore que l'esprit d'innovation,
de singularité, n'y altere pas moins les bons

principes & y fait subftituer à la noble simpli-
cité, aux riches proportions, à l'élégante sym-
métrie des Grecs, des idées pauvres, bizarres &
incohérentes. Puiffent les efprits folides y réfifter
comme dans les autres, & marcher loin de ces
écarts, droit à la perfection!

J'ai l'honneur d'être, &c.

Paris, ce 28 feptembre 1785.

ADDITIONS.

Année MDCCLXXV.

Mars 1775. Peu avant la mort du feu Roi, sa majesté, ainsi qu'on l'a rapporté dans le temps, avoit fixé le jour de l'entrée de M. le comte d'Artois dans Paris : le fatal événement qui est survenu, l'a retardé & il n'a eu lieu qu'avant-hier.

Le prince est venu seul à cause de la grossesse de madame la comtesse d'Artois Le cérémonial a été le même que celui pour *Monsieur*, alors comte de Provence; c'est-à-dire que son altesse royale est entrée comme fils & non comme frere de Roi.

Le comte d'Artois est d'abord allé à Notre-Dame, ensuite à Sainte-Genevieve, puis aux Tuileries, le soir à l'opéra. Il étoit dans la loge du Roi, tout seul dans un fauteuil, ses officiers derriere lui.

On n'a point trouvé à son altesse royale l'air de satisfaction qu'on espéroit lui voir, d'après le désir extrême qu'elle avoit témoigné autrefois de se montrer aux Parisiens dans cet appareil auguste.

La Reine ayant pris goût à la course de chevaux qu'elle a vue, sa majesté, après l'avoir plaisantée sur cette passion & en avoir ri avec elle, a cependant envoyé ordre à la ville de faire construire dans la plaine des Sablons un édifice

propre à recevoir la Reine & sa suite, & à lui pro
curer le plaisir de ce spectacle.

13 *Mars.* M. le comte de Mercy-Argenteau
ambassadeur de l'Empereur dans les fêtes qu'il
données en cette qualité à l'archiduc Maximilien,
n'a pas apporté l'intelligence nécessaire pour
l'assortiment des convives. A certain jour entr'au
tres, il a prié M. le duc & madame la duchesse
de Choiseul, avec M. le duc & madame la
duchesse d'Aiguillon. Madame de Brionne qui
étoit aussi du repas, a fait là-dessus des obser
vations au comte & même des reproches,
en lui faisant sentir sa balourdise, bien oppo
sée à l'esprit de finesse, de conciliation & de
politique que devroit avoir un membre du corps
diplomatique.

13 *Mars.* Dans sa *Théorie du libelle*, Me. Lingue
accuse un Me. Cadet de Senneville, avocat &
censeur royal, non-seulement de lui avoir refus
son approbation pour un écrit contre les écono
mistes, mais d'avoir fait part de son écrit à ce
messieurs; &, par une trahison plus noire &
par une infidélité vraiment punissable, d'avoi
soustrait ce manuscrit, sans qu'il y ait pu le
revoir : ce qui fâche d'autant plus Me. Linguet
qu'il n'en a pas d'autre copie. On s'imaginoit que
Me. Cadet se seroit plaint dans la derniere assem
blée des avocats du 9 mars, d'une accusation
sans doute aussi calomnieuse ; mais il n'y a pa
paru & l'on ne voit pas encore qu'il fasse aucun
démarche pour se justifier.

16 *Mars.* Les fourriers de la maison du Roi
sont déjà partis pour Rheims & vont y séjourne
d'ici au sacre, afin de marquer les logements. La
cérémonie reste jusques ici fixée pour le milieu de
juin environ.

20 *Mars.* M. le chevalier de la Tour-du-Pin Charce épouse une demoiselle Pajot, fort che. C'étoit d'autant plus nécessaire que par quolibet peu décent, mais vrai, on l'appeloit le chevalier de la Tour non du Pin, mais ns pain : il est frere de madame de Saint-Julien, la femme du receveur général du clergé, qui a eu la manie d'épouser une fille de qualité dont il n'a pas lieu d'être content. Quoi qu'il en soit, par un procédé noble & généreux, il vient au secours de son beau-frere qui, sans lui, n'auroit pas su sur quoi assigner le douaire de la future. M. de Saint-Julien l'assure.

26 *Mars.* La sainte Ampoule est une relique si précieuse qu'il faut des ôtages pour la déplacer : ils sont au nombre de quatre ; savoir, M. le comte de la Roche-Aymon, M. le marquis de Rochechouart, M. le comte de Talleyrand, M. le vicomte de la Rochefoucault. On assure que la suite de cet honneur est d'être nommé cordon-bleu.

26 *Mars.* Sans les divers projets sur le gouvernement, la réforme des finances, le paiement des dettes de l'état, &c. dont on est inondé au commencement de ce regne, on distingue deux plans qu'on voudroit bien voir réalisés : l'un, de vendre les biens du clergé pour subvenir aux besoins du royaume, ce qui ne seroit point en dénaturer la destination, puisque c'est le patrimoine des pauvres ; d'assurer à cet ordre des revenus fixes proportionnés à la dignité des membres, mais bornés.

L'autre, qu'on regarde comme plus réfléchi & dont les vues s'accordent assez avec celles de tous les gens instruits, indique des états pour chaque province, en les dépouillant des inconvénients bien reconnus de ceux qui subsistent aujourd'hui. Par l'apperçu qu'on en donne, on croit y trouver le bien de l'état & celui de tous les membres.

28 *Mars*. L'affaire du sieur de Beaumarchais contre le comte de la Blache est décidément renvoyée au parlement d'Aix ; en vain le premier s'est donné beaucoup de mouvements pour l'empêcher.

28 *Mars*. Entre les sept nouveaux maréchaux de France, les bons patriotes ont vu avec douleur le duc de Fitz-James, dont tous les exploits consistent à avoir porté le trouble & la terreur dans les provinces de Languedoc & de Bretagne : il a eu successivement le commandement de ces provinces & il a fallu le lui ôter. M. le comte du Muy, ministre de la guerre, indigné que pour dédommager ce petit despote de cette double mortification on lui donnât le bâton au préjudice de ses anciens qui avoient mieux servi que lui, l'avoit fait retirer de la liste ; mais le comte de Maurepas n'en a pas voulu avoir le démenti : quoi qu'il en soit, comme le comte du Muy a été élevé à la même dignité, on a dit qu'il avoit eu raison de briser le bâton du duc de Fitz-James, puisqu'il en avoit conservé quelque éclat pour lui.

28 *Mars*. Après avoir beaucoup varié sur l'emplacement qu'on choisiroit pour placer les plans en relief des places de guerre, on s'est déterminé pour les invalides, où ils ne seront pas aussi utiles qu'à l'école militaire, mais où le local a paru sans doute plus convenable, & pour éviter la dépense que cette translation entraîneroit à l'hôtel de l'école militaire.

31 *Mars*. M. le comte du Muy , fait maréchal de France , s'excuse d'avoir passé sur le corps de son frere en disant que sa majesté l'a exigé. On ne sauroit rendre compte de tous les brocards qu'on lance contre lui & les autres promus nouvellement, dont aucun n'a fait d'action à mériter cet honneur. Les deux Noailles sur tout sont l'objet de la dérision générale : on n'a point d'exemple d'une telle faveur , accordée en même-temps à deux freres.

31 *Mars*. Extrait d'une lettre de Bordeaux , du 5 mars 1775... Entre tout ce qui se passe au sujet de la réintégration de notre parlement , il ne faut pas oublier de vous raconter une petite anecdote très-plaisante. Un conseiller , nommé M. Dominge , l'un des restants , en retournant du palais chez lui dans sa chaise , entendoit des huées qui le faisoient trembler. Il s'imaginoit que toute la populace étoit après lui ; il crioit sans cesse à son laquais qui l'escortoit à pied , de faire presser sa marche par ses porteurs : enfin il arrive à la maison , & tout transi , ne voyant, n'entendant rien, il se félicite devant son laquais de l'avoir échappé belle , & sur la surprise de celui-ci qui n'avoit observé aucun tumulte , il lui répond : « N'as-tu pas entendu ces huées continuelles qui me poursuivoient ? ... Bon ! Monsieur , ce n'étoient que vos porteurs qui vous huoient. »

1 *Avril* 1775. On est si mécontent de la gazette de France depuis qu'elle est entre les mains de l'abbé Aubert, qu'on parle d'en confier la rédaction au sieur Bret, autre homme de lettres, mais qui n'est pas plus exercé dans le genre de ce travail public.

2 *Avril.* Le 17 mars l'académie des Jeux Floraux a pris la délibération suivante... « L'académie pénétrée des sentiments que la France & la ville de Toulouse en particulier ont fait éclater à l'occasion du rétablissement du parlement, a cru ne pouvoir participer à la joie publique d'une manière plus convenable à son institution & à ses anciens usages, qu'en proposant un prix extraordinaire destiné à une ode qui aura pour sujet *le rétablissement du parlement*, &c.

2 *Avril.* Madame de Champbonas est admise à la preuve des sévices & mauvais traitements de son mari. Cette affaire est si orduriere qu'elle se plaide à huit clos.

4 *Avril.* On ne sait à quoi attribuer la cessation des violons ordonnée par la police dans les guinguettes, long-temps avant celle des spectacles : les uns ont dit que c'étoit à cause de la cherté du pain, d'autres par ordre de M. le duc de la Vrilliere pour favoriser la foire & le wauxhall, auxquels madame de Langeac est sans doute intéressée.

5 *Avril. Les deux Regnes* sont un détestable poëme, ou plutôt ne sont qu'une histoire en mauvais vers. Il y a cependant des images, des fictions, des épisodes, mais qui, faute d'être mis en œuvre par un auteur de génie & de goût, ne produisent aucun effet, ne répandent aucun mouvement dans l'ouvrage. Au surplus, on juge que l'auteur est un très-chaud parlementaire. Quelques anecdotes scandaleuses ont sans doute fait arrêter ce pamphlet. Celle concernant les calomnies prétendues inventées par le chancelier contre la Reine n'a pas peu contribué à le faire proscrire.

profcrite. Quant à l'hiftorique, il eft affez exact. Il
commence à la mort de Louis XV, & finit par le
rétabliffement des parlements. Dans ce poëme d'environ 6,000 vers, on auroit peine à en choifir
quelques-uns à retenir pour leur excellence.

8 *Avril.* L'affaire du comte de Guines contre
le fieur Tort, fon fecretaire, continue à s'inf-
truire ou à s'embrouiller par de volumineux
mémoires qui fe multiplient journellement. Cependant il ne faut pas confondre parmi ces écrits
d'avocats, *la correfpondance fecrete de M. le duc
d'Aiguillon au fujet de l'affaire de M. le comte de
Guines & du fieur Tort, & autres intéreffés,
pendant les années* 1771, 1772, 1773, 1774 &
1775. En lifant avec attention cette brochure,
on devient très au fait de la conteftation, de
toutes fes circonftances & des progrès qu'elle
a fait, malgré les obftacles, les contradictions,
les lenteurs qu'on a cherché à y apporter. On ne
peut fe diffimuler que cette publication doit tourner au défavantage de M. de Guines, en ce qu'elle
produit au jour une conduite très-oblique de fa
part. On voit qu'il ne s'eft foumis à la décifion
des tribunaux ordinaires, qu'après avoir épuifé
les divers moyens qu'il a imaginés de mettre en
œuvre pour s'y fouftraire, qu'après avoir provoqué la détention du fieur Tort & l'avoir prolon-
gée autant qu'il a pu : il a d'abord cherché à écarter ce grief du plaignant contre lui, fous prétexte
que l'emprifonnement ayant été fait par ordre du
Roi, fa majefté n'eft comptable de fes motifs
qu'à elle-même ; qu'elle s'en réferve la connoiffance exclufivement, & que dans aucun cas,
un de fes fujets ne peut en demeurer refpon-
fable. Ce principe trop favorable au defpotifme

pour ne pas être adopté du ministere, se trouve
consigné en plusieurs endroits de cette correspondance, notamment dans une lettre du duc d'Aiguillon du 10 novembre 1772.

On voit encore que la prétendue décision du
conseil du roi en sa faveur, n'est qu'un rapport
fait par MM. d'Aguesseau, Joly de Fleury, conseillers d'état, & M. de Tolozan, maître des
requêtes, qui, suivant leurs lettres des 9 & 21
décembre 1773, prononcent que l'autorité du
Roi, l'honneur de sa couronne, & la dignité de
ses ambassadeurs dans les cours étrangeres ne
pouvoient être compromis par une instruction
judiciaire, & que sa majesté ne devoit point
arrêter le cours de la justice ordinaire.

Mais ce qui décele la mauvaise foi du comte
de Guines, c'est qu'après s'être prévalu d'abord
de sa crainte que la révélation des dépêches
ministériel es ne compromît les secrets de l'état,
& s'en être fait un moyen pour demander que
l'affaire ne fût pas portée devant les juges ordinaires, il déclare ensuite que les dépêches dont
il doit faire usage, n'intéressent en rien les négociations du ministere, & requiert lui-même
en conséquence la liberté d'en donner communication aux magistrats & au public.

8 *Avril.* La décision derniere des comédiens
sur la comédie des *Courtisanes* a été précédée
d'un discours du sieur Palissot, prononcé le 10
du mois dernier, dont le résultat est de déclarer
aux histrions qu'il n'abandonnera pas légérement les avantages qu'il avoit droit de se promettre de son ouvrage ; que la police au surplus
y ayant mis son attache, l'objection faite par
quelques-uns la premiere fois devoit tomber ;

qu'ayant joué *les Philosophes*, ils devoient encore moins être retenus par les considérations qu'ils apportoient en cette occasion - ci : qu'enfin sa piece étoit non - seulement très-admissible au théâtre, mais même nécessaire pour concourir à la réforme des mœurs ; objet sur lequel le jeune monarque, dès son avénement au trône, avoit annoncé vouloir porter son attention. Ce discours n'a produit aucun effet, comme on a vu, & les comédiens n'ont été que plus opiniâtres à rejeter la comédie, sauf le sieur le Kain, dont l'auteur fait beaucoup valoir l'opinion en sa faveur.

9 *Avril*. Les nouveaux maréchaux de France ont pris séance le 4 au tribunal, où a été jugée l'affaire d'honneur élevée entre M. le marquis de Montalembert, sous-lieutenant des chevaux-légers, & M. de Roussignac, capitaine de cavalerie. Celui-ci avoit, il a plusieurs années, écrit une lettre au premier en forme de cartel, à raison de procédés de sa part dont il n'avoit pas été content, relatifs à une discussion d'intérêt : son adversaire s'en étant prévalu contre lui, l'accusé avoit été condamné à six ans de prison. Sorti depuis peu, il a trouvé M. de Montalembert chez le ministre de la guerre, & ne respirant que la vengeance, il l'a apostrophé de la façon la plus injurieuse & la plus méprisante. Il a été de nouveau condamné à un an & un jour de prison.

10 *Avril*. M. le duc de Chartres s'est fortement intéressé auprès du tribunal pour M. de Roussignac, qui d'ailleurs s'est conduit avec beaucoup de fermeté.

Son adversaire a été obligé de donner la dé-

miffion de fon emploi dans les chevaux-légers.
Il étoit fort connu pour des comédies qu'il
donnoit chez lui, où fa femme jouoit, & fi
renommées que les gens de la cour les plus diftingués vouloient y affifter. On fe doute bien
qu'un pareil événement a fait fermer le théâtre.
Par une cruelle plaifanterie on a mis fur la porte
du maître, *relâche*, allufion à la double circonftance.

12 *Avril.* Il court une lettre manufcrite adreffée à
M. le comte de Maurepas. C'eft une critique amere
de fon adminiftration : on la croit de quelque
membre du grand-confeil : les connoiffeurs l'attribuent à M. Gin ; elle eft encore très-rare &
mérite une difcuffion.

14 *Avril.* On a parlé d'un bâtiment ordonné
à la ville, & qu'elle avoit fait ériger dans la
plaine des Sablons à l'ufage de la Reine, pour
que fa majefté pût y voir plus à l'aife les courfes
de chevaux & autres fpectacles de ce genre : il
eft venu depuis peu un ordre du Roi pour le
détruire.

14 *Avril.* Dans la *Lettre à M. le comte de
Maurepas*, ce miniftre eft fort maltraité : il
paroît qu'on lui en veut, fur-tout pour le rétabliffement du parlement, qu'on lui reproche
comme une furprife faite à la religion du Roi ;
il eft aifé d'en conclure que l'auteur eft un par-
tifan très-attaché à M. le chancelier & à fon
fyftême.

Ce pamphlet manufcrit eft plus rempli d'anecdotes que de raifonnements. On y rappelle
d'abord en bref celle qui a ramené à la cour
M. de Maurepas, après vingt-cinq ans de difgrace ; on a la noirceur de faire rejaillir fur lui

l'imputation atroce attribuée à M. de Maupeou
concernant les calomnies fur la Reine ; calomnies trop criminellement audacieufes pour qu'aucun des deux s'en fût rendu l'auteur , & qu'il
ne faut envifager que comme une imagination
infernale produite par les ennemis de tous deux.
La maniere dont on veut que le *mentor* du Roi
ait écarté de fa majefté les anciens miniftres ,
& même les nouveaux qu'il ne fentoit devoir
pas être favorables à fes vues , eft plus vraifem-
blable , & n'eft qu'un coup de politique inno-
cente fuivant la légitimité de fes projets. Son
concert avec le duc d'Orléans pour lui faire
rompre le premier la glace fur un projet délicat , dont l'annonce feule devoit révolter un jeune
monarque jaloux de toute fon autorité, n'eft encore
qu'une manœuvre fage , ufitée par tout homme
prudent qui médite un grand deffein auquel il
prévoit des obftacles proportionnés. L'inconféquence dans l'exécution & dans les fuites , la
molleffe de fon adminiftration & de celle du
chef fuprême de la juftice , l'efpece d'anarchie
qui en réfulte , font des reproches plus fondés
& plus vrais.

Cet écrit fimple , modéré en apparence , eft
une fatire amere & puniffable par l'injuftice &
la noirceur des imputations dont on charge
M. de Maurepas , qui , à certains égards calom-
nié , n'eft pas mal peint à d'autres , & qui certainement fe feroit fait beaucoup plus d'honneur,
s'il eût quitté la cour & fût retourné dans fa
retraite après le rétabliffement du parlement de
Paris.

14 *Avril.* Il paroît un arrêt du confeil du 2
avril , qui fupprime *la théorie du libelle* , comme

contenant des injures., des déclamations & des calomnies contre des personnes dignes de l'estime & de la confiance publique. On ne doute pas que ce ne soit M. Turgot qui ait provoqué cette vindicte en faveur des économistes contre Me. Linguet: comme ce ministre d'ailleurs n'aime pas le lieutenant-général de police actuel, il aura été bien aise de saisir ainsi l'occasion de mortifier indirectement ce magistrat, dont l'auteur de l'ouvrage avoit surpris la confiance, & qui avoit osé le produire sous ses auspices.

14 *Avril.* On voit avec peine dans la gazette de France d'aujourd'hui, que dans l'énumération des personnages augustes de la famille royale qui ont fait leurs dévotions, M. le comte d'Ar✶✶✶✶ soit le seul non compris; ce qui confirmeroit les bruits publics sur les affections criminelles dans l'esprit de la religion qu'on lui suppose, & qui ont occasionné ces fréquents voyages *incognito* à Paris de son altesse royale, qui excitoient la curiosité des courtisans, & ont été divulgués par eux.

15 *Avril.* M. le duc d'Aiguillon débite un *supplément à sa correspondance* : ce sont de nouvelles lettres retrouvées au bureau des affaires étrangeres, ou à la police, qui ne sont pas plus favorables que les précédentes à M. de Guines.

16 *Avril.* La demoiselle du Thé est une courtisane très-renommée. On a prétendu depuis peu que M. le comte d'Ar✶✶✶✶ avoit pris du goût pour elle. On disoit par plaisanterie que ce prince ayant eu une indigestion de biscuit de Savoie, venoit prendre du thé à Paris; mais ce quolibet fondé seulement sur une rumeur générale, n'a nul motif. Cependant c'en est assez pour avoir

indifposé le public contre elle ; & jeudi dernier
s'étant montrée à Longchamp dans un carroffe
à fix chevaux avec l'appareil d'une femme de la
plus haute qualité, elle a été tellement entourée
& huées, qu'elle n'a pu entrer en file, & que fon
carroffe a été forcé de rétrograder ; il a fallu
qu'elle s'en allât.

17 *Avril*. Il paroît un *mémoire à confulter &*
confultation pour le fieur Paliffot de Montenoy,
contre la troupe de la comédie françoife. Voici
le fait comme il le raconte.

Le famedi 11 mars il avoit lu à l'affemblée
des comédiens une piece nouvelle intitulée *les*
Courtifanes, ou *l'Ecole des mœurs*. Il y eut fept
voix pour l'acceptation pure & fimple ; huit, en
louant la piece, l'ont rejetée avec le plus grand
regret comme peu compatible, par fon extrême
indécence, avec la dignité du théâtre françois.
L'auteur, pour lever ces fcrupules, a obtenu fans
difficulté, le 18 mars, l'approbation de la police, & le lundi 20 il l'a notifiée lui-même aux
comédiens en prononçant le difcours dont on
a parlé. La troupe, en délibérant de nouveau,
a chargé le fieur Defeffarts d'annoncer à l'auteur
qu'elle avoit jugé fa premiere décifion *légale*. On
fent combien tout cela prête aux farcafmes de
l'avocat, Me. François de Neufchâteau. Suit une
confultation datée du 8 avril, où les jurifcon-
fultes font d'avis que la queftion propofée inté-
reffe vifiblement la grande police, & doit conféquemment être foumife à la décifion des magiftrats.

17 *Avril*. M. de Montalembert a 4000 liv.
de retraite, & fon neveu l'agrément de la cor-
nette vacante par fa fortie. Cette double faveur

indifposé la compagnie des chevaux - légers
contre le commandant, qui manifeste sa partialité
pour cet officier. Cela renouvelle l'anecdote de
l'intimité de ce feigneur avec Mlle. de Comarieu,
ci-devant fa maîtresse connue, aujourd'hui femme
de l'expulfé. La vilaine affaire du mari avec
M. de Rouffignac donne lieu à s'entretenir de
cette anecdote fcandaleuse, dont madame de
Montalembert femble auffi provoquer la révélation en fe montrant en fpectacle fur fon théâtre :
en admirant fes talents, on s'entretient de la
perfonne, & ces détails répandus encouragent
merveilleufement les afpirants.

17 *Avril.* La falle de comédie de Troies a été
brûlée & quelques maifons qui en étoient voi-
fines : auffi ce dommage auroit dû être plus
grand, toute la ville étant prefque bâtie en bois.
Le goût fcénique propagé dans toutes les provinces, qui excite à bâtir jufques dans les moins
fufceptibles de cette dépenfe des falles de comédie, deviendra non moins funefte au phyfique
qu'au moral, fi l'on ne prend pas plus de précautions pour prévenir ou arrêter ces incendies.

19 *Avril.* M. le comte d'Ar**** dont les
courtifans continuent d'épier les démarches, veulent que fon alteffe royale ait été feulement remife
à huitaine à confeffe, fufpenfion qui l'a empêchée
de faire fes pâques avec la famille royale ; il a
rempli ce devoir mardi dernier avec beaucoup
d'apparcil pour l'édification publique.

20 *Avril.* Un refus de facrements fait avec
éclat fur la paroiffe de St. Severin à un abbé
malade, a penfé ranimer la fermentation affou-
pie depuis quelques années entre les deux partis
qui divifent actuellement les dévots. Sa mort a

terminé la querelle. On a affecté de le faire enterrer avec beaucoup de pompe. Tous les prêtres janséniftes du quartier fe font rendus à fes obfeques, & même plufieurs confeillers au parlement entachés de ce ridicule, tels que MM. Clément, &c.

21 *Avril.* M. le contrôleur-général perfiftant toujours dans fon fyftême fur la liberté du commerce des grains, dans lequel l'entretiennent les économiftes, ne s'émeut point de la cherté qui s'éleve de toutes parts : il affure qu'elle ne fera pas plus forte qu'elle ne l'étoit du temps du monopole ; mais que cette calamité n'aura qu'un temps, & que les accapareurs, punis de leur cupidité, perdront pour toujours le défir de garder leurs bleds.

22 *Avril.* Il paroît une petite brochure intitulée *la Cenfure*, lettre à ****. Elle roule fur la longue querelle entre Me. Linguet & fon ordre. On l'attribue à Me. Target.

23 *Avril.* Outre les fept péchés capitaux dont on a fait la plaifanterie fur les nouveaux maréchaux de France, on dit un quolibet qui n'eft pas fans fel ; on prétend qu'ayant cherché à les comparer aux fept planetes, on n'a pas trouvé de *Mars*.

24 *Avril.* M. de Rulhieres a eu l'honneur de lire derniérement devant le Roi fon hiftoire manufcrite de *la révolution de Ruffie* : on ne doute pas que ce ne foit *Monfieur*, auquel il a l'honneur d'être attaché, qui ait excité la curiofité de fa majefté. Bien des politiques font fâchés de la publicité de cette anecdote : ils craignent qu'elle ne parvienne aux oreilles de l'impératrice des Ruffies : ils favent combien, vraifemblable-

ment, par ordre de cette souveraine, on a intrigué
pour anéantir, s'il eût été possible, jusqu'au
manuscrit de cet ouvrage. Elle ne pourra qu'être
très-fâchée du cas qu'on en fait à la cour de
France, & cela doit éloigner cette princesse
d'une réunion avec elle qu'on sembloit avoir
fort à cœur.

25 *Avril.* Extrait d'une lettre de Dijon, du
20 avril 1775. Il vient d'arriver dans cette ville
une émeute considérable par rapport à la cherté
des grains. Grand nombre de gens de la campagne ont abattu un moulin appartenant à un
monopoleur. Ils sont venus à la ville, &, après
différents désordres ont été chez M. de Sainte-
Colombe, conseiller au parlement, un des restants, & expulsé pour raison de cette imputation de monopole. Les mutins sont entrés chez
lui ; ils ont déclaré ne vouloir rien enlever ;
mais ils ont tout cassé, tout brisé, & tout jeté
par les fenêtres. M. de la Tour-du-Pin qui
commande en cette ville, n'a pas peu contribué
à les irriter par la réponse dure dont il n'a pas
senti vraisemblablement l'inhumanité. Sur ce
qu'ils lui exposoient leur besoin, le manque de
pain où ils étoient, ou du moins l'impossibilité
pour eux d'atteindre au prix de cette denrée, il
leur a répondu : *Mes amis, l'herbe commence à
pousser, allez la brouter.* Sans l'évêque qui est
sorti de son palais épiscopal pour haranguer ces
malheureux & les ramener à la douceur, il eût
été à craindre que le désordre ne fût devenu
plus grand. Un frere de l'évêque, militaire,
inquiet de ce prélat, étant sorti pour aller à sa
rencontre, a été pris pour M. de la Tour-du-
Pin. Déjà un homme derriere lui avoit le cou,

teau levé pour le frapper , lorfqu'un autre lui a
retenu le bras , en lui difant qu'il fe trom-
poit.

27 *Avril*. Il paroît un arrêt du confeil du 14
de ce mois , qui excite une grande fermentation
dans cette capitale : il eft relatif aux grains.
On femble chercher à y raffurer le public fur les
alarmes que lui donne la cherté du bled augmen-
tant de jour en jour, même à Paris , malgré
toutes les précautions prifes pour que cette ville
foit abondamment fournie. On ne trouve pas
que le préambule foit adroit : il y eft dit que la
médiocrité de la récolte de l'année derniere
n'avoit fourni à la France que la fubfiftance
néceffaire pour la totalité de fes habitants ; en
forte que pour peu que les propriétaires , par
précaution ou par cupidité , ne vouluffent pas
mettre dans le commerce toute la portion de
leur récolte , il feroit à craindre qu'il n'y eût
difette ; que , d'un autre côté , la rareté de cette
même denrée chez l'étranger ne l'avoit point
rendue moins chere chez eux , & que cela pouvoit avoir empêché les commerçants de faire
des fpéculations utiles fur ce négoce : que dans
ces circonftances fa majefté croyoit devoir leur
fournir un encouragement. En conféquence des
facilités, des exemptions , des gratifications, des
primes, &c. dont le détail eft inutile.

Ce qu'il eft effentiel d'obferver , c'eft que , par
le premier article de cet arrêt , toutes les difpofitions du fyftême actuel fur cette adminiftration
font confirmées : liberté entiere & générale de
tranfporter d'une province à l'autre , d'emma-
gafiner , de garder chez foi , fans que les officiers
de police puiffent fe mêler en rien de cette

I 6

partie. Enfin, il réfulte de cet arrêt que le gouvernement veut bien empêcher qu'on ne manque
de bled en France, mais non qu'il y foit cher :
il le déclare même affez positivement, en annonçant que la denrée qu'on va chercher fera pour
le moins auffi chere que celle de France.

27 *Avril.* C'eft aujourd'hui que M. le chevalier de Châtellux, élu par l'académie françoife
pour remplacer M. de Châteaubrun, vient prendre
féance dans cette compagnie. Pour éviter le tumulte
occafionné à la derniere réception, M. d'Alembert, le fecretaire perpétuel, a propofé à fes confreres des difpofitions nouvelles. On eft convenu
de renforcer la garde, & d'élever de fortes
barrieres qui puffent en impofer au public. Cet
appareil, au lieu de préfenter la fimple & mo-
defte entrée du paifible fanctuaire des mufes,
fembloit annoncer le temple efcarpé de la gloire
qu'il falloit gagner par efcalade. Au refte, la
foule des curieux augmentée encore cette fois a
juftifié cette formidable précaution. Ces affemblées font devenues des fêtes à la mode, auxquelles il eft du bon ton de ne pas manquer,
même de la part des femmes les plus qualifiées
de la cour. On fent qu'en conféquence toutes les
regles doivent être interverties, & que l'heure
de la féance, trop fcholaftique, (à trois heures
& demie) a dû être reculée. On a commencé
fort tard, pour donner le temps au beau fexe
d'arriver & de s'arranger.

28 *Avril.* Hier M. le chevalier de Châtellux,
dès fon entrée dans la falle de l'académie françoife, a été accueilli du public prefque avec
autant d'enthoufiafme que M. de Malesherbes
l'avoit été le jour où il parut pour la premiere

-fois dans cette affemblée. Malheureufement ces
applaudiffements n'ont pas été foutenus, & durant le débit de fon difcours, le récipiendaire
en a peu obtenu; on l'a trouvé long, abondant
en paradoxes, & dénué de ce goût qui a fait le
principal objet de la differtation de M. le chevalier de Châtellux. Il a fagement évité de la
définir : il a prétendu la faire mieux connoître
hiftoriquement, c'eft-à-dire, en rendant compte
des diverfes époques où le goût paroiffoit avoir
véritablement dominé. Il a avancé comme un
axiome très-certain que le goût ne pouvoit point
exifter au milieu de l'efclavage, & cependant il
a contredit fur le champ lui-même fon affertion
en affignant, ainfi que tous les gens de lettres,
les fiecles d'Alexandre, d'Augufte & de Louis XIV,
comme les trois fiecles brillants de la littérature.
Eh ! qui ne fut que c'eft dans ces trois fiecles
où les ames ont commencé à fe façonner à l'efclavage ? Son principe fe trouve donc faux, &
peut-être qu'on prouveroit plus aifément la propofition contraire ; c'eft que le récipiendaire a
confondu mal-à-propos le goût & le génie.

M. de Châtellux a avancé une autre propofition non moins hétérodoxe ; favoir, que le goût
n'étoit point, comme les chofes phyfiques, affu-
jetti néceffairement à l'altération & au dépériffement. On a conçu aifément que c'étoit par
adulation pour ce fiecle qu'il avoit hafardé cette
étrange opinion, trop démentie par les faits.

Il a donné des définitions plus juftes de ce qui
avoit conftitué principalement le goût dans les
trois époques mémorables dont on vient de
parler. Chez les Grecs, dont la vanité & la curiofité étoient les paffions dominantes, il falloit

flatter le peuple par un luxe fastueux de paroles, & l'amuser par des contes. C'est en effet ce qui caractérise Homere, le modele de tous les auteurs de cette nation. Le Romain, plus austere & plus farouche, avoit besoin qu'on parlât moins à son oreille qu'à son ame ; & voilà pourquoi les écrivains de cette nation sont plus précis, plus serrés de pensées. Enfin, la raison est l'apanage dominant des auteurs François, parce que la philosophie ayant marché chez nous presque de front avec les arts & les lettres, a fait les mêmes progrès qu'eux, & a dû prendre bientôt l'empire qui lui convient par-tout.

Après une digression très-étendue sur tous ces objets, le récipiendaire en est enfin venu au véritable point de l'institution de ce discours, c'est-à-dire, qu'il a fait l'éloge de son prédécesseur, M. *de Châteaubrun* ; mais il l'a traité succinctement, & a prétendu que le directeur rempliroit plus dignement cette fonction.

Ce directeur étoit M. de Buffon, pour le compte duquel étoit venu une grande partie des spectateurs empressés de l'entendre. Il a le talent de débiter de mémoire, d'un ton ferme & noble, proportionné à son style.

Il a commencé par fronder la malheureuse habitude où l'on étoit depuis plus d'un siecle à l'académie, de faire à ces sortes d'assemblées un échange réciproque de louanges fades & viles. Ce coup d'œil philosophique sur l'abus de ces assemblées a merveilleusement excité l'attention du public ; mais on a bientôt reconnu que ce n'étoit qu'un tour oratoire pour amener les louanges de M. le chevalier de Châtellux, sur lesquelles il s'est reposé avec complaisance. Outre le livre *de là Félicité publique*, le feul de cet auteur que l'on connût, il a fait mention de *l'Accord de la poéfie & de là mufique*, & des *Vies de quelques grands capitaines*; autres productions du même candidat qu'on ne connoiffoit point. Il a hafardé une légere critique fur le premier ouvrage, qu'il a bientôt compenfée par l'éloge du fecond, modele de goût, fuivant M. de Buffon. Il ne s'eft pas appefanti beaucoup plus que le nouvel académicien fur M. de Châteaubrun, &, par une affectation encore plus remarquable dans l'auteur de *l'hiftoire naturelle*, il a moins exalté les talents que les vertus chrétiennes du défunt. La circonftance de fon pere mort, comme M. de Châteaubrun tout récemment dans un âge très-avancé, lui a fourni une tranfition pour fortir de fon difcours, en difant que les fanglots étouffoient fa voix.

A travers les excellentes chofes qu'a dites le directeur, on a critiqué quelques puérilités, telles qu'une comparaifon trop foutenue de ces compliments avec un bouquet, dont l'auteur a retourné toutes les faces applicables à l'objet comparé.

29 *Avril*. *L'éloge de la Motte*, lu par M. d'Alembert à la derniere féance publique de l'académie françoife, n'étant point imprimé encore, ceux qui n'y ont point affifté font obligés de s'en rapporer aux autres; mais comme les opinions font très-oppofées, voici le jugement qui nous a paru le mieux motivé & le plus impartial.

La longue vie de la Motte, fes fyftêmes hardis, fes ouvrages multipliés en tout genre, ne pouvoient que fournir une ample matiere à l'hiftorien. L'amour-propre de cet auteur étoit fi

chatouilleux, fi fufceptible d'être défefperé,
qu'ayant éprouvé une chûte aux Italiens, il ne
put foutenir ce revers & s'enfuit à la Trappe.
Mais ce même amour-propre le fit fortir bientôt
de fa retraite & courir une feconde fois à la
célébrité. Son premier ouvrage fut un opéra qu'il
compofa avec *Campra*, transfuge auffi de l'état
eccléfiaftique. Le théâtre lyrique doit trois genres
à la Motte, le ballet héroïque, la paftorale & la
comédie-ballet. Il eut auffi des fuccès à la comédie
françoife. En parlant de fa premiere tragédie des
Maccabées, M. d'Alembert cite une finguliere
anecdote; c'eft que le fameux Baron, quoique
déjà vieux, faifoit le rôle du plus jeune des freres,
& que la vérité de fon jeu faifoit difparoître la
diftance de l'âge. S'étendant enfuite, on ne fait
trop pourquoi, fur cet acteur, il ajoute que jouant
dans le même temps le rôle du *Menteur*; lors
d'un certain vers où ce perfonnage demande s'il
n'a pas encore l'air d'un écolier, le parterre,
toujours tenté de rire, fe contenoit par refpect
pour l'acteur. Ce mot de *refpect* a femblé fort
extraordinaire dans la bouche de M. d'Alembert, du fecretaire de l'académie françoife,
& devant l'affemblée la plus refpectable de la
littérature.

Dans ce long détail que donne le panégyrifte
des écrits & des fyftêmes du défunt confrere,
on ne trouve aucune anecdote nouvelle. On eft
même furpris qu'il ait oublié de faire la plus
légere mention de celle des fameux couplets
attribués à Rouffeau & qui ont occafionné fon
exil, quoiqu'il paroiffe bien conftant aujour-
d'hui qu'ils n'étoient pas de lui, & que bien
des gens les attribuent à la Motte. La réticence de

M. d'Alembert feroit très propre à juftifier ce dernier foupçon.

Le trait le plus touchant de cet éloge de l'académicien eft celui d'un jeune homme fougueux
& mal élevé, qui donna un foufflet à la Motte,
parce que dans une foule celui-ci lui avoit marché fur le pied : Vous allez être bien fâché,
Monfieur, lui dit-il tranquillement, en fe
retournant vers lui ; car je fuis aveugle. » En
effet il avoit éprouvé ce malheur, fans être dans
un âge fort avancé, & c'eft un autre point
intéreffant de la vie de la Motte, dont on eft fâché
de ne pas trouver les particularités dans cet
éloge.

M. d'Alembert termine par un parallele de
la Motte & de Fontenelle, où il y a des chofes
finement vues & ingénieufement rapprochées.
L'article du parallele fur lequel le fecretaire infifte
le plus, c'eft la maniere dont ces deux hommes
célebres, fort répandus, fort fêtés, fe compor-
toient, foit avec les grands, foit avec les fots.
Il en réfulte que Fontenelle entendoit mieux l'art
de fe ménager avec les premiers, & la Motte
celui de fe faire aimer des derniers. Ainfi fa
philofophie étoit encore mieux entendue que celle
de l'autre, car on peut éviter le commerce des
grands ; mais on ne peut fe fouftraire à la multitude trop nombreufe des fots.

Un autre point du parallele que M. d'Alembert a omis & qui n'étoit pas moins inftructif
à toucher, c'eft la maniere dont tous deux fe con-
duifoient envers les critiques. Dans le courant de
la vie de fon héros, M. d'Alembert obferve un
trait bien propre à caractérifer la modération de
cet auteur. Un mauvais poëte fatirique, nommé

Gaçon, le harceloit continuellement par ses critiques & ses épigrammes, sans qu'il daignât répondre. Gaçon outré, publia une nouvelle satire intitulée *Réponse au silence de M. de la Motte.*

Cet éloge de petite maniere, écrit en style haché, a le défaut ordinaire de toutes les productions académiques de M. d'Alembert, c'est-à-dire, beaucoup de prétention. C'est sans doute par cette raison qu'en parlant des éloges que Fontenelle prononçoit devant l'académie des sciences des différents membres de cette compagnie morts, lorsqu'il en étoit secretaire, il fait le plus grand cas de ce livre, il le regarde comme un monument de génie, comme le trophée le plus immortel que l'historien ait élevé à la gloire de ses confreres & à la sienne. M. d'Alembert par un retour d'amour-propre sur lui-même songeoit alors qu'il faisoit aussi des éloges, & l'on pourroit lui dire, comme dans la comédie : *Vous êtes orfevre, M. Josse.*

1 *Mai* 1775. Il paroît un arrêt du conseil d'état, du 7 avril, qui casse les ordonnances des officiers de la sénéchaussée & lieutenants-généraux de police de la Rochelle, des 9 & 10 mars 1775 : la premiere, en ce qu'elle ordonne la visite dans les greniers, de grains venant de chez l'étranger ; & la seconde, en ce qu'elle en suspend la vente sous le prétexte qu'ils sont avariés.

Cet arrêt fort long, fort bavard, fort scientifique, comme tout ce qui sort aujourd'hui des bureaux de M. le contrôleur-général, est remarquable par les propositions suivantes : *Que des grains gardés dans des magasins ne peuvent jamais nuire au public ; que c'est au commerçant dont les* grains ont souffert dans le trajet quelque dommage, à déterminer s'il doit ou s'il veut faire les dépenses nécessaires pour le réparer, & la maniere & le temps qu'il emploiera pour y parvenir, sans qu'aucun juge de police puisse ni faire visiter ces grains, ni lui fixer un délai pour les remettre dans un meilleur état, ni constater par une procédure qu'il ne les y a pas rétablis; que l'intérêt du commerçant est, à cet égard, la seule regle qu'il doit suivre; qu'il peut user de sa chose comme il lui plait, & qu'aucun juge ne peut violer ce droit de la propriété; que la vente même de ces grains ne peut pas être interdite; qu'elle est souvent nécessaire, qu'elle est utile, qu'elle ne peut être nuisible; qu'enfin ce n'est pas la vente des grains qui peut nuire au peuple, que c'est la fabrication & la vente du pain; que ce n'est donc que sur la vente & la qualité du pain que doit veiller la police.

1 *Mai.* On a nouvelle d'une émeute arrivée à Pontoise à l'occasion des bleds dont le peuple s'est emparé & qu'il a payés le prix qu'il a voulu: comme l'Isle-Adam est voisine de cette ville, on prétend que le prince de Conti, qui ne peut souffrir ni M. Turgot, ni les économistes, ni leur systême, fomente sourdement l'émeute; ce qui fait craindre qu'elle n'ait des suites, & que la fermentation ne s'étende jusques aux environs de la capitale & dans la capitale même.

1 *Mai.* On doit commencer incessamment au Châtelet le rapport du procès de M. le comte de Guines, & le public attend avec impatience le jugement d'une affaire qui excite depuis si long-temps sa curiosité.

2 *Mai.* Le ministere est fort occupé des moyens

de remédier aux désordres qui se manifestent partout, à l'occasion de la cherté des grains, que bien des gens attribuent à la liberté entiere & illimitée laissée à l'égard de ce commerce. Comme c'est en Bourgogne où la fermentation a été la plus vive & la plus funeste, il paroît un arrêt du conseil en date du 22 avril, qui suspend à Dijon, Beaune, Saint-Jean-de-Lône & Montbard la perception des droits sur les grains & farines, tant à l'entrée desdites villes que sur les marchés.

Le motif de cette suspension est, que les droits établis sur les grains les rendant plus rares & plus chers, sa majesté espere qu'il en résultera une diminution de la denrée. Elle persiste au surplus dans sa volonté pour la liberté de ce commerce ; elle n'entend pas non plus nuire aux propriétaires des droits en question, & se propose de leur en assurer une indemnité.

2 *Mai.* Ce qu'on craignoit est arrivé ; la fermentation a gagné Saint-Germain-en-Laye, Poissy & autres lieux adjacents : ce sont de nouvelles émeutes & le tumulte a été tel dans la premiere ville, que M. le maréchal duc de Noailles a invité tous les militaires qui y résidoient de se rendre auprès de sa personne. La licence de ces bandits n'a point encore été arrêtée malgré les précautions qu'on a prises, & ils ont annoncé qu'ils iroient le lendemain à Versailles.

3 *Mai.* Extrait d'une lettre de Versailles, du 2 mai... Les factieux ont tenu parole & l'émeute s'est manifestée aujourd'hui dans Versailles, jusques sous les yeux du Roi. Sa majesté en a été si affligée qu'elle n'a pu dîner. Elle a

donné sur le champ ordre que le pain fût mis
à deux sous ; mais, peu de temps après, elle
a écrit à M. Turgot qui étoit à Paris, qu'il
eût à se rendre sans délai près de sa personne ;
que, cédant à la premiere impulsion de son cœur,
elle avoit eu égard aux acclamations d'une populace alarmée ; mais qu'elle s'en repentoit déjà,
qu'elle craignoit d'avoir commis une faute en
politique, & qu'elle vouloit la réparer. En effet,
le ministre ayant volé ici, a représenté au Roi
le danger d'une pitié imprudente ; & peu après
il y a eu ordre aux boulangers de ne livrer le pain
qu'au prix courant.

3 *Mai.* On a vu que malgré les arrêts du conseil
publiés coup sur coup pour tranquilliser les esprits
sur la cherté du bled toujours croissante & pouvant faire craindre enfin une disette, le peuple
s'est alarmé dans plusieurs provinces ; la terreur
a gagné les environts de la capitale : il y a eu
des émeutes à Pontoise, à Poissy, à Saint-
Germain-en-Laye, & même à Versailles. Enfin
aujourd'hui il y en a eu une à Paris très-con-
sidérable. On en étoit prévenu dès la veille ;
l'on a mis sur pied le guet à pied, le guet à
cheval, les gardes - françoises, les gardes-suisses,
& l'on a fait marcher jusques aux mousquetaires. Ces troupes ont préservé la halle aux bleds
des ravages des mutins, mais n'ont pu empêcher
qu'on ne pillât les boulangers.

M. le contrôleur-général n'a point été ému
de cet orage passager, il s'étoit transporté hier
chez le premier-président & l'a prévenu du désir
du Roi que son parlement ne se mêlât en rien
de cette police. En effet, les chambres assemblées
ce matin, M. d'Aligre a fait part d'une lettre

du Roi qu'il venoit de recevoir, où sa majesté disoit qu'instruite des diverses émeutes arrivées ces jours-ci, & de celle qui avoit lieu dans ce moment même à Paris, elle alloit s'occuper des moyens d'en arrêter les suites; qu'elle avoit déjà découvert en partie d'où provenoit la fermentation occasionnée par des gens mal-intentionnés; qu'elle comptoit être incessamment instruite de toute cette machination, & qu'elle vouloit que son parlement ne traversât point ses vues par une activité dangereuse & mal éclairée.

Sur quoi M. le premier président a été chargé de se retirer pardevers le Roi, pour témoigner à sa majesté le zele & la soumission de la compagnie, qui s'en rapportoit entiérement à sa sollicitude paternelle sur un objet qui causoit des alarmes si vives & si générales.

4 *Mai.* La premiere piece que les comédiens françois doivent donner est *le siege de Paris* du sieur Sédaine, tragédie en prose; mais comme il y est question d'émeute & de révolte, la circonstance semble fort critique, & l'on doute que la police permette de si-tôt la représentation, annoncée comme prochaine.

4 *Mai.* On se loue beaucoup de la maniere généreuse dont les mousquetaires se sont conduits hier pendant l'émeute : non-seulement ils n'ont sévi contre personne, mais ils ont tiré de l'argent de leur poche, ils l'ont donné à ceux de la populace attroupée qu'ils ont jugé être dans un besoin réel.

4 *Mai.* Le ministere ne s'est occupé depuis hier que des moyens d'arrêter le désordre dont on a rendu compte, & qui n'a été si grand, qu'à

...use de la cérémonie de la bénédiction des dra-
...aux indiquée à ce jour-là, qu'on n'a point
...oulu remettre, dans la crainte que cette suf-
...ension ne répandît plus de terreur, mais dont
...'effet a été d'enlever pour ce temps-là une partie
...es troupes qui auroit été nécessaire pour la sûreté
...énérale.

... Dès l'après-midi on a commencé par rassurer
...es boulangers, en leur donnant des faction-
...aires pour la garde de leurs boutiques ; on a
...njoint à ceux qui, dans leur terreur, ne vou-
...oient pas cuire, de le faire, & l'on a pris
...outes les précautions pour que la subsistance de
...aris ne pût manquer.

... D'un autre côté, pour contenir le peuple,
...que la fermentation auroit pu gagner, on a affi-
...hé *l'ordonnance de police* suivante, en date du
...3 mai, qui a été proclamée d'abord à son de
...trompe :

« Nous ordonnons, ce requérant le procureur
» du Roi, que les boulangers auront la faculté
» de vendre le pain au prix courant. Faisons très-
» expresses inhibitions & défenses à toutes per-
» sonnes de les forcer de le vendre à moindre
» prix. Enjoignons aux officiers du guet & de la
» garde de Paris de saisir & arrêter ceux qui
» contreviendront à la présente ordonnance, pour
» être punis suivant la rigueur des loix ; requé-
» rons tous officiers commandants de prêter
» main-forte à son exécution ; défendons à toutes
» personnes de s'introduire de force chez les
» boulangers, même sous prétexte d'y acheter
» du pain, qui ne leur sera fourni qu'à la charge
» de le payer au prix ordinaire. Mandons aux
» commissaires du Châtelet de tenir la main

» à l'exécution de notre préfente ordonnance
» qui fera imprimée, publiée, affichée dan
» cette ville, fauxbourgs & banlieue, & par-tou
» où befoin fera, à ce que perfonne n'e
» ignore.

» Ce fut fait & ordonné par nous Jean-Charles
» Pierre le Noir, chevalier, confeiller du
Roi, &c.

5 *Mai.* M. le Noir, lieutenant-général de
police, a reçu hier une lettre du Roi, qui le
remercie de fes fervices & lui demande la démif
fion de fa place. Sa majefté ne lui marque aucun
mécontentement perfonnel; elle lui dit même
qu'elle n'a rien à lui reprocher, mais que le
fachant dans des principes oppofées à ceux de
fon contrôleur-général, & au genre d'adminiftration qu'il veut introduire, elle ne le croit
plus propre à remplir la place qu'il lui avoit confiée : que du refte elle n'oubliera point les fervices
qu'elle fait qu'il a rendus à fon aïeul en diverfes
circonftances.

C'eft M. d'Albert, ancien confeiller au parlement, chargé de l'adminiftration des bleds,
comme intendant du commerce, qui fuccede
à M. le Noir. M. Turgot, lors de fa difcuffion avec ce lieutenant-général de police,
à l'occafion de la nouvelle loi concernant les
grains, lui avoit fait ôter l'approvifionne-
ment de Paris, qu'il avoit déjà confié à
M. d'Albert.

5 *Mai.* Malgré la lettre du Roi, le parlement a cru devoir s'affembler encore hier fur
l'objet intéreffant qui alarme tout Paris. Plufieurs
de meffieurs ont fait récit de ce qu'ils avoient

u , entendu , ou appris de leurs terres. Il en
réfulté que tout étoit en commotion , non-
feulement dans la capitale , mais dans les environs, à une grande diftance, & dans les provinces
circonvoifines : à l'égard de Paris, que le peuple
étoit refté encore tranquille & fimple fpectateur
du pillage exécuté feulement par les gens
venus de la campagne ; mais que plufieurs circonftances indiquoient que ces étrangers va-
gabonds étoient moins excités par la mifere
que par d'autres motifs effentiels à approfondir.
Un fait dont un confeiller des enquêtes a
rapporté avoir été témoin , a confirmé cette
opinion.

M. de Pomeufe a raconté que s'étant trouvé
dans la bagarre du mercredi , il avoit vu une
femme plus animée que les autres ; qu'il étoit
allé à elle , qu'il l'avoit follicitée de fe retirer
de la mêlée , en lui offrant un écu de fix francs
pour aller acheter du pain ; mais que cette
femme , rejetant fon écu , lui avoit répondu
avec un fourire ironique : *Va, va, nous n'avons
pas befoin de ton argent , nous en avons plus que
toi ;* & qu'en même temps elle avoit fait fonner
fa poche , dont le bruit fembloit indiquer en
effet la vérité de ce qu'elle difoit.

D'après les divers récits de meffieurs , & les
confidérations que chacun a propofées , on eft
convenu de la néceffité de rendre arrêt fur le
champ , foit pour empêcher le peuple de prendre
part au tumulte , en renouvellant les ordonnances
contre les attroupemens , émeutes , &c. évitant
cependant de l'aigrir par des menaces de peines
articulées & trop féveres , foit pour le confoler
en lui faifant voir que le parlement s'occupoit

Tome XXX. K

&e ſes beſoins , & ſongeoit à réclamer la vigilance paternelle du monarque.

En conſéquence l'arrêt a été rédigé par un
diſpoſitif très-court , & il a été mis au bas l'arrêté ſuivant :

« Ordonne en outre que le Roi ſera très-
» humblement ſupplié de vouloir bien faire
» prendre de plus en plus les meſures que lui
» inſpireront ſa prudence & ſon amour pour
» ſes ſujets, pour faire baiſſer le prix des grains
» & du pain à un taux proportionné aux be-
» ſoins du peuple , & pour ôter auſſi aux gens
» mal-intentionnés le prétexte & l'occaſion dont
» ils abuſent pour émouvoir les eſprits. »

Cet arrêt a été envoyé ſur le champ à l'impreſſion ; mais la cour ne le trouvant pas conforme à ſes principes, a donné des ordres à
l'imprimeur de ne le point diſtribuer , d'en rompre la planche.

5 *Mai*. M. le Laboureur, qui exerçoit *par
interim* la place de commandant du guet, en
attendant que M. de Roquemont, le vrai titu-
laire, fût en âge d'en faire les fonctions, a été
deſtitué en même temps que M. le Noir ; & c'eſt
un ſieur de la Galerne , ſergent aux gardes , chevalier de Saint-Louis, qui lui ſuccede.

5 *Mai*. Il a été affiché à Verſailles une ordonnance du Roi très-ſévère contre les attroupements : elle a été auſſi envoyée à Paris. & pla-
cardée, ſur-tout aux endroits où l'arrêt du parlement d'hier avoit été affiché. Voici le texte
de cette ordonnance, qui n'a point de date &
n'eſt ſignée de perſonne :

« Il eſt défendu , ſous peine de la vie, à toutes
» perſonnes , de quelque qualité qu'elles ſoient,

de former aucun attroupement, d'entrer de
force dans la maison ou la boutique d'aucun
boulanger, ni dans aucun dépôt de grains,
graines, farines & pain.

» On ne pourra acheter aucune des denrées
susdites, que dans les rues ou places.

» Il est défendu de même, sous peine de la
vie, d'exiger que le pain ou la farine soient
donnés dans aucun marché au - dessous du
prix courant.

» Toutes les troupes ont reçu du Roi l'ordre
formel de faire observer les défenses avec la
grande rigueur, & de faire feu en cas de
violence.

» Les contrevenants seront arrêtés & jugés
prévôtalement sur le champ. »

5 Mai. Le ministere, non content de garantir
la capitale, a cru devoir veiller à la sureté des
campagnes, ou du moins empêcher une plus
grande dévastation; il a donné ordre à différents régiments d'infanterie, de cavalerie, aux
carabiniers, &c. de se rapprocher à des distances
convenues, & de s'y cantonner. Il a été arrêté
préalablement un plan de campagne.

Les dispositions pour Paris sont que les mousquetaires noirs s'étendront sur les rives de la
Marne; les mousquetaires gris sur celles de la
basse Seine; les gendarmes & chevaux-légers,
sur les rives de la haute Seine; les gardes-fran-
çaises, les gardes-suisses & les invalides continueront à garder les marchés, les carrefours,
les lieux publics, les fauxbourgs & les boutiques
des boulangers.

M. le maréchal duc de Biron a le commandement général des troupes, tant du dedans que

K 2

du dehors ; & le commandant du guet, par extraordinaire, va prendre l'ordre chez lui.

5 *Mai*. L'assemblée des pairs qui devoit avoir lieu aujourd'hui pour l'affaire du maréchal duc de Richelieu, a été remise.

Ce matin, le grand-maître des cérémonies est venu apporter au parlement une lettre de cachet, par laquelle sa majesté lui ordonnoit de se rendre à Versailles, dans la matinée, en robes noires.

Le parlement s'est assemblé pour délibérer sur cet ordre : de nouveaux faits, survenus la veille & dans la nuit, ont donné matiere à de nouveaux récits, entr'autres à celui de M. l'abbé le Noir, conseiller de grand'chambre, qui a dit : Que son chapelain, arrivé ce matin de son prieuré de Gournay, lui avoit appris que les bandits s'y étoient répandus ; mais mettant de l'ordre dans leur désordre, n'avoient enlevé chez les fermiers que du bled & du bled battu, propre à faire de la farine ; qu'ils l'avoient même payé 12 livres le setier, en disant que le Roi avoit mis le pain à 2 sous la livre à Versailles, & ne vouloit pas qu'il fût payé plus cher.

6 *Mai*. Aujourd'hui, jour de marché, pour prévenir encore mieux tout prétexe de désordre, l'on a affiché l'ordonnance suivante sans signature ni date, comme la premiere ; mais portant seulement au bas *de l'imprimerie royale* 1775.

« Il est défendu à ceux qui veulent acheter
» des denrées dans les rues ou marchés, de se
» présenter avec des bâtons, ni aucune espece
» d'armes & d'outils propres à nuire, pour ne
» pas être confondus avec les voleurs qui ont
» détruit & pillé des provisions destinées aux

habitants de Paris, ou qui ont voulu se les faire donner à un prix au-dessous du courant. »

6 Mai. Le parlement s'est rendu hier à Versailles, en robes noires seulement : sa majesté leur a d'abord fait donner à dîner dans une salle de cérémonie, où s'assemblent les divers corps qui doivent être introduits auprès du Roi. La séance a commencé à trois heures & demie par un discours du Roi, par un de M. le garde-des-sceaux ; &, après avoir été aux voix pour la forme, on a enrégistré une *déclaration portant attribution aux prevôts généraux des maréchaussées, de la connoissance & du jugement en dernier ressort des crimes & excès y mentionnés.*

Il faut savoir que la connoissance de ces crimes & excès avoit été attribuée d'abord à la tournelle par des lettres-patentes présentées la veille au parlement ; mais que ces lettres-patentes y avoient été trouvées irrégulieres, & dans le fond & dans la forme : dans le fond, en ce qu'elles le rendoient commission à l'égard d'une portion d'autorité qu'il avoit par essence, puisqu'une de ses principales fonctions est de connoître, en premiere instance, de tout ce qui intéresse l'ordre public & la grande police : dans la forme, en ce qu'elle devoit être adressée à la grand'chambre, & non à la tournelle. Par ces diverses considérations, l'avis dominant avoit été de laisser de côté ces lettres-patentes, & de rendre, du propre mouvement de la compagnie, l'arrêt ci-dessus du 4 mai.

On ne doute pas que ce ne soient ces difficultés du parlement qui aient déterminé la cour à retirer lesdites lettres - patentes & à changer

l'attribution : mais, par une inconféquence fort
finguliere, la cour, en s'oppofant de fait & par
violence à la publication de l'arrêt, n'a point
employé la voie judiciaire pour l'anéantir en le
caffant par un arrêt du confeil; en forte que le
parlement regarde le fien comme toujours fub-
fiftant. Quoi qu'il en foit, les chambres affemblées hier pour délibérer fur ce qui s'étoit paffé
la veille, le bruit eft que meffieurs, confternés
du coup mortel porté à leur autorité, mais n'ofant
faire de réclamation ouverte, fe font contentés
de proteftations ordinaires & d'un arrêté vague,
dans lequel ils ont dit que, pour donner au Roi
des marques de leur entiere foumiffion, ils
s'abftiendroient de s'occuper en rien des troubles actuels, fans toutefois ceffer de faifir toutes
les occafions favorables de repréfenter au monarque les befoins & la mifere de fon peuple.

On a remarqué au lit de juftice que, lorfque
M. le garde-des-fceaux eft allé aux voix pour la
forme, il n'y a eu que M. le prince de Conti,
parmi les grands, & M. Freteau parmi les membres du parlement, qui aient parlé & difcuté leur
avis. On a remarqué encore que M. le garde-
des-fceaux, en retournant au Roi pour lui rendre
compte du vœu de l'affemblée, étoit refté un
quart d'heure aux genoux de fa majefté; ce qui
fembleroit annoncer qu'il l'auroit informée de
ces avis particuliers.

7 *Mai.* Paris eft comme une place de guerre
inondée de troupes, & où le fervice fe remplit
avec la régularité la plus grande. M. le maréchal
duc *de Biron* ne ceffe de parcourir tous les poftes,
efcorté d'officiers de chaque corps, qui lui fervent comme d'aides-de-camp pour porter fes

ordres par-tout où ils sont nécessaires. Il n'est pas jusqu'aux gens de la robe-courte & aux gardes de la ville qui ne soient sous son inspection, & remplissent en ce moment des fonctions militaires.

7 Mai. Les nouvelles reçues de Normandie sont très-fâcheuses. On apprend que les principaux marchés publics de cette province ont été pillés successivement, & qu'il y a eu encore plus de gaspillage que d'enlevements réels. On voyoit les brigands fouler aux pieds le bled qu'ils ne pouvoient emporter, comme pour le rendre inutile à tout le monde.

7 Mai. On a publié & affiché aujourd'hui la déclaration donnée à Versailles le 5 mai, &, par une singularité remarquable, portant, *registrée en parlement le 5 mai 1775*, quoique le parlement ne se soit pas rassemblé ce jour-là, en revenant de Versailles, & n'ait pu ainsi, par un enrégistrement subséquent, rendre légal un enrégistrement vicieux dans le principe, & d'ailleurs contre les formes d'usage.

Par une autre singularité, cette déclaration porte qu'elle a été imprimée chez le sieur Simon, imprimeur du parlement : en voici le préambule, qui ne donne pas moins de matiere aux réflexions.

« Nous sommes informés que, depuis plu-
» sieurs jours, des brigands attroupés se ré-
» pandent dans les campagnes pour piller les
» moulins & les maisons des laboureurs ; que
» ces brigands se sont introduits, les jours de
» marché, dans les villes, même dans celle de
» Versailles & dans notre bonne ville de Paris ;
» qu'ils y ont pillé les halles, forcé les maisons

K 4

» des boulangers, & volé les bleds, les farines
» & le pain deſtinés à la ſubſiſtance des habi-
» tants deſdites villes & de notre bonne ville
» de Paris ; qu'ils inſultent même ſur les grandes
» routes ceux qui portent des bleds & farines ;
» qu'ils crevent les ſacs, maltraitent les con-
» ducteurs des voitures, pillent les bateaux ſur
» les rivieres, tiennent des diſcours ſéditieux,
» afin de ſoulever les habitants des lieux où ils
» exercent leurs brigandages, & de les engager
» à ſe joindre à eux : que ces brigandages
» commis dans une grande étendue de pays aux
» environs de notre bonne ville de Paris, &
» dans notredite bonne ville même le 3 de ce
» mois & jours ſuivants, doivent être répri-
» més, arrêtés & punis, afin d'en impoſer à
» ceux qui échapperont à la punition, ou qui
» ſeroient capables d'augmenter le déſordre. Les
» peines ne doivent être impoſées que dans les
» formes preſcrites par nos ordonnances ; mais
» il eſt néceſſaire que les exemples ſoient faits
» avec célérité. C'eſt dans cette vue que les Rois
» nos prédéceſſeurs ont établi la juriſdiction
» prévôtale, laquelle eſt principalement deſtinée
» à établir la ſureté des grandes routes, à ré-
» primer les émotions populaires, & à connoître
» des excès & violences commis à force ou-
» verte, &c. »

L'enrégiſtrement a d'autres caracteres de nouveauté, il porte : *Lue & publiée, le Roi ſéant en*
ſon lit de juſtice, & regiſtrée au greffe de la cour,
ce requérant le procureur général du Roi, pour être
exécutée ſelon ſa forme & teneur, & copies colla-
tionnées d'icelle envoyées aux bailliages, ſénéchauſ-
ſées & autres ſieges du reſſort, pour y être pareil-

lement lue, publiée & regiſtrée ; enjoint aux ſubſti-
tuts du procureur-général du roi d'y tenir la main
& d'en certifier la cour au mois. Fait à Verſailles,
le Roi ſéant en ſon lit de juſtice, le 5 mai 1775.

7 MAI. Il paſſe pour conſtant qu'on a conduit
à la Baſtille ces jours-ci deux perſonnages très-
connus, & que le gouvernement recherchoit
depuis quelques mois. Ce ſont les ſieurs Saurin
& Daumer. On ſait qu'ils étoient chargés de
faire le commerce des bleds ſous le miniſtere de
l'abbé Terrai, pour le compte du feu Roi : quant
au ſieur Mirlavaud, qui avoit eu l'impudence
de ſe faire inſcrire dans l'almanach royal de
1774, tréſorier des grains au compte du Roi, on
le nommoit auſſi parmi les détenus, mais on a
vérifié que non.

La détention de ces meſſieurs qui ſe regardoient déjà comme innocentés, faite dans un
temps auſſi critique, ſembleroit indiquer qu'on
les ſoupçonneroit d'avoir quelque part aux
troubles actuels.

8 *Mai.* Le parlement de Metz, le dernier qui
reſte à rétablir, devoit l'être ces jours-ci ; de
nouvelles difficultés reculent encore cet événement ſi déſiré pour compléter le grand œuvre du
regne à l'égard de la magiſtrature. Ce rétabliſſement devient même problématique, graces
aux ſoins de ceux qui s'y oppoſent, & ſur-tout
de vingt membres de cette compagnie qui ont
paſſé à Nancy. L'évêque de la premiere ville qui
y étoit retourné, ayant appris les obſtacles que
faiſoit renaître la cabale, eſt revenu à Paris recommencer ſes ſollicitations. M. le comte de
Broglio qui commande à Metz ſous le maréchal
ſon frere, dont on connoît le génie actif &

K 5

ardent , n'eſt pas le moins empreſſé à tourmenter
le miniſtere ſur cet objet. Malheureuſement la
déciſion eſt renvoyée au conſeil des dépêches ,
& ne dépend plus du garde-des-ſceaux ſeulement.

8 *Mai.* Un détachement de cinquante mouſ-
quetaires ſous les ordres de M. de Jaſon , officier
à hauſſe-col , eſt parti la nuit du ſamedi au
dimanche à deux heures du matin pour Cor-
beil ; ce qui annonce que les brigands ne ſont
point encore épouvantés dans les campagnes , &
menacent de commettre de nouveaux déſor-
dres.

9 *Mai.* Quoique M. Turgot croie ne pas devoir en apparence ſe relâcher de ſon ſyſtême de
liberté , il paſſe pour conſtant que ce miniſtre a
fait donner ſous main des ordres aux fermiers
de garnir de bled les marchés , & de ne pas
abuſer de la circonſtance pour mettre cette
denrée à un prix trop exceſſif. Il paroît en effet
que c'eſt la maniere la plus prudente d'éteindre
inſenſiblement une fermentation qui n'a fait que
de trop grands ravages , & qui en cauſeroit de
plus funeſtes infailliblement. Les déſaſtres arrivés déjà favoriſent les ſpéculations de nos négociants , & beaucoup s'empreſſent à faire venir
de l'étranger des bleds avant les délais preſcrits ,
pour , indépendamment du gain accru par les
circonſtances , profiter du bénéfice que ſa majeſté
promet comme encouragement & récompenſe.

10 *Mai.* Sans qu'on connoiſſe encore au juſte
les inſtigateurs des émeutes dernieres , on ſe
confirme de plus en plus dans l'opinion qu'il y
en a eu. Des placards infames affichés journellement dans Paris , & juſques dans le jardin des
Tuileries , annoncent d'abord des gens mal-

intentionnés ; ensuite il passe pour constant que presque tous les gens arrêtés avoient de l'argent sur eux, & n'étoient point dans un état de misere capable de porter au désespoir. On rapporte en outre que des inconnus, à cheval, ont porté chez des fermiers des billets anonymes, qui leur disoient de garder leur bled, de ne le point vendre, parce qu'il deviendroit plus cher. D'un autre côté, l'on annonçoit dans les villages que le Roi vouloit que le bled fût fixé à 12 livres.

La remarque que tous ces désordres sont arrivés dans le temps de pâques ou après, excite de violents soupçons contre le clergé, & fait présumer qu'il aura échauffé les esprits dans la confession. On a en effet arrêté plusieurs curés ; on en sait qui ont fourni de l'argent à leurs paysans pour aller chercher du bled à 12 livres. D'autres ont monté en chaire, &, en faisant l'éloge du Roi, ont déclamé contre ses ministres ; c'est ce qui est particuliérement arrivé au curé de Gournay.

Un valet de chambre de M. le comte d'Artois, nommé Carré, a été condamné à Versailles à être pendu pour des propos séditieux, pour avoir dit le jour de l'émeute aux mutins, que c'étoit au château qu'ils devoient aller, où ils trouveroient des gens qui avoient grand'peur ; mais on assure que M. le comte d'Artois a demandé sa grace, & qu'il est condamné à être renfermé le reste de ses jours.

10 Mai. Les troupes continuent d'arriver à Paris & dans les environs, & le cordon qu'on veut établir sera incessamment formé ; mais tous ces mouvements, faits à grands frais, coûtent beaucoup d'argent. Indépendamment de ces

K 6

dépenses extraordinaires, les indemnités sans
nombre dont le gouvernement sera chargé, la
difficulté de percevoir les tailles ; tout cela dérange le système de M. Turgot., & contrarie beaucoup ses projets.

10 *Mai*. Le gouvernement, pour faciliter à
presque tous les habitants des campagnes qui
ont eu part aux émeutes, les moyens de se mettre
à l'abri des poursuites rigoureuses de la justice,
leur a fait déclarer par différents seigneurs,
qu'ils eussent à reporter aux divers propriétaires
le bled qu'ils avoient pillé, ou à payer le surplus
de la valeur pour ceux qui l'avoient payé, sur le
pied de six écus le setier.

11 *Mai*. Malgré la tranquillité générale de
Paris qui n'a été troublée en rien depuis le jour
de l'émeute, il est toujours gardé avec la plus
grande précaution, & comme si l'on étoit dans
un danger éminent. Les lanternes sont allu-
mées long-temps avant la nuit, & restent allu-
mées long-temps après le jour commencé. On les
a baissées, ainsi qu'il arrive dans les séditions,
ou lorsqu'on craint quelque surprise.

On ne sauroit croire l'importance que M. le
maréchal duc de Biron met à tout cela. Il a sous
lui quatre lieutenants-généraux, un état-major,
des aides-de-camp de tous les corps ; il a établi
son quartier général à son hôtel, & son armée
est d'environ vingt à vingt-cinq mille hommes :
les appointements des officiers-généraux & autres
sont payés par extraordinaire, comme à l'armée. M. le maréchal a 20,000 livres par mois,
outre 40,000 l. par an pour sa table, & payées
d'avance : en un mot, au mal apparent du gaspillage momentané qu'a occasionné l'émeute, on

fubftitué le mal réel & plus durable de frais de
troupes confidérables, tels qu'en occafionneroit
une guerre fanglante.

11 *Mai.* Depuis les troubles tous les intendants ont eu ordre de fe rendre à leur département respectif, & font partis il y a quelques
jours.

12 *Mai.* La cour ne femblant pas difpofée
à publier le lit de juftice, ainfi qu'on l'avoit
fait efpérer dans la gazette de France, on
va en donner ici les détails les plus intéreffants.

Il a commencé par un difcours du Roi,
que fa majefté a prononcé de mémoire, ainfi
qu'elle l'a fait au lit de juftice du 12 novembre :
quoiqu'elle n'ait pas l'organe agréable & fonore,
elle y a mis un ton de nobleffe & de fermeté
qui a réparé ce défaut. Elle n'avoit point l'air
fâchée contre fon parlement, mais affligée des
nouvelles accablantes qu'elle apprenoit. Elle a
dit :

« Meffieurs — Les circonftances où je me
» trouve & qui font fort extraordinaires & fans
» exemple, me forcent de fortir de l'ordre com-
» mun & de donner une extenfion extraordinaire
» à la jurifdiction prévôtale. Je dois & je veux
» arrêter des brigandages dangereux qui dégéné-
» roient bientôt en rebellion. Je veux pourvoir à
» la fubfiftance de ma bonne ville de Paris & de
» mon royaume. C'eft pour cela que je vous ai
» affemblés & pour vous faire connoître mes in-
» tentions, que mon garde des fceaux va vous
» expliquer. »

Le difcours de M. le garde des fceaux n'a rien
de remarquable : il annonce la déclaration dont

on a parlé, & les vûes de bienfaisance & de justice
qui l'ont dictée. Après la lecture faite par le greffier en chef, M. le premier président, peu élo-
quent de son naturel, qui n'étoit point préparé,
& qui d'ailleurs étoit fort embarrassé sur le rôle
qu'il devoit jouer dans cette circonstance, a préféré de ne rien dire du tout. M. l'avocat-général
Séguier n'a pas osé s'étendre davantage, il a
conclu purement & simplement. Enfin le Roi
a terminé la séance par le second discours
suivant :

« Messieurs —— Vous venez d'entendre mes
» intentions ; je vous défends de faire aucunes
» remontrances qui puissent s'opposer à l'exécu-
» tion de mes volontés. Je compte sur votre
» soumission, sur votre fidélité, & que vous
» ne mettrez point d'obstacle ni de retardement
» aux mesures que j'ai prises, afin qu'il n'arrive
» pas de pareil événement pendant le temps de
» mon regne. »

Arrêté du parlement fait le lendemain 6 mai,
à la suite du lit de justice.

« La cour délibérant sur le récit fait par un
» de messieurs, ensemble sur le récit fait par
» M. le premier président, a chargé le premier
» président de faire connoître audit seigneur
» Roi combien il est essentiel dans les circons-
» tances qu'il veuille bien continuer, relative-
» ment aux grains, les soins que son amour
» pour ses peuples lui a déjà dictés ; & que
» c'est pour entrer dans les vûes de sa sagesse,
» & pour ne rien déranger des précautions que
» les circonstances présentes lui ont suggérées,

... que son parlement a pris la voie la moins éclatante, mais également sûre, vis-à-vis ledit seigneur Roi pour lui témoigner son inquiétude & son zele. »

« Ordonne en outre, &c. (comme à l'arrêté du 4 mai, rapporté précédemment).

12 MAI. On écrit de Beauvais que les officiers de police de cette ville, qui jusques ici avoient présidé au marché des grains, depuis les émeutes dernieres avoient reçu ordre du commandant des gardes-du-corps en quartier dans cette ville, de s'abstenir de ces fonctions, & que ce sont ces mêmes militaires qui, suivant le réglement de la cour, ont dû s'en emparer & y présider.

12 MAI. On ne peut que rire du tour qu'on a joué à M. de Biron, & de l'alarme puérile que ce général a prise, au sujet d'un avis faux & absurde que les mutins vouloient s'emparer de la Bastille & de l'Arsenal. En conséquence il a donné l'alerte à M. de Jumilhac, commandant du château. Dans la nuit du 8 au 9 on a mis les mousquetaires sur pied; on leur a fait faire des rondes & des patrouilles autour de ces deux endroits; on a pointé les canons, & l'on a fait des dispositions formidables, comme si une armée ennemie devoit former le siege de ces forteresses. Ces précautions extraordinaires ont effrayé le peuple, mais ont amusé les gens sensés & peu crédules.

12 MAI. Il s'est tenu à Versailles conseils sur conseils pour décider quel parti sa majesté prenroit, afin d'éteindre les troubles survenus dans le royaume & sur-tout ceux de la capitale & des environs. Comme il a été reconnu que le gros du peuple avoit été induit en erreur par des ruses infer-

nales, telles que des billets anonymes, des imprimés affichés, & même des arrêts du conseil
simulés, revêtus de toutes les formes apparentes,
où l'on faisoit dire à sa majesté qu'elle vouloit
& ordonnoit que le prix des grains fût mis à
12 livres le setier ; il paroît que l'avis dominant
a été pour la clémence, d'autant mieux que l'on
a rapporté que grand nombre de paysans
effrayés des peines annoncées, n'avoient osé
reparoître & s'étoient retirés dans les bois. En
conséquence on assure que sa majesté a signé
hier une amnistie générale, en en exceptant
cependant les instigateurs, auteurs & fauteurs
des émeutes. On veut même que cette ordonnance ait été affichée aujourd'hui, retirée tout
de suite.

Quoi qu'il en soit, sa majesté avoit préalablement témoigné son mécontentement de ce que
le sieur Papillon, chef de la commission prévôtale, tardoit à mettre la justice en activité & à
faire exemple sur les plus coupables de plus de
deux cents malheureux arrêtés & détenus dans
les prisons. On ajoute que le duc de la Vrillière
lui avoit écrit dans cet esprit, & l'avoit menacé
de perdre la confiance du Roi, s'il n'y répondoit
pas mieux.

Le sieur Papillon n'a pu résister à des ordres
si pressants & le onze de ce mois, assisté de
onze de MM. du châtelet, du siege présidial,
il a rendu en la chambre criminelle un jugement prévôtal, qui condamne un gazier & un
perruquier chambrelan à être pendus en la place
de Greve, pour avoir eu part à la sédition &
émotion populaire, arrivée à Paris le 3 de ce
mois.

Le même jour il a été élevé deux potences de dix-huit pieds de haut : plus de vingt mille hommes de troupes & même les mousquetaires ont été mis sur pied, & l'exécution s'est faite avec un appareil comme s'il eût été question de celle de quelque grand coupable. On voit cependant par le développement de la sentence, que ce sont deux victimes immolées à la sûreté publique. On assure que les juges du Châtelet répugnoient à prononcer la peine de mort dans un cas aussi peu grave & qu'ils ont pleuré en signant le jugement.

Quant aux suppliciés, ils imploroient le secours du peuple & s'écrioient qu'ils mouroient pour lui.

14 Mai. Le parlement de Dauphiné a été rétabli le 2 de ce mois par M. le comte de Clermont-Tonnerre, assisté de M. Pajot de Marcheval. On en a reçu le procès-verbal, par lequel il conste que l'assemblée étoit composée de sept présidents, le premier compris, deux chevaliers d'honneur, & vingt-neuf conseillers seulement, deux avocats-généraux & un greffier en chef ; ce qui annonce une grande diminution dans cette compagnie, qui doit être composée de neuf présidents, le premier compris, & de cinquante-deux conseillers. Il paroîtroit en outre qu'il n'y auroit point de procureur-général. On ne sait à quoi attribuer un pareil délabrement.

C'est M. de Berulle qui a repris ses fonctions de premier président.

Le discours de M. de Clermont-Tonnerre n'est rempli que de lieux communs, ainsi que celui de M. de Marcheval. Le principal objet

de celui-ci eſt d'accorder la contradiction de ſa
conduite, en venant refaire aujourd'hui ce qu'il
avoit défait en 1771. Il s'excuſe ſur l'obéiſſance
paſſive qu'il devoit à la cour. En effet, on ſait
qu'on a comparé depuis long-temps un maître
des requêtes à la matiere premiere, que la cour
paîtrit comme elle veut.

Le diſcours de M. de Bérulle, le premier
préſident, n'a rien qui mérite d'être rapporté ;
mais, par celui de M. de la Salcette, avocat-
général, on remarque ſon embarras d'avoir paſſé
dans la nouvelle magiſtrature, & la honte qu'il
en éprouve aujourd'hui.

L'édit de rétabliſſement ne differe de ceux des
autres parlements, qu'en ce qu'il établit dans
celui-ci une diſtribution de chambres qui n'y
étoit pas, & qui lui donne le même régime
qu'aux autres.

14 *Mai.* Enfin, la clémence a prévalu abſolument, & l'ordonnance portant amniſtie eſt
affichée par-tout. Celle-ci porte plus de caracteres
d'authenticité que les précédentes : elle eſt ſignée
Louis, & plus bas, *Phelipeau* : elle eſt datée de
Verſailles le 11 mai ; en voici la teneur:

DE PAR LE ROI.

« Il eſt ordonné que toutes perſonnes, de
» quelque qualité qu'elles ſoient, qui, étant
» entrées dans les attroupements par ſéduction
» ou par l'exemple des principaux ſéditieux,
» s'en ſépareront d'abord après la publication
» du préſent ban & ordonnance de ſa majeſté,
» ne pourront être arrêtées, pourſuivies ni priſes
» pour raiſon des attroupements, pourvu qu'elles

rentrent fur le champ dans leurs paroiffes, &
qu'elles reftituent en nature ou en argent,
fuivant la véritable valeur, les grains, farines
ou pains qu'elles ont pillés, ou qu'elles fe font
fait donner au-deffous du prix courant.

» Les feuls chefs & inftigateurs de la fédition
» font exceptés de la grace portée dans la pré-
» fente ordonnance.

» Ceux qui, après la publication du préfent
» ban & ordonnance de fa majefté, continueront
» de s'attrouper, encourront la peine de mort,
» & feront les contrevenants arrêtés & jugés
» prévôtalement fur le champ.

» Tous ceux qui dorénavant quitteront leur
» paroiffe fans être munis d'une atteftation de
» bonne vie & mœurs, fignée de leur curé &
» du fyndic de leur communauté, feront pour-
» fuivis & jugés prévôtalement comme vaga-
» bonds, fuivant la rigueur des ordonnances.

» Donné à, &c. »

14 *Mai.* A l'occafion de l'armement formidable actuel de l'Efpagne contre les puiffances
barbarefques, & des dépenfes énormes qu'il en-
traîne, on obferve que les finances de fa majefté
catholique font en très-bon état; qu'elle ne dépenfe rien pour fa perfonne en fait d'objets de
luxe, & qu'elle n'a encore pour habits de gala,
que ceux qu'elle portoit étant roi de Naples,
faits peut-être il y a vingt-cinq ou trente ans.

15 *Mai.* Le parlement de Metz a été créé en
1635 par Louis XIII fur le pied de cinquante-
deux offices feulement, pour fervir par femeftre.
Louis XIV fe trouvant avoir befoin d'argent en
augmenté le nombre jufqu'à cent & plus; &
pour augmenter en même temps le reffort de

cette cour, il y joignoit les différentes conquêtes
qu'il faisoit de ce côté-là. Depuis en ayant rendu
une partie, & le conseil souverain d'Alsace ayant
été établi, ce parlement s'est trouvé resserré dans
un très-petit territoire. Il s'est plaint de la multiplicité de ses offices & de la diminution des
affaires. Pour l'indemniser le Roi a fait un fonds
de 10,000 l. par an, mais qui n'ont pas été payées
long-temps exactement ; cette rente s'est même
bientôt trouvée réduite à moitié ; cependant les
impôts sur ces offices ayant augmenté, cette
cour a obtenu qu'on feroit compensation des
arrérages de rentes qui lui étoient dus : du reste,
elle a continué ses plaintes & doléances sur sa
nullité ; elle a demandé à la mort du roi Sta-
nislas, que la Lorraine fût réunie à son ressort :
le conseil souverain de Nancy s'y est opposé, &
cela formoit une contestation entre les deux
tribunaux, lorsque M. de Maupeou a opéré sa
révolution. Le nom de parlement que portoit
celui de Metz, odieux au chancelier, suffisoit
pour le faire succomber. Un arrêté violent qu'il
avoit pris contre le sieur de Calonne, intendant
de cette ville, & le sieur de Flesselles, a servi de
prétexte à sa destruction, & son ressort a été
réuni à celui de Nancy ; savoir, comme parlement, au conseil souverain, & comme chambre
des comptes, à celle de cette ville. Quinze
membres ont demandé à être incorporés au premier tribunal pour remplir le nombre des offices
dont il a été augmenté, & cinq au second, dont
il a été augmenté d'autant.

Ce sont ces mêmes transfuges qui s'opposent
aujourd'hui le plus au rétablissement du parlement. Ils donnent pour raison qu'il ne faut point

er cette opération de M. de Maupeou dans
celle des autres : qu'il étoit question de détruire l'un des deux tribunaux en contestation,
& que le parlement de Metz, en se soumettant
sur ce grand procès à la décision du Roi, s'étoit
en même temps soumis à sa propre destruction.
Il l'avoit rendue légale, si sa majesté la jugeoit
nécessaire. Ils font valoir beaucoup d'autres
motifs de convenance, & soutiennent leur cause
avec tant de chaleur, qu'ils ont mis des ministres dans leur parti, & qu'on ignore qui l'emportera.

16 *Mai.* Un officier aux gardes, en faisant
la patrouille, rencontre un grouppe d'hommes
assemblés : il veut les arrêter, quelques-uns
prennent la fuite, on en joint d'autres. On les
interroge, &, par leurs réponses, ils se déclarent
être marchands forains qui s'étoient réunis
pour arranger leur départ en commun. L'officier
ne trouvant point ces gens dans le cas d'être
retenus, pour plus grande précaution les fait
conduire chez le commissaire Rolland : celui-ci
ne les jugent pas plus coupables, les relâche, &
ne voit rien à redire à leur conduite. Le lendemain l'officier rend compte du fait au maréchal
de Biron, le général en fait de même à M. Turgot : le ministre s'indigne, décide la conduite
du commissaire très-repréhensible, veut que ces
quidams fussent précisément dans le cas de la
détention, les regarde comme ces instigateurs
étrangers envoyés pour ameuter le peuple, &
fait expédier une lettre de cachet au commissaire, de se défaire de sa charge. L'officier de
la police étourdi obéit & perd son état. Ses confreres, qui craignent un pareil exemple, blâment
fort sa pusillanimité.

16 *Mai.* Hier 15 mai a été tenu la séance publique de l'académie françoise pour la réception de M. le maréchal duc de Duras.

Si toutes les especes de lauriers accumulées à la fois sur la tête d'un grand pouvoient seules la rendre plus illustre, celle de M. le maréchal duc de Duras devroit rayonner d'une gloire immortelle. *Mars* & *Apollon* semblent avoir concouru à l'envi pour le décorer A peine a-t-il obtenu le grade suprême du mérite militaire, les portes du sanctuaire de la littérature s'ouvrent, & il est invité à y prendre place. Ce n'est point ici le lieu de discuter ses droits au premier honneur; nous observerons quant au second que son nom est le dix-septieme sur la liste de l'académie françoise, à côté duquel nous ne trouvions aucun titre littéraire. Il en convient lui-même dans son discours, & il attribue le choix de ses confreres à la seule amitié. Ce corps a-t-il donc été institué pour être transformé en une coterie de gens qui se conviennent par des rapports de société? Les électeurs ne doivent-ils plus peser scrupuleusement aujourd'hui leurs suffrages, & le nom dans la balance peut-il l'emporter sur les sublimes chef-d'œuvres du génie, ou les aimables productions de l'esprit? De cet abus principal il en a résulté un second, c'est que ces réceptions publiques, où n'assistoient guere autrefois que des gens de lettres, les seuls en état d'apprécier, de louer, ou de critiquer les ouvrages qu'on y lit, sont dégénérées en des cohues de cour; les seigneurs, les petites-maîtresses se sont emparé des assemblées; le bon goût a déserté avec les connoisseurs; & le mauvais a obsédé messieurs de toutes parts.

On juge aifément que le concours n'a pas été moins grand cette fois que les deux précédentes. Le fecretaire, fort empreffé de voir augmenter la foule, s'y eft prêté de fon mieux par des arrangements intérieurs plus commodes pour le public.

On a déjà dit qu'on avoit transformé les anti-fauteuils auxquels l'académie étoit fi fort atta-chée, en fauteuils moins volumineux : par une nouvelle métamorphofe, on les a changés en cabriolets, petits fieges de boudoir qu'on trouve l'ordinaire dans les appartemens de filles : les membres graves de la compagnie, & fur-tout les vieillards, en ont gémi. On a auffi fubftitué à la table immenfe autour de laquelle fiégeoient meffieurs, une table plus étroite & vraiment mefquine. On a gagné ainfi un rang de places de chaque côté. Du refte, on ne peut que rire de la puérile importance que le fecretaire met à tout cela ; il s'en occupe effentiellement ; il avoit redoublé de précautions cette fois en faifant pofter des fentinelles à tous les endroits par où la curiofité induftrieufe des amateurs auroit pu pénétrer en fraude ; il a encore fait changer la couleur & la forme des billets pour prévenir l'a-dreffe des fauffaires.

On a été agréablement furpris au débit du dif-cours du récipiendaire. Outre le mérite de la brié-veté, il a celui d'une fimplicité noble ; l'auteur n'y dit que ce qu'il faut, & paffant légérement fur les points qu'il eft obligé de traiter, il s'ar-rête fur le feul curieux pour les fpectateurs, & fufceptible de détails nouveaux & intéreffants ; c'eft-à-dire, fur l'éloge de M. de Belloy, fon prédéceffeur, qu'il enrichit d'anecdotes.

Le récipiendaire n'a cependant osé parler de celle par laquelle il est constaté que M. de Belloy a été comédien en Russie ; ce qui l'auroit exclu de l'académie, si l'enthousiasme n'avoit forcé les suffrages de messieurs, & ce trait sans doute devenoit un des plus glorieux pour le défunt. On ne croit pas que M. le maréchal se soit donné la peine de composer lui-même cet écrit ; mais il a choisi du moins un bon faiseur, & l'on ne peut qu'applaudir à son discernement.

Par une bizarrerie qui n'a point échappé aux spectateurs, la réponse du comte de Buffon, le directeur, étoit fort inférieure au discours du récipiendaire, & le grand seigneur, pour l'éloquence académique l'a emporté sur l'homme de lettres. De petites idées, une morgue déplacée, un ton précieux ont déparé le commencement du sien ; il s'est trop appesanti sur l'ambassade de M. de Duras en Espagne, qui ne sera jamais une époque mémorable dans sa vie : sa digression sur la nécessité de la concorde parmi les gens de lettres étoit infiniment mieux placée ; elle lui a servi de transition pour célébrer l'ame pacifique de l'académicien défunt ; il a reconnu judicieusement que son vrai mérite étoit d'avoir choisi les sujets de ses tragédies parmi les héros de notre nation, mérite dont M. de Voltaire lui avoit donné l'exemple dans la Henriade ; il observe, même que c'étoit M. de Duras, son successeur actuel, qui avoit fourni à M. de Belloy l'idée du *Siege de Calais* ; ce que le poëte avoit avoué à ses amis : obligation dont l'académie a cru ne pouvoir mieux acquitter la dette, qu'en priant M. le Maréchal de prendre la place vacante.

16 *Mai*. M. de Miromesnil ayant déclaré à
M.

M. Cœur de Roi, premier préfident du confeil fouverain de Nancy, & à M. de Riaucour, premier préfident de la chambre des comptes de la même ville, que les circonftances ne lui permettoient pas de s'occuper en ce moment du procès élevé entre ces deux cours, d'une part, & les officiers du parlement de Metz, de l'autre, pour favoir s'il étoit expédient de rétablir cette compagnie; ces meffieurs s'en font retournés chez eux, & tous ceux qui étoient à Paris pour le même objet en ont fait autant. Ce qui défole la ville de Metz & ceux qui travailloient à lui faire rendre fon parlement.

17 *Mai.* Ce qui a fait croire que M. Turgot avoit le département de Paris, c'eft que depuis qu'on a établi une armée de la haute & baffe Seine fous le commandement du maréchal duc de Biron, c'eft de ce miniftre que le général reçoit l'ordre qu'il va prendre tous les jours; c'eft à lui qu'il rend compte, & c'eft lui qui eft même miniftre de la guerre en cette partie; du refte, le fervice fe fait toujours avec la plus grande régularité : M. de Poyanne a fous M. de Biron le département de la haute Seine, & M. le comte de Vaux celui de la baffe. Les officiers font obligés d'être conftamment en uniforme.

17 *Mai.* La nouvelle ordonnance concernant l'infanterie françoife fait un bruit du diable parmi les militaires, en ce qu'elle réforme cette quantité de colonels à la fuite des régiments, dont le nombre s'étoit accru jufqu'à mille ou douze cents. C'étoit une invention du duc de Choifeul, qui, pour fe faire plus de créatures, avoit ainfi multipliés les graces. Ces meffieurs étoient flattés que par leur multitude, leur

naiffance & leurs entours, ils échapperoient à la réforme. Et ce coup en a été plus rude pour eux. Il eft dit que leur fervice, pour monter au grade fupérieur & même pour celui de colonel, ne courra qu'autant qu'ils feront en activité, à raifon de fix ans en temps de paix, & de trois ans en temps de guerre.

M. de Choifeul avoit introduit un autre abus à l'égard des majors, qu'il prenoit indiftincte-ment parmi les officiers les moins expérimentés, & même qui, dans fon fyftême, devoient être choifis parmi les plus jeunes. On ne pourra plus monter à ce grade qu'après vingt ans de fervice.

En un mot, un efprit de juftice & de févérité paroît avoir été le principe de cette ordonnance, bien effentielle pour rétablir la difcipline parmi notre nobleffe énervée. M. le comte du Muy n'ayant de long-temps à répandre des graces, toutes épuifées par fes prédéceffeurs, veut fe diftinguer par l'auftérité de fon miniftere.

19 *Mai*. Il y a grande apparence que les fieurs Saurin & Daumer n'ont été mis à la Baftille que pour la forme, & faire voir au peuple qu'on s'occupoit à découvrir les auteurs des calamités publiques. On ne doute pas qu'ils ne foient re-lâchés inceffamment.

Le fieur Daumer, peu connu, eft l'intendant & le prête-nom du fieur le Rez de Chaumont, intendant des Invalides, grand économifte, & cependant grand monopoleur.

19 *Mai*. Dans la féance publique de l'acadé-mie françoife du 15 de ce mois, M. l'abbé de Lille a lu la traduction en vers du quatrieme livre de l'Enéide. On connoît déjà celle qu'il a

faite des Georgiques du même auteur, & les
enthousiastes de son ouvrage attendoient avec
impatience la nouvelle esquisse annoncée depuis
long-temps avec les éloges que prodiguent à
outrance toutes les coteries modernes. A juger
du ton de cette traduction par celui de l'académicien dans son récit, il n'a pas pris le ton de
son modele. On sait que le chant en question
est sur-tout en sentiment, qu'il en est la partie
essentielle, & que le poëte semble s'y être oublié
pour ne laisser dominer que le langage touchant
de la passion tendre de l'infortuné Didon : pourquoi donc M. l'abbé de Lille, les yeux étince-
lants & précipitant sa voix rauque, a-t-il débité
ses vers avec tout l'emportement d'un poëte
forcené, au point que ne pouvant soutenir ces
élans d'énergumene, il a été obligé de se re-
poser ? Cette déclamation trop emphatique a
empêché de suivre la lecture & d'apprécier la
production. On sait qu'en général il a beaucoup
d'harmonie, qu'il entend à merveille le méchanisme du vers ; que dans ses Georgiques la partie
technique, la plus difficile à rendre, est la mieux
traitée ; & qu'au contraire, dans les morceaux
d'onction, de sensibilité, il échoue, & ne sauroit
lutter contre son original : autant qu'on en a
pu juger, il n'est pas plus heureux dans l'Enéide.
On ignore s'il se propose de la traduire toute
entiere, mais on peut lui prédire d'avance qu'il
ne sera pas lu, s'il veut avoir ainsi toujours à
la bouche les éclats bruyants de la trompette. La
Henriade est peut-être le seul poëme épique françois qui sera constamment admiré de nous, parce
qu'il est le moins long des poëmes de cette espece,
qu'il est très-intéressant pour les François,

& que fon auteur a une magie de ftyle dont on ne doit pas compter qu'il laiffe le fecret à perfonne.

19 *Mai*. Suivant ce qu'on écrit de Nancy, l'événement du coup d'éclat fait par l'enlevement fubit des membres de l'affociation myftérieufe fur laquelle on faifoit des conjectures à perte de vue, s'eft réduit à rien; c'étoit tout bonnement une loge de franc-maçons, & la chofe n'a tourné qu'à la confufion des chefs qui auroient dû prendre avant de meilleures informations.

20 *Mai*. Il y a quelque temps qu'on a enrégiftré au parlement un édit portant création d'une *tournelle civile*, c'eft-à-dire, d'une nouvelle chambre compofée des membres de la tournelle criminelle préfidés par le premier préfident, pour fe tenir à des heures extraordinaires, & expédier les affaires fommaires de la grand'chambre. L'objet de cette inftitution eft d'accélérer la juftice, & eft fort approuvé. Elle ne doit durer que jufqu'au temps où l'on fera au courant.

20 *Mai*. Il y a certainement deux curés arrêtés; favoir, celui de Férol, & celui de Chévri, dans le pays de Brie. Leur grief eft d'avoir donné de l'argent à leurs ouailles pour aller chercher du bled à 12 livres le fetier, & de l'avoir recelé enfuite chez eux. L'un d'eux a près de quatre-vingts ans. Le curé de Noify-le-Grand, coupable du même délit, n'a point été arrêté; il a prévenu l'orage, & en a été quitte pour une forte femonce.

Le fubftitut du procureur-fifcal de la dame Michel, à Villiers dans le même canton, accufé

d'avoir contribué à fomenter les émeutes en
disant qu'il avoit des ordres du Roi dans sa poche
pour faire donner le bled à 12 livres, est en
fuite, & recherché avec soin. Le garde-chasse
du sieur Bouret de Valroche, fermier-général,
est arrêté pour le même délit ; celui-ci est de
Croissy, toujours dans le même canton.

21 Mai. L'éloge de Bossuet lu aussi par M. d'Alembert le jour de la réception de M. le maréchal
duc de Duras, est plus généralement goûté que
le précédent. Le panégyriste a paru s'élever avec
son héros, & se dégager de tous les défauts
qu'on lui reproche dans ses autres productions
du même genre. Il y a apporté une grande sévérité, soit dans le choix des matériaux, soit dans
la maniere de les enchâsser & de les rendre. Il
a même épuré son style, moins haché, moins
trivial, moins disparate que de coutume. Eh !
qui en lisant ce modele des orateurs, en se péné-
trant de son éloquence, n'acquéreroit pas en
effet plus de noblesse & d'énergie : si des auteurs
ont perfectionné notre langue avant l'évêque de
Meaux, celui-ci y a porté une empreinte de
grandeur inconnue. C'est sur-tout dans la chaire
qu'il a déployé son génie, & quel éloge n'est-ce
pas en faire en disant qu'il a formé Bourdaloue !
L'historien fait grand cas des oraisons funebres
de Bossuet ; mais il donne la préférence au discours sur l'histoire universelle. Il disculpe ce grand
homme du reproche d'avoir tout ramené à la
petite horde des juifs ; ce qui au contraire rend
ce chef-d'œuvre plus admirable, par l'art avec
lequel il lie les événements à la religion, le principal objet de son travail.

Les querelles élevées entre Bossuet & Fénélon,

L 3

devoient à coup sûr entrer pour beaucoup dans
l'histoire de chacun. On a pressenti dans l'éloge
du dernier que M. d'Alembert avoit pour lui une
partialité secrete, & n'aimoit pas l'évêque de
Meaux. Aujourd'hui il a fait valoir tout ce qui
pouvoit disculper le persécuteur de l'archevêque
de Cambray. Bossuet chérissoit personnellement
son rival; mais l'austérité de son caractere ne
lui permettoit pas de ménager un homme dont
les qualités séduisantes n'en rendoient les erreurs
que plus dangereuses. Il cite une anecdote qui
peint mieux que tous les discours l'ame inflexible
de ce prélat. Comme il sembloit exiger encore
davantage de Louis XIV : « Mais, lui dit le mo-
» narque, qu'auriez-vous donc fait si j'eusse
» décidé en faveur de Fénélon ?——SIRE, j'aurois
» crié cent fois plus haut. »

Entre les obligations de la France envers
Bossuet, il ne faut pas compter pour peu celle
d'avoir présidé à l'assemblée du clergé, où furent
signées en 1682 les fameuses propositions des-
tructives du pouvoir usurpé des papes. M. d'Alembert prétend qu'Innocent XI fit offrir au prélat
le chapeau de cardinal, à condition de rester
fermement attaché aux prétentions de l'église
romaine, & il observe que le monarque le plus
magnifique, le plus grand prince du monde, ne
fut pas le récompenser aussi généreusement de
son zele pour l'autorité royale.

Le beau contraste que présente l'historien en
peignant ce sublime orateur qui, après avoir
étonné la cour & la ville par son éloquence, se
faisoit un devoir d'aller catéchiser ses ouailles
dans les villages de son diocese, de se mettre à
la portée des plus simples, & apportoit autant

de zele à leur instruction qu'il en avoit mis à celle de son auguste pupille (*).

On le défend de l'imputation du mariage secret dont certains critiques l'ont accusé avec Mlle. Desvieux ; on fait voir l'absurdité d'un pareil bruit, l'incompatibilité de cet état avec la vie laborieuse du prélat. On rapporte à cette occasion une naïveté de son jardinier ; elle caractérise mieux que tous les discours son application & le genre de ses études. Un jour que Bossuet lui demandoit des nouvelles de son potager : *Pardi, vous vous en embarrassez bien*, lui réplique le rustre ; *ce seroit bon si je plantions des saint Jérôme & des saint Augustin*. Ces deux peres de l'église étoient en effet ceux que Bossuet goûtoit le plus ; il défendoit sur-tout la doctrine du dernier, c'est ce qui le rendoit ennemi des jésuites ; n'osant l'attaquer ouvertement, ils l'ont toujours décrié sourdement, autant qu'ils ont pu. Ce qui donne lieu à M. d'Alembert de faire une digression sur Maimbourg qu'il dénigre trop.

En voilà suffisamment pour donner une légere idée de cet éloge qu'il faut lire en entier : il est rempli de détails sur Louis XIV, sur ses minis-tres, sur sa cour & sur l'histoire littéraire de ce temps-là. Nous finirons par une anecdote à laquelle il a donné lieu. Le secretaire en parlant du zele apostolique de Bossuet, a saisi cette occasion de louer celui de M. l'archevêque de Tou-louse d'aujourd'hui, au sujet des charités abon-dantes de M. de Brienne dans son diocese, dont

_____

(*) Il faut se rappeller que Bossuet avoit été précepteur de *Monseigneur*.

L 4

les papiers publics ont fait mention relativement
à la maladie épizootique qui a dévasté cette
province. Tous les spectateurs ont regardé le
prélat académicien, & l'ont applaudi avec transport. Une noble confusion a couvert son visage,
des larmes douces ont coulé de ses yeux, & les
applaudissements de recommencer & de redou-
bler.

22 *Mai.* On a déjà élargi beaucoup de prisonniers, détenus pour raison des émeutes : on
présume qu'on ne poussera pas plus loin les recherches. Il est cependant des gens obstinés à croire
qu'il y a un plan de machination ourdi par des
mains exercées à de pareilles manœuvres, & qui
les attribuent aux jésuites ; parce que *Mesdames*
& *Monsieur* favorisent cet ordre, ils veulent que
ces boute-feux se prévalent de leurs augustes sou-
tiens pour échapper aux recherches & aux pu-
nitions qu'ils mériteroient : calomnies si absur-
des, qu'elles ne méritent pas qu'on les réfute,
& se détruisent d'elles-mêmes.

22 *Mai.* Quoique M. le maréchal duc de Biron
soit assez disposé à garder son commandement
de l'armée de la haute & basse Seine pendant
un an, on espere qu'après le sacre on licenciera
les troupes dont la dépense est énorme. On l'évalue
à près d'un million par mois. Cependant comme
le bled renchérit, & le pain conséquemment,
on fera peut-être envisager au Roi la nécessité
d'épouvanter les peuples, & d'empêcher les malheureux d'occasionner de nouvelles émeutes

23 *Mai.* M. le prince de Marsan & M. le comte
de Montbarrey avoient depuis long-temps un
procès au conseil : il a été jugé le 22. Le premier
a gagné. Il auroit été ruiné s'il l'eût perdu.

C'est un objet pour lui de deux millions de la
perte au gain.

25 *Mai*. Messieurs du grand-conseil ont enrégistré l'édit qui les concerne, fixant la finance de
leurs charges dont sa majesté leur a fait présent,
& les gages y attachés.

25 *Mai*. M. le garde-des-sceaux, sur les représentations des députés des états de Bretagne
& du parlement, a déclaré en plein conseil qu'il
avoit surpris la religion du Roi, en faisant
donner par sa majesté des lettres-patentes qui
attribuoient au grand-conseil la connoissance
des affaires de certains membres du parlement
intermédiaire de cette province : en conséquence
il a supplié sa majesté de les retirer ; ce qui a été
fait. On loue beaucoup le courage de ce chef de
la magistrature, sachant ainsi revenir sur ses pas ;
ce qu'ignoroient les ministres de Louis XV.

28 *Mai*. Madame *Saurin* est allée voir tous les
ministres depuis la détention de son mari à la
Bastille, & a été mal reçue de tous, sans qu'aucun
lui ait articulé des griefs contre le prisonnier.
Elle assure que les comptes de cet accusé sont en
bonne regle, entre les mains de M. *Albert*, qui
auroit pu le justifier pleinement en les produisant ; mais elle le regarde comme l'ennemi le
plus capital du sieur Saurin. Quant au sieur
Daumer, son sort dépend de celui du premier,
dont il étoit l'associé. Il se confirme que ce
Daumer avoit été précédemment attaché au sieur
le Rez de Chaumont, & l'on ne seroit pas surpris que celui-ci, d'une réputation fort équivo-
que, se trouvât compromis.

29 *Mai*. L'édit concernant les charges du Châtelet paroît enfin, & a été enrégisté au parlement.

L 5

1 *Juin* 1775. Sur les repréſentations du Châtelet à M. le garde-des-ſceaux concernant ſon
édit plein d'irrégularités, d'inconſéquences &
d'inepties, il a fait travailler à les réparer. En
conſéquence, après de longs délais, il a envoyé
au parlement une déclaration donnée à Verſailles
le 8 avril. Elle a été enrégiſtrée le 22 mai.

Les principaux vices de cet édit conſiſtoient
en ce qu'on avoit compris dans l'état y annexé
des officiers décédés depuis 1771; d'autres revêtus d'offices incompatibles; qu'on en avoit
omis d'exiſtants, & qu'on avoit oublié de faire
faire partie des ſoixante-quatre offices de cette
compagnie aux offices vacants.

En conſéquence on a dreſſé un nouvel état
des noms des conſeillers exiſtants au Châtelet,
pour conſtater ceux qui ſont aujourd'hui revêtus
d'offices du nombre des cinquante-ſix anciens,
donner aux pourvus d'offices de la création de
mai 1771, qui y ſont dénommés en remplacement de leurs ſuſdits offices, tant les cinq offices
du nombre des cinquante-ſix anciens rembourſés,
que les huit de la création de l'édit de décembre
1774, & aſſurer aux propriétaires des offices
actuellement vacants du nombre des cinquante-
ſix anciens la diſpoſition d'iceux ; & comme par
l'édit de décembre on a révoqué celui de mai
1771, contenant création de différents offices
dans le Châtelet, & que les treize derniers dénommés audit état, ont levé aux parties caſuelles
les offices ſuſdits, dont les quittances de finance
ne doivent pas ſubſiſter au moyen de la révoca-
tion d'icelui, on a cru du bon ordre, & conforme
aux principes d'adminiſtration des finances de
changer cette forme, en éteignant leſdites

quittances, & en en faisant expédier de nouvelles en remplacement, &c.

Cette déclaration, comme on en peut juger par le résumé qu'on vient d'en donner, est encore très-obscure, très-embrouillée & très-susceptible conséquemment de difficultés. Les faits les plus clairs qui en résultent, sont qu'il y a actuellement six offices vacants, que sur les treize de la création de 1771, les cinq premiers titulaires sur offices d'ancienne création, ont été reconnus légitimes membres de la compagnie ; que les huit autres sont obligés de lever les huit nouvelles charges, n'ayant été jusques-là regardés que comme intrus.

Il en résulte encore qu'un nommé *Deslers*, l'un des pourvus d'offices en 1771, se trouve aussi vacant, mais désigné pour remplacer le premier desdits huit offices de la nouvelle création qui viendra à vaquer.

Les officiers du Châtelet supprimés jouiront de leurs gages pour tout le temps de leur destitution, jusques au moment de leur réintégration, comme s'ils avoient exercé pendant cet intervalle.

Désormais les gages de ces offices seront de 400 livres. Les pensions accordées par les lettres-patentes du 21 novembre 1771, aux doyens de chacune des quatre colonnes, subsisteront & seront, ainsi que les gages, assignées sur la recette générale des finances de Paris.

3 *Juin*. Le sieur *Bourboulon*, ci-devant l'un des aides-de-camp du sieur *le Clerc* au trésor royal pour la partie des fonds dont ce commis en chef avoit le département, vient d'être renvoyé : dès le commencement du ministère de

L 6

M. *Turgot*, il en avoit reçu une injonction de
réprimer son luxe insolent ; depuis y ayant eu
des motifs de plaintes plus graves sans doute ,
il n'a pu prévenir l'orage. Il est remplacé par
M. *Drouais de Santerre*, payeur des rentes réformé, placé au trésor royal en dédommagement,
& dont les qualités essentielles ont prévenu le
ministre au point qu'il lui a conféré cette place,
non-seulement sans qu'il la sollicitât, mais à son
insçu.

3 *Juin*. M. le prévôt de Paris, qui a beaucoup
de morgue , s'est imaginé qu'on ne pouvoit
examiner le procès de M. le comte de Guines
sans lui, & qu'il lui convenoit de présider au
jugement d'un ambassadeur. En conséquence , il
n'a pas manqué de se trouver à toutes les séances
depuis qu'il est question du rapport, & il ne fait
qu'embrouiller la matiere par son ineptie, au
lieu de l'accélérer ; ce qui est cause du retard. Il
a fallu prolonger la colonne qui change tous
les mois, par des lettres-patentes ; on espere
pourtant que cela finira aujourd'hui. On sait que
le prévôt de Paris, quoique chef du châtelet,
ne prononce jamais ; c'est son lieutenant qui
parle. Il n'a que sa voix comme les autres. La
formule est seulement, *M. le prévôt de Paris
dit, &c.*

Tort vient de faire paroître un dernier mémoire,
dont le sieur *Goulard des Audrais* est le principal objet ; il y est traité avec un mépris bien
humiliant pour ce capitaine d'infanterie, ci-
devant chargé des affaires du Roi, résidant à
Berlin.

4 *Juin*. L'opéra de *Céphale & Procris* se trouvant absolument abandonné, les directeurs de

l'académie royale de musique ont été obligés
de donner *Orphée & Euricide*. Malheureusement
il a falu faire remplir le rôle d'*Orphée* par le
sieur *Tirot* ; ce qui a produit un très-mauvais
effet.

4 *Juin*. L'édit du Roi qui fixe la finance des
offices du grand-conseil, pensions & indemnités attachées auxdits offices, a été donné à
Versailles au mois de mai dernier & enrégistré
audit tribunal, les semestres assemblés le 24 dudit
mois.

Le Roi fixe toujours le nombre des offices à 54 ;
en conséquence supprime deux charges des 56
actuellement existantes, lorsqu'elles viendront à
vaquer par mort seulement, dont la finance sera
remboursée aux propriétaires desdits offices ou à
leurs représentants.

Le premier président a 12,000 livres de gages,
chacun des huit présidents a 3,000 livres, chacun
des conseillers 450 livres, chacun des avocats-
généraux 3,800 livres, dont 2,000 livres pour
gages, & 1,800 livres pour pension ; le procureur-général 5,325 livres, chacun des huit substi-
tituts 150 livres, le greffier en chef 900 livres,
chacun des deux doyens de semestre aura 3,000
livres de pension, chacun des deux sous-doyens
1,500 livres, deux conseillers de chaque semestre
au choix du Roi auront chacun 2,000 livres.

En outre sa majesté accorde annuellement auxdits officiers pour leur tenir lieu d'épices & de
vacations les 75,000 livres d'indemnité, portées
par les lettres-patentes du 28 janvier 1768,
dont 6,800 livres à prélever pour les substituts
du procureur-général, celle de 1,000 livres au
profit de celui commis pour en faire la recette

& diſtribution , & enfin les gages du garde
des archives , titres & de la bibliotheque du
grand-conſeil.

La finance des offices de préſidents eſt fixée à
60,000 livres, celle des conſeillers à 25,000 livres,
celle des avocats-généraux à 50,000 livres , celle
de greffier en chef à 30,000 livres, celle des
ſubſtituts à 10,000 livres , & ſa majeſté fait don
à chacun de cette finance pour en jouir, & vendre
enſuite à volonté.

5 *Juin.* Il paroît un arrêt du conſeil qui fixe
la durée du temps pendant lequel la ville de
Rheims aura ſes entrées libres & exemptes de
tous droits ſuivant le privilege dont elle jouit au
ſacre des Rois. Cet eſpace eſt d'environ trois
ſemaines, & il doit être accordé une indemnité
aux fermiers-généraux, ſuivant le relevé qu'on
fera du montant ordinaire des droits à pareil
eſpace de temps.

5 *Juin.* M. le contrôleur-général ne ſuit point
le Roi à Compiegne, il reſte à Paris pour veiller
à l'approviſionnement de cette capitale. Ce qui
indique combien il exige d'aſſiduité, de vigilance
& de ſoin.

6 *Juin.* On écrit de Breſt que M. de Querguelin
en eſt parti à cinq heures du matin le 30 mai,
accompagné de deux fourriers des troupes de la
marine , & d'un exempt de la maréchauſſée
de la marine, pour ſe rendre au château de
Saumur.

7 *Juin.* On a enfin une copie exacte de l'importante réponſe du Roi à la cour des aides
le 30 mai, au premier préſident aſſiſté de deux
préſidents.

RÉPONSE DU ROI.

» Je me suis fait rendre compte de vos différentes remontrances.

» Sur les premieres, mon intention en rétablis-
sant ma cour des aides, a été de maintenir le
bon ordre dans les délibérations, sans gêner les
suffrages, & mon ordonnance du mois de novembre 1774, ne contient dans sa plus grande partie
que le renouvellement des anciens réglements
que je veux remettre en vigueur.

» Pour ce qui concerne spécialement l'article 18, *Monsieur* ira demain vous faire connoître
mes intentions.

» Par les secondes remontrances, dans lesquelles vous traitez de tous les impôts & même de presque toutes les parties de l'administration, vous
n'attendez pas que je vous fasse ma réponse dé-
taillée sur chaque article. Je m'occuperai successivement à faire les réformes nécessaires sur tous les
objets qui en seront susceptibles; mais ce ne sera
point l'ouvrage d'un moment, ce sera le travail
de tout mon regne.

» Cependant, comme il y a quelques objets sur
lesquels vous avez désiré de savoir promptement
mes intentions, mon garde-des-sceaux va vous les
faire connoître. »

M. le garde-des-sceaux a dit :

» Messieurs, le Roi sait toujours gré à ses cours
du zele qu'elles lui témoignent, en lui donnant des avis fideles sur l'administration de
son royaume & sur tous les objets de leur
compétence.

» Sa majesté n'ignore pas que l'excès des impôts

est le plus grand-malheur de ses sujets, & elle regardera comme un premier de ses devoirs, celui de soulager son peuple, soit par des diminutions d'impositions, soit en corrigeant les abus qui peuvent se trouver dans la répartition & dans la perception.

» Mais le Roi sait aussi que s'il existe réellement des abus, il ne faudroit les faire connoître au peuple que dans les moments où l'on peut y remédier, & qu'il est dangereux d'augmenter l'animosité des contribuables contre ceux dont le ministere est nécessaire pour la levée des impôts.

» Sa majesté ne doute pas que vous n'ayez fait les mêmes réflexions, & votre intention en faisant vos remontrances n'a certainement pas été de les rendre publiques, mais seulement d'instruire la religion de sa majesté.

» Vous ne serez donc pas étonné des mesures extraordinaires que le Roi a prises pour en empêcher la publicité. Ce que vous désirez est, que le Roi s'occupe de venir au secours du peuple, & à cet égard vous pouvez être certains que vos vœux seront remplis ; mais vous ne désirez pas qu'il reste dans vos registres un monument propre à perpétuer le souvenir de ces malheurs que le Roi voudroit pouvoir faire oublier.

» Vous avez supplié le Roi de s'expliquer sur les défenses faites à la cour des aides en 1768 & 1770, de suivre différentes procédures, & sur les arrêts du conseil portant évocation. Ces actes n'ont eu pour objet que des affaires particulieres que le feu Roi a voulu terminer, & ne doivent apporter aucun changement à l'ordre judiciaire. Vous devez donc continuer de veiller au mainen des loix dont l'exécution vous est confiée.

» Tous les autres objets de vos remonttances méritent la plus longue & la plus parfaite discussion. »

7 *Juin*. Les dernieres séances des pairs au palais avoient été précédées de plusieurs mémoires pour les éclairer, entr'autres d'une *vue générale sur la procédure du Châtelet déclarée nulle & incompétente par les arrêts des 23 & 24 mai*, de la part de M. Vedel, pour faire sentir la nécessité de faire écrouler le surplus de cette procédure, & d'un *précis de l'affaire du maréchal duc de Richelieu, contre madame de Saint-Vincent*, pour qu'on ne lui accorde pas son élargissement.

8 *Juin*. Vendredi dernier 2 juin, sa majesté a nommé toutes les personnes qui doivent être auprès du futur enfant de madame la comtesse d'Artois.

8 *Juin*. M. le comte de Guines est parti pour son ambassade à Londres. La cour l'a regardé comme justifié suffisamment, quoique le jugement ne soit pas complet en sa faveur, & que l'opinion publique soit encore contre lui; on ne croit pas qu'il soit bien reçu en Angleterre. Mais on ne peut assez être surpris comment la chance a tourné en sa faveur.

8 *Juin*. Quoique M. Turgot eût arrêté de rester à Paris pendant l'absence de sa majesté, comme elle ne peut se passer de ce ministre, elle l'a déterminé à venir avec elle, d'autant que son séjour ici pourroit faire renaître des alarmes qu'il étoit bon de dissiper. Mais le maréchal duc de Biron demeure toujours pourvu du généralat de l'armée de la haute & basse Seine; il a pris les ordres de sa majesté avant qu'elle partît; & lui

a demandé la permission de ne point se trouver
à son sacre, pour remplir les fonctions plus
importantes dont elle le chargeoit dans la
capitale.

9 Juin. Me. *Bonichon*, procureur de Lyon, qui
n'a reçu que 189 livres pour les frais de seize
procès suivis de seize sentences, & cependant
condamné comme concussionnaire au conseil supérieur de Lyon à la requête du sieur Puligneux,
ci-devant procureur du Roi dudit conseil, qui
le fit arrêter, a trouvé accès au pied du trône ;
il a démontré son innocence : il a été, par un
arrêt du premier avril, déchargé de l'accusation
& autorisé à se pourvoir en prise à partie au
Roi contre son accusateur : sa majesté a nommé
quatre conseillers d'état pour commissaires & un
maître des requêtes pour rapporteur. Une Lyon-
noise vient aussi d'obtenir un arrêt du même
mois, qui l'autorise à se pourvoir au Roi en
prise à partie pour avoir été mise au cachot,
flétrie, déshonorée, sans procédure légale, par
les manœuvres & vexations dudit Puligneux.
Cet inique magistrat avoit traité de la charge
de premier président de la cour des aides de
Montauban ; mais on ne veut pas l'y recevoir.

10 Juin. Ce seroit une loi illusoire que celle
qui permet le commerce de grains de province
à province dans tout l'intérieur du royaume, si
l'on ne rendoit ce reversement praticable ou
moins frayeux par des communications, par des
chemins & sur-tout par des canaux ; manière la
moins dispendieuse de transporter : le gouvernement, très-attentif à cet objet, s'en occupe
essentiellement, & le canal de Bourgogne dont il
est question depuis long-temps, va enfin avoir
lieu.

10 *Juin*. La ville de Lyon, pour se rendre l'abbé Terrai, alors controleur - général, plus propice à l'égard de certains droits d'octrois & autres impositions dont il la chargeoit injustement, avoit fait présent au sieur Destouches, son ame damnée, d'une somme de 24,000 liv. & de 9,000 de bijoux à sa femme. Les lettres-patentes n'en furent pas plus favorables, & il fallut payer. Depuis peu cette capitale a réclamé, a fait entendre ses plaintes à M. Turgot, qui, instruit de cette vilenie, a fait écrire au sieur Destouches qu'il eut à restituer les 33,000 livres en question, ou qu'il les feroit prendre sur les fonds qu'il avoit dans plusieurs affaires.

Le sieur Barberie, premier commis de M. Bertin, secretaire d'état chargé du département de cette province, ayant aussi reçu 20,000 liv. pour le même objet, n'a pas été moins forcé de les reporter.

11 *Juin*. On peut se rappeller la discussion mue à Versailles de la part du sieur Berthier, directeur de l'imprimerie de la cour, qui répandit des mémoires, où il compromettoit fort l'honneur du sieur Duperron, directeur de l'imprimerie royale à Paris, en démontrant que celle-ci coûtoit infiniment plus cher : apparemment que le dernier s'est justifié, car il reste vainqueur. On a décidé que l'autre imprimerie seroit supprimée, & que le sieur Duperron rentreroit en possession du tout, dont il auroit la direction exclusive.

12 *Juin*. On vient de publier le *procès-verbal* de ce qui s'est passé à la séance tenue en la cour des aides de Paris, en présence de *Monsieur*, frere du Roi, le mercredi 31 mai 1775.

Il est constaté par-là que *Monsieur* étoit assisté

de M. le maréchal de Clermont-Tonnerre & de MM. d'Aguesseau, doyen des conseillers d'état, & Chaumont de la Galaisiere, aussi conseiller d'état; que dans le rang des conseillers siégeoient trois des jeunes conseillers au Châtelet de la promotion de Maupeou, que cette cour a bien voulu admettre parmi ses membres.

La déclaration datée de Versailles le 28 mai, & enrégistrée ce jour-là sans délibération libre, porte que le Roi a reconnu la légitimité du droit réclamé par les officiers de la cour des aides, d'être jugés en matiere criminelle par ceux qui ont séance en cette cour, & notamment par les princes du sang & les pairs de France, membres essentiels de toutes les cours supérieures ; & que dans le cas où les officiers de la cour des aides suspendroient l'administration de la justice, ou donneroient leurs démissions par une délibération combinée, & refuseroient de reprendre leurs fonctions, au préjudice des ordres de sa majesté, la forfaiture sera jugée par le Roi tenant sa cour des aides, à laquelle il appellera les princes de son sang, le chancelier, le garde-des-sceaux de France, les pairs de France, les gens du conseil, & autres personnes qui ont entrée & séance en ladite cour des aides.

Le discours de M. de Malesherbes est adroit, en ce qu'il parle des remontrances dont sa majesté s'est fait remettre la minute, & qu'en retraçant cet acte de despotisme, il rappelle le tableau desdites remontrances, & donne à entendre combien il dévoiloit d'iniquités & d'horreurs : ce magistrat gémit encore sur l'illégalité de l'enrégistrement qui va se faire, ainsi que sur la connoissance qui a été enlevée à la cour de resque toutes les opérations de l'administration.

Celui de l'avocat-général Bellanger voudroit être fort, mais ne l'est pas, en ce que gémissant sur les coups d'autorité multipliés sous le feu Roi, il semble applaudir à ceux suggérés au jeune monarque, qui, plus sages dans leurs fins, n'en sont pas moins des interversions, des infractions de l'ordre judiciaire.

12 *Juin*. M. de Brunoy a mis opposition à l'arrêt du premier de ce mois dont on a parlé.

13 *Juin*. Autrefois la cavalerie & les dragons étoient cantonnés dans l'intérieur du royaume ; ils étoient répartis par divisions dans les villes, bourgs & bourgades, & l'on n'a point d'exemple d'aucunes émeutes arrivées dans lieux où ils étoient. Depuis quelques temps ces troupes sont répandues avec l'infanterie dans les villes de guerre, sous prétexte de leur approvisionnement dont le Roi est chargé, & qu'il confie à des munitionnaires intéressés à cet arrangement. Un militaire zélé (le baron de Houdan) a envoyé un mémoire à M. le comte du Muy pour lui rappeller cet ancien usage, l'utilité dont il étoit & dont il seroit dans le moment présent : il lui fait voir qu'en donnant aux officiers le même prix de la ration pour hommes & chevaux, suivant celui des denrées où ces troupes seroient distribuées, sa majesté n'y perdroit rien, & l'on préviendroit les désastres affreux arrivés depuis quelque temps dans diverses provinces, & tout récemment aux environs de la capitale & dans la capitale même.

13 *Juin*. On regarde le voyage de M. le comte de Guines à Londres, comme purement de parade, & pour y manifester son triomphe : on

aſſure même qu'il n'y ſera que trois ſemaines ;
mais on craint que dans cet intervalle de temps
il n'eſſuie quelque avanie du peuple Anglois,
peu favorablement diſpoſé pour lui.

15 *Juin*. M. de Voltaire, toujours empreſſé
à ſaiſir l'à-propos, n'a pas manqué de dire ſon
avis ſur ce qui intéreſſe & partage aujourd'hui
la France entiere ; il vient de publier un petit
écrit ſur l'arrêt du conſeil du mois de ſeptembre
dernier concernant le commerce des grains,
& il eſt pour l'affirmative, comme on le
préſume.

15 *Juin*. Il y avoit une conteſtation ſur la
capitalité entre la ville de Châlons & celle de
Troies. Elle n'avoit pas été décidée en 1722, au
dernier ſacre ; elle s'eſt renouvellée à l'occaſion
de celui-ci, à raiſon du pas & de la préſéance,
ſoit pour haranguer ſa majeſté, ſoit pour la
cérémonie, &c. Elle a été jugée en faveur de la
ville de Troies.

15 *Juin*. On répare une fontaine au coin
de la rue de l'Arbre-ſec, & au lieu de profiter de
cette occaſion pour faire quelque monument
digne de la capitale, il paroît que l'artiſte ne
fera qu'un bâtiment médiocre & meſquin.

18 *Juin*. Meſſieurs du parlement ayant paru
ſcandaliſés de la prétention de la cour des aides
de vouloir être jugée pour le crime de forfaiture
en cour pléniere, & aſſimilée à cette premiere
compagnie, elle a cru devoir prévenir la ſciſſion
que cette demande pourroit faire naître &
s'expliquer par un arrêté du 2 juin que voici :

« La Cour, toutes les chambres aſſemblées, délibérant ſur la ſéance tenue le 31 mai par *Monſieur*,
frere du Roi, & ſur la déclaration qui a été enré-

niftrée, a protefté contre ledit enrégiftrement, en ce qu'il a été fait fans prendre les voix & fans délibération libre.

» Et comme il eft néceffaire de fixer & conftater quels font ceux qui ont féance en la cour & & quel eft l'effet de cette féance, la cour a arrêté que, fuivant les intentions du Roi confignées dans ladite déclaration & dans les anciennes loix dont elle eft explicative & conformément à la conftitution des cours fupérieures & à l'effence de la pairie, les princes du fang & les pairs de France jouiront du droit qu'ils ont toujours eu de fiéger en la cour, avec voix délibérative, comme dans toutes les cours fupérieures, fans qu'on en puiffe inférer que la cour veuille ou puiffe procéder à la réception des pairs de France, juger la perfonne des princes du fang, & des pairs de France en matiere criminelle, ni connoître des affaires civiles qui intéreffroient leur état & leur dignité, ou l'honneur, les droits & les prérogatives de la pairie, & en général fans que la cour entende s'attribuer la connoiffance d'aucunes autres affaires que de célles qui ont toujours été de fa compétence.

» Et quant aux gens du confeil, la cour a pareillement arrêté que les maîtres de requêtes reçus au parlement feront les feuls qui puiffent en aucun cas fiéger en la cour avec voix délibérative, & qu'ils ne pourront y prendre féance en plus grand nombre que celui de quatre & en la même forme que le parlement. »

On ne croit pas que cet arrêté de la cour des aides foit fort agréable au parlement & le fatisfaffe.

18 Juin. Des mouvements arrivés hier, jour

de marché, à différents endroits où les boulangers vendent leur pain , ont fait craindre quelque nouveau complot. Heureusement ils n'ont pas eu de suite, & ont été arrêtés à temps. Mais il est à craindre que cet esprit de fermentation qu'ils annoncent subsister encore, n'oblige de tenir sur pied l'armée de la haute & basse Seine, qu'on se proposoit de licencier. Une augmentation que les forains exigeoient sur leur denrée, a été cause des murmures du peuple. On assure qu'ils ont eu ordre de s'en tenir au prix de treize sous & demi les quatre livres, taux auquel le pain est resté depuis l'émeute. En outre de mauvaises farines, que les boulangers sont obligés d'acheter & d'employer par conséquent avec la bonne en certaine quantité, alarment quelques citoyens prévoyants : cette contrainte atteste du moins que le gouvernement craint que la denrée ne manque, pour avoir recours à une substance aussi pernicieuse.

19 *Juin.* L'édit concernant le Châtelet , publié en dernier lieu, n'a pas produit l'effet salutaire que s'en promettoit M. le garde - des - sceaux : tout cet amalgamé n'engendre que des divisions, & les anciens restés avec le lieutenant civil en petit nombre , & réduits aujourd'hui à cinq , ne pouvant résister aux avanies qu'ils essuient journellement , sont forcés de chercher acquéreur.

20 *Juin.* La reprise d'*Orphée & Euridice* dans cette saison n'a pas le même succès que l'été dernier. Sans doute que le sieur Tirot, faisant le rôle du sieur le Gros, a beaucoup de part à cet échec ; du moins c'est à quoi les partisans du chevalier Gluck l'attribuent. Quoi qu'il en soit, il est question de remettre le ballet de l'*Union*

de

l'Amour & des Arts du sieur Floquet : ce qui fera l'autant plus d'honneur à ce musicien qu'il n'est pas ici. Il voyage actuellement en Italie pour se perfectionner.

20 *Juin.* L'infanterie françoise ne voit pas avec plaisir M. le chevalier de la Motte, lieutenant-colonel du régiment Royal-Comtois, élevé à la place de lieutenant de roi à Saint-Omer, que beaucoup d'officiers plus anciens sollicitoient, & même des officiers-généraux. On sait d'autant plus mauvais gré au comte du Muy de cette préférence, qu'elle ne semble accordée par ce ministre que par opiniâtreté & pour soutenir son ouvrage & son protégé. C'est M. de la Motte qui est l'auteur du désastre de son régiment dont on peut se rappeller l'histoire & le conseil de guerre qui l'a suivie à l'occasion de la scission survenue entre le corps des officiers, dont le plus grand nombre a été cassé, &c : ce qui a mis le corps en discrédit, au point que beaucoup ne sont remplacés que par des sergents. C'est M. le comte du Muy qui présidoit à ce conseil de guerre, pour lequel M. de la Motte est devenu la bête noire de l'infanterie ; en sorte qu'il ne pourra qu'essuyer beaucoup de désagréments dans sa nouvelle place.

21 *Juin.* Louis XVI, étant dauphin, affectionnoit beaucoup un de ses valets de garderobe, nommé *Grau* : ce qui réjouissoit le jeune prince, c'est que ce monstrueux personnage pour le volume étoit en même temps très-chatouilleux & susceptible conséquemment de toutes les contorsions qu'excite ce genre de titillation. Cette aptitude à l'amusement du dauphin enfant avoit valu à ce subalterne une pension de 1,500 livres,

Tome XXX.   M

qu'il lui a confervée depuis qu'il eft monté fur le trône. Sans doute fa majefté, toujours bonne dans fon intérieur pour fes domeftiques, ne fe livre plus à une telle familiarité, & goûte des amufements plus proportionnés à fon âge. Cependant, par une adulation de courtifan, le fils du fieur Grau ayant été préfenté au Roi en fur-vivance du pere, le maréchal duc de Duras, gentilhomme de la chambre en exercice, a fait fur lui l'expérience du chatouillement & a rendu compte à fa majefté qu'il n'y paroiffoit pas fenfible, mais que cela viendroit.

22 *Juin*. M. le comte du Muy, toujours fort occupé de ce qui concerne fon département de la guerre, vient de faire publier une ordonnance très-volumineufe fur l'exercice de l'infanterie françoife, datée du 30 mai. On y a joint des cartes en grande quantité pour figurer les diverfes évolutions des troupes dans toutes les circonftances. On ne peut encore affeoir aucun jugement fur les innovations qu'elle préfente : on ne pourra prononcer pertinemment à cet égard qu'après qu'elle aura été méditée, digérée & mife en pratique par les militaires. Mais il s'enfuit très-évidemment que le miniftre compte fur une profonde paix pour avoir le temps de perfectionner ces changements.

22 *Juin*. Les fieurs Saurin & Doumer font fortis de la Baftille; on n'a pu trouver aucune charge contre eux. Ce qui prouve que le gouvernement, en les faifant arrêter, a voulu feulement faire acte de bonne volonté, pour découvrir, s'il étoit poffible, la caufe & les auteurs de l'émeute; mais qu'il n'étoit pas mieux inftruit que les autres.

23 *Juin.* M. le comte de Guines écrit de Londres qu'il a été visité & complimenté, à son arrivée par tout le corps diplomatique, & par les ministres de sa majesté Britannique : il ajoute que le Roi & la Reine lui ont fait l'accueil le plus distingué & l'ont comblé de bontés. Mais il ne dit pas comment il a été reçu du peuple, qu'on sait être quelque chose & même tout dans ce pays-là.

23 *Juin.* On peut se rappeller le propos séditieux tenu en chaire par un curé de Gournay sur Marne. Il est parvenu aux oreilles du ministere, qui a ordonné au commissaire départi, c'est-à dire, à l'intendant, de faire une information, & d'après le rapport qui en a vraisemblablement été fait au conseil, ledit curé a été enlevé mardi dernier 20 du mois en plein jour, sans qu'on sache encore ce qu'il est devenu. Le clergé & la magistrature s'accorderont sans doute pour crier contre cet acte illégal, d'après une procédure extrajudiciaire ; acte qui paroîtra d'autant plus despotique, que le propos tenu par cet étourdi, insultant les ministres principalement, ils se trouvent aujourd'hui juges & parties.

23 *Juin.* On a été scandalisé de voir au sacre parmi les douze maîtres de requêtes nommés par le garde-des-sceaux pour y assister, le sieur de Maupeou, fils du chancelier, & parmi les six secretaires du Roi députés à cet effet, le sieur *Mangot de Danzay,* un des membres du tripot, aujourd'hui du grand conseil. Ce peu de délicatesse dans la nomination des sujets annonce que ces personnages ne sont pas dans l'exécration où ils devroient être. Il sembleroit que les

repréſentants à une cérémonie auſſi auguſte auroient dû être choiſis avec plus de ſoin ; qu'il
auroit fallu les prendre entre les membres les
plus diſtingués par des ſentiments & par des actes
de patriotiſme.

24 *Juin.* L'affaire du parlement de Pau eſt
toujours en ſuſpens. Ce qui a retardé cette opération & ce qui l'a contrariée, c'eſt que les états
de Béarn ſe ſont abſolument refuſés à toutes
ſollicitations pour le rétabliſſement de cette compagnie ſur l'ancien pied, quelque effort que l'on
ait tenté pour les exciter à cette démarche ; bien
plus, lorſqu'on a voulu ouvrir cet avis dans l'aſ-
ſemblée, un des gentilshommes a opiné pour
qu'on enſevelît ſous terre (ce ſont ſes expreſſions)
avec autant de ſoin, tout membre qui agiteroit
cette affaire, comme toute bête peſtiférée, morte
de la maladie qui a dévaſté le pays des bêtes
à cornes. La hauteur inſupportable des magiſtrats
eſt cauſe de cette averſion. On ſait qu'ils avoient
autrefois ſérieuſement agité de convenir entr'eux
du temps qu'ils feroient attendre dans leur anti-
chambre tout gentilhomme qui ſeroit dans le
cas de venir ſolliciter un procès.

Malgré cela, M. de Miromeſnil, qui eſt naturellement diſpoſé à réparer toutes les calamités
de la magiſtrature, qui ſent d'ailleurs que cette
contradiction de laiſſer le parlement de Pau dans
ſon état d'abâtardiſſement réſiſteroit à ſes principes & à ceux établis par ſa majeſté ſur l'inamo-
vibilité des offices, ne ſe refuſe point à la réintégration. Son projet ſeroit de rétablir les choſes
ainſi qu'en Bretagne, c'eſt-à-dire, comme elles
étoient en mai 1765, lors de la démiſſion du
grand nombre des officiers du parlement de Béarn.

Mais ceux actuels, & le premier préfident, l'auteur de tous les troubles, bataillent beaucoup pour empêcher la réunion. Ce dernier fur-tout eft à Paris à cet effet, & repréfente que les fupprimés étant à-peu-près en même nombre que les membres actuels, de cet amalgamé il réfulteroit dans le fein de la compagnie un fchifme très-funefte à toutes les affaires & qui ne s'éteindroit de long-temps. M. le garde-des-fceaux qui, de fon naturel, eft très-tâtonneur, a peine à fe décider & voudroit bien qu'on lui forçât la main d'une ou d'autre maniere, en forte que le mal ne roulât pas fur lui.

25 *Juin*. La chambre des comptes depuis qu'elle eft délivrée des inquiétudes que lui ont caufées fi long-temps, fur fon exiftence & fur fon état, le chancelier & le controleur-général fucceffivement & enfemble, eft en proie à des querelles inteftines affoupies pour l'intérêt commun & qui fe réveillent aujourd'hui. On fait que les préfidents & maîtres des comptes voudroient fe regarder comme les feules parties intégrantes de cette cour, & dégrader les correcteurs & auditeurs au point de ne les confidérer que comme membres acceffoires. C'eft pourquoi il ne vont que par députés, en petit nombre, aux affemblées des femeftres fur les matieres d'enrégiftrement ou intéreffant la compagnie. Ces deux derniers bureaux voudroient revenir fur leurs prétentions, & attaquent celles du bureau des maîtres. Jufqu'ici cette querelle renouvellée n'a pas encore beaucoup tranfpiré au-dehors. Les gens fages de la compagnie défireroient en arrêter les fuites, & empêcher du moins le public, peu porté pour la cour, de s'en amufer & d'en rire. Il y a eu

M 3

à cet effet une assemblée des semestres le lundi 13 de ce mois, dont, suivant l'usage, il n'est rien résulté de décisif.

27 *Juin.* Dans le mémoire de M. Varenne de Beost le fils, on trouve un historique & des anecdotes qui rendent ce personnage intéressant, ainsi que son pere, & méritent d'être recueillis. On y apprend d'abord que le pere étoit un avocat distingué par les talents de sa profession à Dijon ; puisqu'en 1729, n'ayant pas encore trente ans, il fut nommé conseiller des états de Bourgogne, & en 1752 on créa pour lui la charge de secrétaire en chef des mêmes états, avec la survivance pour son fils aîné.

L'envie de se signaler dans sa nouvelle charge, excita M. de Beost pere à former un projet de réforme générale, en faisant agiter par les états des questions traitées pour la premiere fois. Il poussa l'audace jusqu'à employer sa plume foudroyante contre le parlement, aux décisions, arrêts & arrêtés, duquel il avoit juré, comme avocat, de rester soumis inviolablement. La distribution de ses mémoires faite à Paris, sous le nom d'un avocat aux conseils, ne remplit pas son projet de faire adopter son système à la province entiere : il fut fait en conséquence entre le libraire Desventes & lui un traité pour une nouvelle édition *in-8°*, à la tête de laquelle fut mis une préface au-dessus de toute expression.

Le parlement de Dijon qui vit ses droits, son honneur & ses prérogatives attaqués, fut le premier qui sévit contre cet ouvrage, qu'il fit lacérer & brûler au pied du grand escalier le 7 juin 1762, au milieu d'une populace attroupée ; témoignage de l'indignation publique contre l'écri-

vain , & de l'attachement général au corps in-
fulté.

Un arrêté folemnel interdit aux membres de
cette cour outragée , toute liaifon avec aucun de
ceux qui portoient le nom de *Beoft* : le grand
nombre des habitants diftingués de la capitale
& de la province fuivit cet exemple , & pendant
un an que durerent les troubles , la populace
continua de faire éclater fon reffentiment par
des vers , des placards , des chants de triomphe
& des orgies. Le pere & le fils furent donc obligés
de s'expatrier.

La cour des aides de Paris prit auffi connoiffance du mémoire , & décréta M. de Beoft pere
de prife-de-corps ; il fe réfugia à Verfailles , & fa
majefté déclara par des lettres-patentes , du 25
juin 1763 , qu'elle entendoit que tout ce qui
s'étoit paffé à l'occafion de cet écrit fût oublié ,
& le 29 août , les portes ouvertes de l'ordonnance de la cour , il fallut , le genou en terre , que
le fieur de Beoft entendît la lecture de ces lettres
qualifiées d'abolition. Avant la fin de l'année ,
il fut obligé de fe démettre de fa charge de fecretaire en chef des états de Bourgogne , qui
fut fupprimée. La cour qui le foutenoit , lui affigna
pour dédommagement , en attendant mieux , une
fomme annuelle de 15.000 livres fur le tréfor
royal. Enfin , le fieur de Varenne obtint en 1766 ,
l'agrément de la charge de receveur-général des
finances de Bretagne.

Le fieur de Beoft , fon fils , penfoit différemment : il avoit un attrait décidé pour les arts &
les fciences : il défapprouva la conduite de fon
pere & fes écrits contre le parlement de Bourgogne , mais il fuivit le fort de l'auteur de fes

M 4

jours ; il erra avec lui, lorfqu'il fut obligé de difparoître de la province ; il évita de dépofer contre lui ; foit à Dijon, foit à Paris : il fut décrété d'ajournement perfonnel à la cour des aides, & il y accompagna, fans néceffité, ce même pere, à cette cour, pour y entendre la lecture des lettres d'abolition. C'eft à fon attachement au parlement que le fieur de Beoft attribue l'averfion que fon pere a conçue pour lui, & la préférence qu'il a donnée à fon cadet, imbu des mêmes préjugés, des mêmes principes, du même dévouement au defpotifme : *inde ira.*

28 *Juin.* Loin qu'on fonge à licencier l'armée de la haute & baffe Seine, on prend des précautions qui fembleroient annoncer qu'on craint de nouveaux troubles. L'on a vu des officiers de maréchauffée, avec des dragons, vifiter & fouiller dans les maifons des payfans, & en enlever tous les fufils, piftolets, épées, fabres & autres armes qu'ils ont pu y rencontrer.

29 *Juin.* Le parlement, très-mécontent des prétentions de la cour des aides & des démarches qu'elle a faites, ainfi que de la déclaration y enrégiftrée derniérement, a profité de la circonftance des pairs réunis mardi au palais, pour en référer à cette augufte affemblée : il y a été formé en conféquence un grand & long arrêté pour y confirmer l'affertion de cette compagnie qu'elle eft feule & unique cour des pairs, qu'elle en eft la cour effentielle, la cour permanente, la cour métropolitaine : elle eft entrée dans tous les détails des qualifications qui lui appartiennent, & l'on affure que la cour des aides, effrayée de voir un fchifme s'élever entre elle & le parlement,

s'est hâtée de prendre hier un second arrêté, où, en adhérant à celui de cette cour, elle lui rend tout l'hommage qui lui est dû.

30 *Juin.* L'arrêté du parlement mérite d'être rapporté en entier, & le voici :

« Extrait des registres du parlement du 27 juin 1775, du matin.

» La cour, toutes les chambres assemblées, les princes & les pairs y séants, délibérant sur le récit fait le jeudi premier juin, à l'occasion de la déclaration du Roi, du 28 mai dernier, ensemble sur ce qui s'est passé à la cour des aides le 31 dudit mois.

» Considérant 1°. que si l'ancienneté & l'universalité primitive de jurisdiction de la cour de France sur tous les objets de justice & sur tous les territoires du royaume, ont pu assurer à ses membres essentiels & primordiaux, la faculté de siéger & de donner leur suffrage dans les cours supérieures, dont les objets & les ressorts ont été ou peuvent être regardés comme avoir été distraits, à quelques égards, de l'étendue de la jurisdiction de la cour de France ; il n'en peut résulter que les matières dont la connoissance appartient de tout temps à ladite cour de France, cour capitale & cour métropolitaine de nos Rois, & dont les affaires, concernant la personne des pairs ou leur dignité, font partie, aient jamais pu ou puissent jamais être distraites de la cour à laquelle, de toute ancienneté, elles ont dû être légitimement portées, ni que les princes du sang & les pairs de France, membres essentiels du parlement, depuis l'origine de la monarchie, aient jamais pu être ou puissent jamais être soumis à la discipline & aux jugements d'aucun

M 5

autre corps que de la cour de France, cour des pairs.

» 2°. Considérant aussi que les séances qu'aucuns princes ou pairs auroient prises par le passé en aucunes autres cours, & qu'aucuns actes émanés d'eux ou desdites cours, n'ont pu porter atteinte aux droits respectifs des pairs & de la cour des pairs.

» 3°. Considérant encore que cette dénomination de *membres essentiels de toutes les cours supérieures*, attribuée aux princes du sang royal & aux pairs de France dans la déclaration du Roi du 28 mai dernier, est une dénomination nouvelle qui pourroit, sous prétexte du droit de discipline, police & jugement que plusieurs corps prétendent sur leurs membres, donner lieu à vouloir établir dans la suite que les membres des autres cours pourroient en certains cas assister & voter dans les affaires concernant la personne des pairs & autres membres de la cour des pairs, les pairies ou autres matieres, causes & affaires majeures appartenantes au parlement.

» Ladite cour, après s'être fait représenter les arrêts des 30 décembre 1763, 20 mai 1764, 16 avril 1770, 30 décembre 1774, 20 janvier & 14 mars 1775, dont il est de son devoir de maintenir sans altération les principes, les dispositions & l'exécution, a arrêté qu'elle tiendra toujours pour principe inhérent aux principes & maximes de la monarchie & à la constitution de l'état, que les princes du sang qui, par leur naissance, & les pairs de France par leur dignité, & après leur réception en ladite cour, en sont de tout temps reconnus pour membres essentiels, ne peuvent, sous prétexte qu'ils auroient usé ou

uſeroient de ladite faculté de ſiéger, & donner
leurs ſuffrages en d'autres cours, être néanmoins
réputés membres d'aucune autre cour, que de la
cour de parlement, cour de France & cour des
pairs, en laquelle ſeule ils peuvent être convenus
& jugés pour ce qui concerne leur état, leur
dignité, leur honneur & leur perſonne ; les pairs
dûement & ſuffiſamment appellés en icelle, ſans
qu'aucuns membres de ladite cour puiſſent jamais, hors ladite cour, ou aſſociés avec des
perſonnes qui, de droit ancien & légal, n'y
auroient pas ſéance & voix délibérative, être
cenſés juges compétents, légaux, ni légitimes
ès ſuſdites matieres de pairie, ou ès cauſes &
autres matieres majeures appartenantes uniquement au parlement ; ne pouvant ces ſéances
d'honneur, dont les membres de la cour uſeroient dans d'autres cours, donner caractere
pour y délibérer ſur d'autres matieres que ſur
celles légalement propres à ces cours, ni l'uſage
des ſéances dans les ſuſdites cours, rendre jamais
les princes & pairs dépendants de leur diſcipline,
ſoumis à leur jugement, ni en aucun cas, obligés, comme ils le ſont par les convocations ré-
gulieres & préalables à l'inſtruction criminelle
d'un pair, d'uſer de ces ſéances, ce à quoi ils
ne peuvent être obligatoirement tenus qu'en
parlement ſeulement ès ſuſdites affaires de pairie
ou autres affaires majeures, ſelon les formes
requiſes & que leſdites matieres peuvent com-
porter.

» Et attendu que les diſpoſitions de la déclaration du 28 mai dernier, & ce qui s'eſt paſſé
le 31 du même mois à la cour des aides pourroient, d'une part, donner lieu à des ſyſtêmes

M 6

nouveaux & deſtructifs des droits de la pairie, & ſembleroient tendre, d'autre part, à renouveller & à étendre l'établiſſement d'un tribunal extraordinaire pour juger les cours elles-mêmes; établiſſement au ſujet duquel la cour s'eſt réſervé, par ſon arrêté du 20 janvier dernier, de réclamer en toute occaſion auprès du Roi contre toutes les innovations & diſpoſitions contraires aux loix, maximes & uſages de la monarchie.

Ladite cour a arrêté de faire au Roi de très-humbles & très-reſpectueuſes remontrances, à l'effet d'éclairer ſa religion ſur les deux derniers objets, & lui faire connoître combien les principes que ſon parlement ne peut ceſſer d'invoquer, ſont juſtes, fondés & inhérents eſſentiellement à la conſtitution de l'état, & combien les ſyſtêmes qui ſont préſentés audit ſeigneur Roi, comme utiles au maintien de ſon autorité, y ſont au contraire oppoſés, puiſqu'ils tendent à ébranler les principes & les maximes de la monarchie qui ſont les plus ſolides appuis des droits de la couronne, de ceux de toute la race royale, & des droits dudit ſeigneur Roi lui-même; leſquels objets deſdites remontrances ſeront fixés par les mêmes commiſſaires nommés pour fixer les objets de celles arrêtées le 24 mars 1775.»

2 *Juillet* 1775. Le ſieur de Bougainville eſt un intrigant, un audacieux, qui, né dans un état obſcur, a voulu percer & ſe ſignaler. Il n'eſt point ſans mérite, mais il lui a fallu le perſuader aux autres, & uſer de charlatanerie pour le groſſir & l'exagérer. Il a ſervi en Canada; il s'eſt préſenté enſuite au miniſtre de la marine pour faire des découvertes, & a pris des grades dans cet autre ſervice : on ſait le réſultat

de ses expéditions. Il s'est fait donner depuis une mission secrete en Espagne, & est parti comme s'il devoit s'embarquer sur l'escadre que sa majesté catholique faisoit armer depuis ce printemps.

3 Juillet. M. le comte d'Artois qui étoit allé voyager en Flandre par curiosité, & pour s'instruire en même temps, en est revenu depuis quelques jours. Il s'étoit proposé de faire la route à cheval & de courir à francs étriers; mais, malgré sa jeunesse, sa vigueur, son adresse dans l'art de l'équitation, il n'a pu soutenir long-temps cette fatigue, & au bout de dix lieues a été obligé de se mettre en voiture.

6 Juillet. On a parlé des fêtes données à Ferney en réjouissance de la convalescence de madame Denis. Voici les compliments enfantés à cette occasion, plus précieux par leur objet que par leur mérite intrinseque : on les croit de M. de Florian, neveu de M. de Voltaire, & qui se mêle un peu de littérature.

A M. de Voltaire.

« La joie que votre colonie témoigne en ce jour, est l'effet de la plus vive reconnoissance de diverses nations que la liberté & la renommée de vos bienfaits ont réunies pour fonder, sous votre protection, une fabrique que plusieurs Rois ont inutilement entrepris d'établir dans leurs états. Le présent que vous en faites à la France est la preuve de cette vérité, que pour commander aux hommes il faut parler aux cœurs. L'auteur de la nature qui s'est plu à façonner votre esprit d'une maniere aussi éclatante pour le bonheur de l'humanité, se refuseroit-il aux vœux que nous formons pour votre santé & la conservation de vos précieux jours !

A madame Dénis.

«Pendant que vous étiez malade, tous les cœurs l'étoient avec vous ; on ne voyoit par-tout que tristesse, alarmes & désolation, comme dans l'approche du plus affreux malheur.

Enfin, le ciel favorable à nos vœux a éloigné vos maux & nos dangers, en vous rendant à la vie : il fait renaître par-tout la nature, les plaisirs & la joie, & nos cœurs lui ont rendu de solemnelles actions de graces.

L'alégresse nous a transformé en militaires : cette décoration nouvelle convient à des hommes charmés de sacrifier leurs jours pour conserver les vôtres. Le bruit des canons relévera celui de nos acclamations ; les feux que nous ferons éclater, vous peindront l'ardeur de nos sentiments & la vivacité de nos transports.

Daignez, Madame, honorer toujours de vos bontés cette colonie naissante, fondée sur l'immortel Voltaire : nous tâcherons de nous en rendre toujours plus dignes par nos travaux & notre industrie.

Puissiez-vous, Madame, puissiez-vous vivre aussi long-temps que durera la gloire de notre fondateur, & que votre nom brillera dans les fastes de la bienfaisance. »

6 Juillet. Le bruit a couru que M. de Malesherbes alloit entrer dans le ministère : il se renouvelle aujourd'hui, & comme le duc de la Vrilliere semble arriver à son terme, & qu'il ne peut plus

long-temps échapper au désir général de sa retraite, on donne le département de Paris à M. de
Malesherbes : ce n'est pas assurément la place la
plus convenable pour ce grand magistrat.

7 *Juillet.* Depuis que M. Turgot est contrôleur-général, ses partisans annoncent les plus
belles choses du monde. L'événement des émeutes
l'a forcé de s'occuper de remédier aux désordres
les plus urgents : on assure que, plus libre aujourd'hui, il médite & digere une multitude
d'édits consolants pour le peuple, tendants à
améliorer son état, à prévenir ses besoins, & à
les soulager par des diminutions considérables
sur les matieres de premiere nécessité, par l'abolition des corvées, par la suppression de la men-
dicité, par l'encouragement de la population,
par la liberté du commerce dégagé de ses entra-
ves, &c.

8. *Juillet.* Quand il a été question d'aller com-
plimenter le Roi à Versailles sur son sacre, les
six corps des marchands de Paris ont réclamé
leur privilege d'avoir cet honneur. Il a d'abord
été fait refus de la part du ministere ; ce qui les
a effrayés & leur a fait craindre que les projets
de M. Turgot contre eux ne fussent sur le point de
s'effectuer : mais depuis ils ont reçu cette permission, ce qui les a rassurés. Ils ont complimenté
sa majesté à genoux, accompagnés du lieutenant-
général de police, & présentés par le duc de
Cossé, gouverneur de Paris.

8 *Juillet.* M. de Sartines, secretaire d'état
ayant le département de la marine, est entré hier
au conseil d'état, & par cette introduction, est
fait ministre. On dit que c'est la fiche de consolation pour le dédommager du département de

Paris confié à M. de Malesherbes; car il paroît sûr que ce dernier succede au duc de la Vrilliere; mais que celui-ci fera encore la semaine prochaine la demande du don gratuit au clergé, pour en retirer les 24,000 livres que vaut cette mission, en qualité de commissaire du Roi.

8 *Juillet*. A la suite du nouveau conte de M. de Voltaire sous le nom de M. de la Visclede, est une lettre prétendue de ce secretaire de l'académie de Marseille, à M. le secretaire de l'académie de Pau : celle-ci est en prose; & l'on conçoit aisément, en la lisant, pourquoi le philosophe de Ferney y emprunte un masque étranger. On voit que son but est de prétendre faire des contes mieux que la Fontaine, & de le dénigrer, ainsi que son genre qu'il appelle *petit*. Il y ressasse ses reproches cent fois répétés contre le fabuliste, qu'il n'exalte que pour mieux le rabaisser. Corneille n'est pas plus épargné dans cette digression, où la critique, juste à bien des égards, ne déplaît que parce qu'on voit l'envie qui la produit & la guide. L'auteur termine par une sortie vigoureuse contre l'éditeur des contes en 1743 & sa préface, sous le nom de Londres. Il ne peut lui pardonner d'avoir dit qu'un poëte qui fait des tragédies, ne doit jamais écrire sur l'histoire & la physique, & le traite en conséquence comme tous les cuistres qu'il injurie depuis long-temps. Malgré le radotage de cette épître, on la lit avec intérêt, à raison des anecdotes qu'on y trouve, de la maniere dont elles sont présentées, & de la malignité secrete que l'on ressent à gémir à son tour sur les écarts & le délire d'un grand homme gémissant sur ceux d'autres grands hommes, & pour tout

dite en un mot, parce que c'est du Voltaire.

9 *Juillet*. Les curés & vicaires du royaume *à portion congrue*, viennent de préfenter un mémoire au Roi pour fupplier fa majefté de l'augmenter ; ils démontrent qu'il n'eft aucune proportion entre 500 liv. qu'ont les premiers & 200 les feconds annuellement, & la cherté des vivres, depuis l'édit de 1768 qui les a fixés à ce revenu. Cette claffe fi effentielle au clergé, & fi mal partagée du côté de la fortune, met fous les yeux du Roi fes befoins & fa mifere ; elle entre dans des détails bien propres à mériter l'attention d'un Roi, pere de fes fujets, & fur-tout d'un Roi très-chrétien qui favorife avec tant de zele la religion & fes miniftres. Ils ont envoyé une copie de ce mémoire à tous les princes du fang, avec une lettre touchante pour implorer leur protection auprès du monarque. Il paroît qu'ils ont exprès choifi le temps de l'affemblée du clergé, pour forcer celle-ci à s'en occuper & à terminer plus promptement cette opération.

9 *Juillet*. Il paffe pour conftant que c'eft M. de Barentin, le fecond avocat - général du Parlement, qui a traité avec M. de Malesherbes de la charge de premier préfident de la cour des aides, dont il a cependant fait encore hier les fonctions, en préfence de plufieurs pairs venus pour fiéger dans cette cour, fuivant le droit que fa majefté leur en a reconnu dans fa derniere déclaration.

Un des magiftrats (M. le Duc, confeiller) en rapportant une affaire, a fait venir l'éloge du chef de la compagnie, & a témoigné les regrets de celle-ci de le perdre : fur quoi la modeftie de M. de Malesherbes a voulu l'arrêter

& le faire paſſer outre, ſans nier le fait ; ce qui
a confirmé la nouvelle répandue depuis pluſieurs
jours à cet égard.

10 *Juillet.* Le Roi, ſuivant l'uſage, a accordé
pluſieurs graces à la ville de Rheims pour ſon
embelliſſement & pour ſon utilité. Il eſt fâcheux
que la diminution du prix du pain ne ſoit pas
un bienfait généralement reſſenti : tenu à un
taux modéré durant le temps du ſacre, il eſt devenu
très-cher à Rheims depuis que ſa majeſté en eſt
ſortie.

10 *Juillet.* Les grenadiers à cheval ſont depuis
très-long-temps mécontents de M. le marquis de
Lugeac, leur commandant. Ils lui reprochent
non-ſeulement de la hauteur, de la dureté, de
la férocité même ; mais encore de retenir injuſte-
ment ſur leur paye onze ſous par jour. Ils ont
enfin éclaté & préſenté un mémoire à M. le
comte du Muy, en lui déclarant que s'il ne
leur rendoit pas juſtice, ils iroient au Roi :
on attend la déciſion de cette importante démarche.

Ce commandant ayant fait metre en priſon un
grenadier ſoupçonné l'auteur ou le rédacteur du
mémoire, ils ſe ſont raſſemblés & ont été en
corps chez lui demander l'élargiſſement de leur
camarade, diſant que le mémoire étoit l'ouvrage
de tous.

11 *Juillet.* Le ſieur de Muſſey, membre du
grand-conſeil, & ci-devant du tripot Maupeou,
vient de mourir en Lorraine, ſa patrie. C'eſt la
premiere place vacante à ce tribunal, & l'on attend
à voir s'il ſe trouvera quelqu'un d'honnête pour
l'occuper.

11 *Juillet.* Il paroît un arrêt du conſeil d'étar,

en date du 24 juin, qui donne un libre exercice à l'art de polir l'acier. C'est un petit essai de M. le contrôleur - général ; cependant il ne motive cet affranchissement que sur les contestations qu'occasionnoient entre différents corps l'exercice de cet art , qu'ils vouloient s'attribuer exclusivement, & sur les gênes que cela lui donnoit ; ce qui l'empêchoit de se perfectionner comme chez nos voisins les Anglois. L'on juge que c'est le seul point sur l'affranchissement des maîtrises que M. Turgot ait jusques ici gagné au conseil.

12 *Juillet.* L'enlèvement du sieur Langlois , ci-devant lieutenant-général d'Andely , & élevé par M. le chancelier au grade de second président au conseil supérieur de Rouen , ainsi que du maître de poste, qu'on assure avoir été amené avec lui à la Bastille , est la nouvelle du jour. Il a , dit-on, été intercepté vers Mantes des lettres anonymes en grand nombre , dont le résultat sembloit être un complot de dévaster les campagnes & la récolte prochaine : on veut que les prisonniers dont il est parlé ci-dessus , en fussent les instigateurs ; &, comme le sieur Langlois étoit fort attaché à M. de Maupeou, qu'il vivoit familiérement chez lui & étoit tous les jours au Thuy , on n'a pas manqué de faire remonter le complot jusqu'à lui. Tout ceci n'est pas encore très-clair.

12 *Juillet.* Il y avoit dans les six pairs qui ont été samedi à la cour des aides, un pair ecclésiastique. Ces pairs étoient : l'evêque, duc de Langres, le duc d'Aumont, le duc de Nivernois , le maréchal duc de Duras, le duc de la Vauguyon, & le duc de la Rochefoucault. Ils

ont pris rang après le premier président à sa gauche, & avant les autres présidents , & ils ont opiné les derniers dans une cause de rapport importante, concernant les fermiers de M. le prince de Condé dans certaines parties de son apanage, où on les accusoit d'avoir introduit la fiscalité : ils ont perdu.

Le rapporteur , M. le Duc, avant de commencer , a fait un discours relatif à la présence des pairs qu'il a complimentés indirectement ; car il adressoit la parole seulement à sa compagnie. C'est après son rapport & avant qu'on allât aux voix, que ce même magistrat a gémi sur la perte que la compagnie alloit faire de son chef.

La cour des aides qui n'avoit peut-être jamais vu de pairs siéger chez elle qu'en lit de justice, auroit bien désiré que le public eût été témoin de son triomphe : malheureusement c'étoit un procès de rapport, conséquemment jugé à huis clos.

13 *Juillet.* On parle d'une commission nommée pour examiner les comptes des sieurs Saurin & Doumer, sortis depuis peu de la Bastille. Ces comptes étoient depuis long-temps entre les mains de M. Albert, aujourd'hui lieutenant-général de police , alors intendant du commerce , chargé de la partie des bleds : ils se plaignent que M. Albert n'ait jamais voulu les arrêter , quoiqu'ils fussent très en regle ; c'est ce qu'on va voir. Cette commission est composée de conseillers d'état, à la tête de laquelle sera M. de la Michaudiere, prévôt des marchands.

14 *Juillet.* MM. du grand-conseil, fatigués des lenteurs de M. le garde-des-sceaux qui ne termine

rien à leur égard, étoient difposés à se fâcher : ils avoient en conféquence député les membres d'ufage pour la derniere fois à ce chef fuprême de la juftice, & mercredi ils s'étoient raffemblés pour entendre leur rapport, pour faire un arrêté & fe plaindre dans le cas où il n'auroit pas été favorable. Mais M. le premier préfident a rendu compte que l'édit concernant le grand confeil étoit revêtu de toutes les formalités, qu'il feroit inceffamment expédié & adreffé à la compagnie.

14 *Juillet.* Voici le difcours de M. le Duc, confeiller à la cour des aides, rapporteur du procès jugé, comme il eft énoncé dans l'arrêt, *les pairs de France y féants :*

« MESSIEURS,

« Il feroit à fouhaiter qu'une audience impor-
» tante pût folemnifer la féance de MM. les
» pairs de France en cette cour. L'éloquence du
» barreau couvriroit de fleurs la fécherefle des
» affaires auxquelles vous confacrez tous vos mo-
» ments ; & les pairs venant quelquefois partager
» nos travaux, deviendroient les défenfeurs de
» nos arrêts.

» Le Roi, toujours occupé du bonheur de
» fes peuples, feroit inftruit de la fageffe de
» vos décifions, par ceux qui y auroient parti-
» cipé, & fa majefté feroit intimement perfuadée
» que l'honneur eft le feul guide des magiftrats
» de la cour des aides. »

On a également confervé le fecond difcours de M. le Duc fur la perte que la compagnie alloit faire de M. de Malesherbes, & fur l'éle-vation prochaine de ce chef au miniftere.

» Nous touchons au moment de perdre un ma-
» giftrat refpectable, dont la mémoire fera gravée
» dans les faftes de cette cour.

» Le cœur de notre illuftre chef vous eft connu:
» il fera plus fenfible à notre douleur qu'aux
» palmes qu'il a remportées aux yeux de l'Europe
» entiere. Permettez - moi , Meffieurs, d'être
» ici l'interprete de vos fentiments. Il eft
» glorieux pour le chef & les membres d'avoir
» les pairs de France pour témoins de notre
» fenfibilité.

» Ils applaudiront, Meffieurs, au tendre atta-
» chement pour notre premier préfident; & le
» Roi bienfaifant croira ne pouvoir mieux placer
» fa confiance que dans un magiftrat qui em-
» porte à fi jufte titre les regrets de fa com-
» pagnie. »

15 *Juillet*. Ce qui a fait dire qu'on fongeoit
à pouffer au miniftere M. l'archevêque de Touloufe , ainfi qu'en a couru le bruit , c'eft qu'effectivement ce prélat travaille à beaucoup de projets
relatifs au bien de l'état, qu'il eft fort lié avec
le comte de Maurepas & avec M. Turgot, & que
celui-ci s'aide de fes confeils & de fes plans. Il
paroît décidé aujourd'hui par le dernier de terminer irrévocablement le fort des *mendiants* &
de faire à cet égard une loi générale, uniforme,
où tous les cas poffibles foient prévus, toutes
les reffources imaginées, tous les expédients affu-
rés , & fur-tout qui s'exécute. Le prélat a donné
à cet égard un mémoire très-profond, très-étendu, plein d'ordre & de clarté, qui a été extrêmement goûté. Il s'occupe auffi des hôpitaux &
fur ce point il peut donner des avis d'autant
meilleurs , qu'ils font appuyés fur des expériences

qu'il a imaginées en petit dans son diocese, & qui prouvent la sagesse, la sureté & l'écono- mie de ses vues. Il est à espérer qu'il réussira, malgré les jaloux de l'ascendant qu'il prend ; ils sont en grand nombre & sur-tout dans son corps.

16 *Juillet*. On célebre au commencement de juillet, sur la paroisse de Saint-Roch, une fête particuliere, instituée en l'honneur du *sacré-cœur de Jesus*. Cette invention très-moderne est due aux jésuites, a été adoptée par leurs dévotes & leurs partisans, conséquemment est réprouvée des jansénistes. Dans ce temps-là un ecclésiasti- que étant entré dans l'église comme on prêchoit sur cette institution, n'a pas paru content du prédicateur & de ce qu'il disoit, il a fait des gestes qui en ont été remarqués, & s'est en allé peu après, & long-temps avant la fin d'une maniere méprisante. Le lendemain cet abbé s'étant présenté pour communier à la sainte table des mains du célébrant, le même qui étoit en chaire la veille, celui-ci l'a reconnu, & soit sentiment de vengeance, soit zele de moliniste, l'a passé scandaleusement : on ajoute qu'il lui a même fait des interpellations sur sa créance. Il en a résulté un grand tumulte. Le curé a blâmé le prêtre, & pour le soustraire aux châtiments qu'il méritoit, l'a renvoyé. Conduite que désapprouve fort M. l'ar- chevêque, toujours très-entêté dans ses décisions schismatiques.

16 *Juillet*. On n'est pas mieux instruit aujour- d'hui sur les causes de la détention du président Langlois & consorts ; mais on a mis sur pied des troupes dans le canton de Mautes pour veiller aux moissons, sur-tout pendant la nuit, & faire

avorter les desseins sinistres des gens mal intentionnés. Cet éveil a excité l'attention du gouvernement, qui a donné les mêmes ordres par-tout.
En sorte que les campagnes sont inondées de
patrouilles, comme si l'on étoit en temps de
guerre & dans un pays ennemi. Des seigneurs
écrivent de leurs terres, que ces soins ne suffi-
sent pas & qu'il faudroit songer sérieusement
à soulager la misere, qui est très-grande dans
les villages.

17 *Juillet.* On ne croit pas que M. Bertin, le dernier secretaire d'état du feu Roi, reste long-temps
en place. Il convoitoit fort la dépouille de M. le
duc de la Vrilliere pour s'arrondir dans son
petit département, créé par extraordinaire &
formé de diverses minuties écornées aux autres.
On assure qu'il avoit menacé de quitter, si son
désir à cet égard ne s'effectuoit pas. D'ailleurs
on est fort mécontent de ses bureaux, où
l'on n'expédie rien & où il regne beaucoup
d'ineptie.

18 *Juillet.* L'arrêté pris en la cour des aides
le 28 juin porte : « La cour délibérant à l'occasion
» de l'arrêté du parlement du 27 du présent mois,
» à elle connu par la copie collationnée apportée
» en icelle par le premier président, a reconnu,
» ladite cour, que les précautions prises par l'arrêté
» du parlement dudit jour 27 juin, contre les
» inductions qu'on pourroit tirer des dénomina-
» tions données aux princes du sang royal & aux
» pairs de France, dans la déclaration du 28
» mai dernier, sont conformes à ce qui a toujours
» été le vœu unanime de la cour : tous les
» principes contenus dans ledit arrêté sont égale-
» ment conformes à ceux dont ladite cour a
» toujours

toujours été pénétrée, & notamment qu'elle n'a jamais entendu ni n'entend pouvoir participer au titre & autorité de cour des pairs ; sans néanmoins qu'il puisse y avoir aucun doute sur le droit de discipline, police & jugement que la cour a seulement sur les officiers reçus & ayant serment en icelle, droit fondé sur les loix précises & enrégistrées au parlement ; & comme il est important de conserver cette uniformité qui doit toujours se trouver entre les principes de toutes les cours, a arrêté ladite cour qu'à cet effet copie collationnée de l'arrêté du parlement du 27 du présent mois, sera annexé au procès-verbal de la présente déclaration. »

18 *Juillet*. On s'attend enfin au rétablissement d'une chambre des requêtes, & l'on assure que l'édit est au palais : il y a apparence que les magistrats qui composoient avant les deux supprimées, seront incorporés dans celle-ci.

18 *Juillet*. Il paroît qu'un des foyers des séditieux & auteurs des émeutes est à Mantes. C'est de ce côté-là qu'il a été pillé des bateaux, brûlé des granges, & que les deux intendants de Paris & de Rouen ont été à la veille d'être jetés à la riviere : enfin c'est tout récemment là qu'on a intercepté des lettres anonymes annonçant un projet de dévastation combiné. Depuis M. le comte de Flamarens, colonel du régiment de la Reine dragons, qui est en quartier dans les cantons avec sa troupe & commandant plusieurs autres régiments répandus autour de lui, a reçu des lettres anonymes encore, où on lui dit qu'on se moque de lui & de ses dragons, &c.

On ajoute qu'on y a trouvé des pieces entieres de bled étêtées, c'est-à-dire dont on avoit coupé les épis.

19 *Juillet*. Des exempts de police ont été cette nuit chez tous les boulangers de Paris pour leur dire qu'ils eussent à ne pas mettre le pain au-dessus de 13 sous & demi les quatre livres. La communauté de ces artisans s'est assemblée en conséquence, & ils sont convenus malgré ces défenses de le laisser à quatorze sous, tant que le bled ne diminueroit pas au marché, ou du moins jusqu'à ce que cette défense leur fût notifiée légalement par une ordonnance de police.

On les avoit déjà sondés à cet égard & on leur avoit fait entendre qu'ils pouvoient donner tous le pain à meilleur marché, en prenant de ces mauvaises farines, dont on a parlé & en en employant davantage ; mais ils ont répondu qu'ils ne vouloient point en faire usage, & qu'ils craindroient de perdre leurs pratiques. Tout cela n'est point consolant & annonce des craintes de la part du gouvernement. On a remarqué qu'aussi les patrouilles étoient renforcées aujourd'hui.

19 *Juillet*. Le parlement, toutes les chambres assemblées, a enrégistré le 30 juin un édit donné à Versailles audit mois, portant suppression des offices réunis de commissaires, contrôleurs, payeurs, commis & greffiers des saisies réelles. Sa majesté a reconnu que la multiplicité de ces offices par leur réunion a formé une finance totale, qui excede considérablement la juste proportion qui doit exister entr'elle & les émoluments desdits offices réunis. Cet inconvénient a

paru mériter de sa part une attention d'autant
plus particuliere, que presque tous les titulaires
de ces différents offices ne trouvant dans leurs
exercices que des émolutions très-modiques, ont
pris sur les fonds des saisies réelles des sommes
considérables, dont eux ou leurs héritiers n'ont
pu faire le remplacement, & qui, si l'on ne s'em-
pressoit d'y remédier, parviendroient en assez
peu de temps à affoiblir le gage des créanciers
de la caisse, au point de mettre la rentrée de ce
qui leur est légitimement dû dans le plus grand
péril.

Le même jour, grand'chambre & tournelle
assemblées seulement, il a été enregistré des
lettres-patentes données à Versailles le 8 mai,
qui révoquent l'édit du mois de mars 1771, &
ordonnent qu'en conséquence les sieges royaux
y dénommés, ensemble les justices y énoncées,
continueront de ressortir à l'avenir où ils ressor-
tissoient au premier janvier 1771.

On voit par-là que bientôt on aura renversé
tout l'édifice ruineux du chancelier.

20 *Juillet.* Le marquis de Bethune a provoqué
au châtelet l'interdiction de son neveu le marquis
de Brunoy, & a fait assigner les parents, tant
paternels que maternels, pour y procéder. Les
moyens qu'il emploie aujourd'hui sont les mêmes que ceux qu'on faisoit valoir il y a deux
ans, lorsque des intérêts différents le portoient
à combattre le vœu des parents paternels qui
les avoient administrés : chose à remarquer.

21 *Juillet.* On s'attend à voir incessamment
rétablir la jurisdiction de la table de marbre,
ainsi que celle des eaux & forêts, &c. supprimées par le chancelier Maupeou.

N 2

21 *Juillet*. Le président Langlois, le maître de postes d'Andely, & autres arrêtés avec eux, ont été relâchés après leur premier interrogatoire ; ils sont sortis de la Bastille, ce qui les justifie pleinement.

22 *Juillet*. Mercredi dernier il est venu beaucoup de mauvaises farines au marché, dont les boulangers n'ont pas voulu pour la plupart ; le peuple y répugne d'autant plus qu'on répand des histoires sinistres qui sembleroient annoncer les mauvais effets de cette nourriture ; en sorte que non-seulement il a refusé de s'en fournir, mais menaçoit de les jeter à la rivière ; ce qui a donné l'alarme & obligé de mettre sur pied plus de troupes que de coutume.

De son côté, **M.** le lieutenant-général de police, quoique très-grand partisan de la liberté, remarquant de l'humeur parmi les boulangers, qui préféroient de quitter & de ne point cuire, s'est trouvé forcé de menacer de faire pendre le premier qui effectueroit ce projet trop funeste dans les circonstances actuelles.

23 *Juillet*. M. de Malesherbes a prêté serment vendredi entre les mains du Roi, pour la charge de secretaire d'état : il a contresigné en conséquence, & est entré en fonctions : il a pris place hier au conseil des dépêches : on dit même qu'il a dû être fait ministre par son admission au conseil d'état. En tout cas, il ne tardera pas à jouir de cet honneur, qui devient nécessaire pour le dédommager de la place qu'il quitte, regardée par la haute magistrature comme supérieure à celle de simple secretaire d'état.

23 *Juillet*. Dans les divers projets que roule M. Turgot, il en est un concernant les voitures

publiques & les messageries : il a imaginé de
rendre ces entreprises libres, & il a proposé ses
idées au conseil ; mais M. Bertin, dans le département duquel est cette partie, s'est élevé,
dit-on, avec force contre l'empiétement du
contrôleur-général, ce qui fait une contestation ;
on croit cependant que M. Turgot l'emportera.

23 *Juillet*. On étoit surpris des voyages que
M. le comte d'Ar**** faisoit & fait presque
toutes les nuits de Versailles au Palais-Royal,
au point que souvent, après être venu à l'opéra,
être reparti pour souper avec le Roi, il revient
encore. On a d'abord cru que, dans cet âge
heureux où tout est amusement & jouissance,
il se plaisoit aux concerts & petites fêtes que
donnent alternativement chez eux des particuliers demeurant sur le jardin, ce qui attire
beaucoup de monde du voisinage, sur-tout des
filles & des jeunes gens, & rend cette promenade très-féconde en aventures galantes & même
libertines ; mais on sait aujourd'hui que son altesse
royale est vivement éprise d'une très-jolie dame
attachée à madame la duchesse de Chartres, &
qu'on assure avoir eu les bonnes graces du mari.
On ne sait point encore où en est le comte
d'Ar****, mais il y a peu de doute que par son
rang & par ses qualités aimables il ne réussisse.

23 *Juillet*. Mlle. Arnoux, malgré ses talents,
étant presque inutile aux directeurs de l'opéra,
ces messieurs, pour exciter son zele, lui ont
proposé de ne plus l'appointer, & de ne lui payer
qu'une somme convenue chaque jour où elle
paroîtroit : elle s'est fâchée & menace de donner
la *démission* ; c'est le terme devenu à la mode
parmi ces grands personnages de théâtre.

N 3

25 *Juillet.* On a vu précédemment dans la relation de ce qui s'est passé à Bordeaux à la réintégration du parlement, que des cinquante-deux membres du parlement intermédiaire, le président Pichard & trois conseillers seulement, après avoir refusé de se réunir aux exilés rentrés, s'ils n'avoient satisfaction des huées & injures qu'ils avoient éprouvées le jour de la réunion, avoient pris le parti de se détacher des mécontents & de se rendre au palais, dans la crainte d'être accusés du crime de forfaiture, encourue, suivant l'ordonnance de discipline, pour cessation de fonctions, ou démissions combinées. On n'a pas su si c'étoit de concert avec leurs confreres & dans le dessein d'épier les démarches, de connoître les délibérations des anciens, & de leur en rendre compte. Quoi qu'il en soit, les membres hués avoient persisté dans leur scission au nombre de quarante-huit, jusqu'à ce qu'ils eussent satisfaction de la cour, à laquelle ils avoient envoyé des mémoires.

Depuis le sieur Dominge, l'un d'eux, ayant eu des remords, & craignant les suites de la scission, avoit pris le parti de se détacher encore, & de rentrer purement & simplement, ce qui avoit très-fort aigri ses confreres, & l'avoit fait regarder comme un apostat & un traître.

Les choses étoient restées dans cet état, jusqu'au moment d'un *Te Deum* chanté à Bordeaux, comme ailleurs, en l'honneur du sacre & couronnement du Roi. Les cours, comme l'on sait, doivent assister à ces cérémonies publiques; les diffidents reçurent une invitation de se rendre à celle-ci avec le reste de la compagnie : ils ont refusé, & n'ont point paru.

La cour , inſtruite de cette réſiſtance ſoutenue, ſans leur donner aucune ſatisfaction ſur leurs griefs , a voulu terminer ce ſchiſme. Le garde-des-ſceaux leur a écrit , au nom du Roi , qu'ils euſſent à s'expliquer ſérieuſement ſur leur intention de reprendre le ſervice , ou de vendre leurs charges. Ces meſſieurs, preſſés par cet ordre de ſa majeſté , ſe ſont aſſemblés , & ſans ſe départir de la pourſuite de la juſtice & de la ſatisfaction qu'ils réclamoient , ont arrêté proviſoirement d'obtempérer aux ordres du Roi, & de ſe rendre au palais.

Quatre ont été députés vers le premier préſident pour lui faire part de leur réſignation aux volontés du monarque. Ce chef leur a répondu avec douleur, qu'ils lui auroient cauſé le plus grand plaiſir de lui annoncer cette nouvelle huit jours ſeulement plutôt ; mais qu'il étoit forcé de leur déclarer au nom de la compagnie, qu'elle avoit pris un arrêté de ne plus communiquer avec eux, & de ne jamais les reconnoître pour confreres. Sur quoi, les députés retirés, & ayant rendu compte de la réponſe aux ſchiſmatiques, ceux-ci ſont convenus de n'y avoir aucun égard & de ſe préſenter au palais, dont il a réſulté trois actes de réprobation & de mépris, plus ou moins graves.

A la grand'chambre , quand, après une plaidoirie , il a été queſtion de rendre arrêt , le premier préſident les a paſſés, & n'a pris les voix que des magiſtrats non ſchiſmatiques.

Aux enquêtes, lorſqu'il a fallu en venir aux voix, le préſident a remis à un autre jour, par la raiſon qu'on n'étoit pas en nombre compétent pour rendre arrêt; ce qui étoit vrai, en ne comptant

N 4

que les membres non schismatiques, & ne pouvoit
l'être, en comprenant tous les magistrats présents.

Enfin, aux requêtes, le président chargé de
leur communiquer l'arrêté pris contre eux, au
lieu de le lire, ayant voulu prendre des tournants
pour adoucir une expulsion aussi humiliante, un
des vrais magistrats s'est levé, a sommé M. le
président de ne point tergiverser, & de lire aux
schismatiques l'arrêté dans toute sa teneur.

Un des schismatiques alors prenant la parole
a apostrophé cet orateur, a fait entendre qu'il
n'avoit pas plus de droit de parler en ce moment
qu'un autre, lui a dit qu'il eût à laisser s'expliquer le chef de la chambre : le conseiller a ri-
posté, & il en a résulté une querelle si vive entre
ces deux messieurs, qu'on croit qu'ils auront
tous deux quitté leur robe pour se battre.

Tel étoit l'état des choses, lorsqu'il a été
question d'envoyer à Bordeaux le maréchal de
Mouchi pour rétablir une paix fort difficile à
arranger, après les excès où l'on s'est porté des
deux côtés.

26 *Juillet.* Quoique M. de Sartines affecte de
dire qu'il se trouve bien au département de la
marine, & qu'il compte fort le garder, on sait
aujourd'hui parfaitement que, sentant son im-
puissance dans un genre auquel il n'a jamais travaillé, a fait l'impossible pour obtenir le département de Paris ; qu'il a même redoublé d'assi-
duités auprès de la Reine, dans l'espoir de gagner
le suffrage de la souveraine, intéressée à avoir
sur-tout dans ce ministere un homme à elle ; mais
que malheureusement M. le comte de Maurepas
& M. Turgot avoient joué au fin, & obtenu le
bon du monarque avant que le renvoi du *Petit-*

faint fût décidé : que la Reine, instruite de cet événement prochain, effectivement portée pour M. de Sartines, avoit cherché à le seconder, & même parlé en sa faveur au comte de Maurepas ; mais que ce vieux renard s'étoit excusé sur ce que le choix du Roi étoit fait, & qu'alors pour dédommagement on étoit convenu de faire entrer au conseil le secretaire d'état de la marine ; chose à laquelle le parti adverse s'étoit d'autant mieux déterminé, qu'on vouloit y introduire d'emblée M. de Malesherbes, & qu'il étoit difficile, M. de Sartines étant son ancien depuis près d'un an, n'étant pas ministre, de le faire passer sur le corps de ce dernier, qui en effet a été admis dimanche au conseil d'état.

Telles sont, au défaut de plus grandes, les petites intrigues de cour dont s'occupent aujourd'hui les courtisans.

28 Juillet. Le grand-conseil a reçu enfin un édit qui fixe sa compétence. Il est du mois de juillet, & a été enregistré par ce tribunal le 19, les semestres assemblés. « Sans préjudice de l'exécution des édits & déclarations du Roi concernant les présidiaux, des lettres - patentes du 10 avril 1750, enregistrées au conseil le 6 mai de la même année, & de l'édit d'ampliation du pouvoir des présidiaux, du mois de novembre 1774, pour le maintien desquels le procureur-général du Roi continuera de requérir, & le conseil d'ordonner ce qu'il appartiendra ; & sera le seigneur Roi très-humblement supplié, en tout temps & en toute occasion, de rétablir la jurisdiction de son grand-conseil dans toute son intégrité, telle qu'elle a été établie par les Rois ses prédécesseurs. »

N 5

31 *Juillet*. Des députés de la chambre des comptes de Dôle font ici depuis plusieurs mois à solliciter le rétablissement de cette cour supprimée, & remplacée par un simple bureau des finances : le parlement les appuie & fait la même demande ; cependant rien ne finit par les lenteurs de M. le garde-des-sceaux, qui donne toujours des espérances & ne réalise rien.

31 *Juillet*. On ne conçoit pas grand'chose à l'édit concernant le grand-conseil. Les dispositions les plus claires sont qu'il connoîtra des requêtes civiles présentées en cassation d'arrêts rendus, lorsque ce tribunal tenoit le parlement sur des matieres de sa compétence dans le cas où il auroit continué d'être grand-conseil ; que, lorsque le nombre des officiers de cette cour aura été réduit à cinquante-quatre, chacun des pourvus sera autorisé à traiter de son office, après néanmoins en avoir obtenu l'agrément du Roi, sous telles conditions qu'il jugera à propos ; que les huit premiers offices de conseillers-clers vacants ne pourront être remplis que par des laïques, &c.

2 *Août* 1775. M. le comte du Muy a fait enjoindre à tous les brigadiers, colonels, lieutenants-colonels & autres qui, sans être retirés, n'ont point de service, de se conformer à la nouvelle ordonnance, suivant laquelle ceux qui prétendent aux grades doivent reprendre leurs premieres fonctions, & rester en activité durant quelques années pour mériter les graces qu'on leur a accordées. Lille, Strasbourg & Metz sont les trois places où ils doivent se rendre. Le ministre de la guerre espere par-là se débarrasser de beaucoup de ces officiers qui, ne se conformant pas au réglement, renonceront ainsi d'eux-mêmes à leurs avantages.

1 Août. Le college des agents de change est
fort étonné d'un arrêt du conseil dont il a eu
connoissance, suivant lequel M. le contrôleur-
général leur fait ériger par le Roi dix nouveaux
confreres ; en sorte qu'au lieu de quarante, ils
vont être cinquante. Cet arrangement est d'autant plus extraordinaire, que n'y ayant presque
plus d'effets au porteur, il y a infiniment moins
de négociations, & il sembleroit qu'au contraire
au lieu de les augmenter, il faudroit les réduire,
sur-tout sous un ministre des finances dont le
système est bien opposé à celui de l'agio.

4 Août. La premiere des pieces du recueil
anti-voltairien qu'on n'a fait qu'annoncer, est
une *épitre à M. l'abbé Sabathier de Castres.* Elle
est en vers, qui ne seroient pas méchants, venant d'une plume françoise, & sont encore
meilleurs par un étranger. Cette réflexion tombe
sur le rithme & la fabrique ; car cette épître ou
plutôt cette satire, n'est pas neuve quant au
fond. On y a joint des notes fort étendues, où
la critique se développe plus à l'aise & avec plus
d'amertume. Elle frappe principalement contre
les auteurs dévoués au parti encyclopédique, &
sur-tout au chef, M. de Voltaire.

La seconde est en prose ; elle est intitulée :
*A l'auteur de la lettre d'un théologien, adressée à
M. l'abbé Sabathier de Castres.* On sait que celle-
ci est attribuée au marquis de Condorcet : son
principal objet est de défendre les *Pompignan,*
& sur-tout le poëte qu'on appelle le marquis de
Pompignan, critiqué dans ses écrits, & plaisanté
dans sa personne par le prétendu théologien.
Cette justification est décente & assez bien faite ;
mais l'écrivain termine par une explosion forte

N 6

contre les impiétés d'un ouvrage qui mériteroit d'être dénoncé au ministere public, & qui se vend, dit-il, publiquement chez un libraire de Paris. Il releve une note contre le parlement de Paris, dispersé lors de la composition de ce pamphlet, & où le président de Saint-Fargeau & M. Pasquier, conseillers, sont nommés & caractérisés comme deux fanatiques.

La troisieme est une *anecdote littéraire & philosophique*, où l'on fait intervenir chez un libraire l'abbé Sabathier de Castres, avec l'auteur d'un ouvrage intitulé : *Le Secretaire d'Apollon*, grand champion de M. de Voltaire & de toute la secte encyclopédique, & l'on se doute bien que ce dernier est terrassé & chassé par le libraire.

On ignore de qui sont ces productions. La prose paroît être de la même main qui a composé *les trois siecles de la Littérature*, c'est-à-dire, d'un certain abbé Martin, vicaire de Saint-André-des-Arts, qui, après avoir laissé l'abbé Sabathier recevoir toutes les huées, toutes les injures & tous les coups de bâton qu'il redoutoit pour son compte durant la premiere fermentation qu'a causé son livre, n'a pu résister au chatouillement de son amour-propre ensuite, & s'en est déclaré l'auteur, mais qui aujourd'hui le rend à son prête-nom, afin de pouvoir impudemment se parfumer de l'encens le plus puant qu'il se prodigue.

5 *Août*. Depuis la nouvelle discipline introduite par M. le comte du Muy dans les troupes, les colonels qui s'absentoient fort aisément de leur régiment, sont obligés d'y résider six mois de suite, & l'exemple de M. de Montausier leur a causé une frayeur salutaire, qui les empêche d'enfreindre ce réglement.

Ce seigneur, colonel du régiment de Chartres, avoit écrit au ministre de la guerre pour
lui demander un congé, & étoit arrivé presqu'aussi-tôt que la lettre de M. le comte du Muy.
Instruit de sa venue, il est allé trouver le Roi,
lui porter des plaintes contre cet officier. Sa majesté a sur le champ écrit de sa main à M. le duc
de Chartres pour qu'il eût à nommer un colonel
à son régiment, parce qu'elle venoit de demander
à M. de Montaulier la démission de cette place.

5 *Août.* M. Turgot avoit succombé dans sa
contestation avec M. Bertin; mais, depuis l'arrivée de M. de Malesherbes au conseil, se sentant
plus fort, il a remis de nouveau sur le tapis le
projet de mettre les coches, diligences, messageries, rouliers, &c. en régie, & l'a enfin emporté sur son rival, quoique ce soit une partie
du département de celui-ci. En conséquence, il
a été rendu arrêt du conseil qui ordonne aux
entrepreneurs actuels de remettre, sous un délai
fixé, au secrétaire d'état ayant ce département,
un état fidele de leur administration, & toutes
les instructions nécessaires à leur comptabilité.

Par une lettre particuliere, le ministre les
instruit que sa majesté a décidé de retirer ses
droits domaniaux engagés, & de les mettre en
régie ; leur enjoignant en même temps, sans
leur fixer aucun délai, de continuer leur service
sans interruption avec le même zele, la même
exactitude, jusqu'à ce qu'il en soit autrement
ordonné.

Il paroît que ce service se fera par les
postes : en conséquence M. Turgot est fait
surintendant-général des postes, pour que rien
ne puisse le contrarier ni le gêner dans l'exé-

cution de fon plan ; mais il a généreufement
refufé les gros émoluments attachés à cette
place.

Les fix chefs nommés pour la régie en queftion font déjà connus ; les fieurs Bernard,
Querenai , Faut de Beaufort , Fremont , de
Morambert & Raguenai. Malheureufement ce
font prefque tous gens tarés. Le premier fur-
tout a été pendu en effigie en Pruffe, & long-
temps proclamé dans les gazettes comme un
fugitif.

On prétend que le Roi doit gagner deux millions à ce changement , que le public fera mieux
fervi & à meilleur compte.

5 *Août.* Dans la derniere féance des pairs
au palais , tenue le 2 de ce mois , il a été
enrégiftré deux édits : le premier donné à Verfailles au mois de juillet , portant *rétabliffement
des eaux & forêts à la table de marbre.* Sa majefté
dit dans le préambule qu'elle a jugé à propos,
pour le bien de la juftice & celui de fes fujets,
de rendre aux tribunaux le même état & la même
confiftance dont ils jouiffoient avant 1771 ;
qu'elle s'eft déterminée d'autant plus volontiers
au rétabliffement de celui-ci, deftiné à veiller au
maintien des loix & des réglements émanés de
la fageffe des Rois , fes prédéceffeurs , pour la
confervation des eaux & forêts, qu'elle a reconnu
que fa fuppreffion n'a produit que des inconvénients & des embarras dans l'adminiftration qui
lui étoit confiée.

Le fecond portant *rétabliffement du fiege des
requêtes du palais,* donné à Verfailles au mois
de juillet, porte dans l'enrégiftrement du 2 août,
toutes les chambres affemblées, les princes &

airs y féant : « Pour être exécutée félon fa
» forme & teneur, fans préjudice des repréfen-
» tations faites par la cour audit feigneur roi,
» & des remontrances qu'elle a arrêté de lui
» faire en toutes occafions, ainfi que des
» arrêtés faits jufqu'à préfent par ladite cour,
» relativement à ce qui a été porté & s'eft
» paffé au lit de juftice du 12 novembre 1774. »

Du refte, le parlement eft fort mécontent
qu'en rétabliffant une feule chambre des requêtes, on n'ait rétabli aucun des quarante-quatre
offices fupprimés ; ce qui rendra le fervice très-
difficile & très-gênant, & l'on efpere que
M. le garde-des-fceaux fera de nouveau obligé
de revenir fur fes pas & de créer de nouveaux
offices.

6 *Août.* On fe peut rappeller que, fuivant
l'amniftie, les payfans qui ont été piller du bled,
pour y participer, doivent rendre la denrée en
nature ou en argent ; que beaucoup effrayés des
peines qu'ils craignoient d'encourir, s'étoient
réfugiés dans les bois : ils y reftent, ne pouvant
reftituer le bled qu'ils ont mangé, & faute
d'argent pour y fuppléer ; au moyen de quoi
ils ne peuvent gagner leur fubfiftance. On craint
fort que ces malheureux ne deviennent enfin des
brigands déterminés & n'infeftent les campagnes
cet hiver, preffés par le befoin & par le défefpoir,
fi la fageffe du miniftere n'y pourvoit pas, en
accordant une nouvelle amniftie non condition-
nelle, & en fe chargeant d'indemnifer pour eux les
propriétaires plaignants.

6 *Août.* La confiance publique, malgré les
plaintes des frondeurs du gouvernement, devient
telle que l'argent, refferré depuis très-long-temps,

& fur-tout fous le miniftere de M. l'abbé Terrai, fort & circule en abondance, au point que les financiers en bonne réputation trouvent aifément des emprunts à quatre pour cent, qu'on va même au-devant & qu'on leur en offre. On ne doute pas, fi cela continue & qu'il ne furvienne point de guerre, que l'intérêt ne fe réduife inceffamment de lui-même à ce taux-là, & fans aucune contrainte ou aucun effort du miniftere.

7 *Août*. On mande de Bretagne que le chevalier de Foucault, major de Nantes, a gagné fon procès contre le comte de Menou, lieutenant de roi de la même ville ; que celui-ci eft condamné à tous les dépens, dommages-intérêts & frais, même à ceux de l'impreffion de 300 exemplaires de l'arrêt du parlement de Bretagne. On a rendu dans le temps compte des mémoires qui contenoient le détail de cette finguliere affaire, intéreffant fur-tout l'honneur du premier, puifqu'il s'agiffoit au fond d'un vol de 40,000 livres fait au fecond.

On veut aujourd'hui par les faits éclaircir que cette accufation ne foit qu'une vengeance du comte de Menou contre le chevalier de Foucault, qui s'introduifoit en effet chez lui durant la nuit, mais pour aventure galante.

7 *Août*. Un fieur Chantier de Brainville, préfident en la cour des monnoies, qui devroit donner l'exemple de la modération, s'eft livré à une diffamation outrageante dans un mémoire contre des laboureurs & principalement contre fon avocat adverfe. Il eft fi violent que plufieurs de meffieurs on ont parlé à l'affemblée des chambres du 2 de ce mois, & qu'il eft queftion au

...lement de faire un réglement pour arrêter la licence de ces écrits dégénérant en vrais libelles.

8 Août. M. Joli de Fleury, appellé *de Brionne*, qui passe à la place d'avocat-général, a eu l'humiliation de voir sa réception très-contestée à l'assemblée des chambres tenue à ce sujet. Les jeunes gens des enquêtes, toujours plus zélés, plus jaloux de la pureté & de l'honneur de la compagnie, que les vieillards corrompus, ont représenté qu'outre le malheur qu'avoit le récipiendaire d'être frere d'un homme aussi diffamé que son aîné (le Fleury Maubeuge, ci-devant procureur-général du parlement Maupeou), il n'avoit pas tenu une conduite bien nette durant l'exil ; qu'il avoit eu la foiblesse de se séparer du parlement dans une occasion aussi critique, de passer au conseil, & que par une lâcheté d'autant moins excusable qu'elle n'étoit pas nécessaire, il s'étoit fait recevoir maître des requêtes au tripot, & avoit eu l'infamie d'y siéger en cette qualité. Malgré ces reproches graves, la grand'chambre qui n'a pas une façon de penser aussi délicate, a entraîné les suffrages, & le Brionne a été reçu.

9 Août. L'arrêt du conseil dont on a parlé concernant *l'exercice des privileges & concessions des messageries, diligences, carrosses & autres voitures publiques*, paroît enfin ; il est du 4 juin. Sans s'expliquer davantage, sa majesté dans le préambule donne pour motif de cet arrêt, l'importance de remédier à différents inconvéniens qui se sont introduits dans cette partie du service public, tant à l'égard de la manuſention desdits établissements, qu'au sujet des

conteftations qui y font relatives : pour y pourvoir plus efficacement, fa majefté a réfolu de
prendre une connoiffance particuliere & appro-
fondie de tout ce qui a rapport auxdits privileges
& à leur exercice. En conféquence elle ordonne
que tous les pourvus des conceffions, ou privileges, propriétaires, aliénataires ou entrepreneurs de carroffes, de voitures, diligences, meffageries, & autres voitures publiques, leurs fermiers, fous-fermiers, ou prépofés, feront
tenus d'envoyer dans le délai de fix mois, à
compter de la date du préfent, copie de leurs
titres, baux, tarifs, pancartes & réglements
particuliers, au fecretaire d'état ayant dans fon
département la police des carroffes, diligences
& meffageries, pour, fur le compte qui en fera
rendu au Roi en fon confeil, y être ftatué ce que fa
majefté jugera convenable.

fa majefté ordonne en outre, par provifion, que
toutes les conteftations qui furviendront entre
lefdits fermiers ou entrepreneurs, leurs procu-
reurs, commis ou prépofés, concernant l'exercice
des droits réfultants de leurs baux, circonftances
& dépendances, & les marchands, voituriers,
voyageurs & tous autres, feront portés pardevant le lieutenant général de police de Paris,
ou pardevant les intendants, commiffaires
départis, &c.

10 *Août*. On a dit qu'il avoit été défendu
aux boulangers furtivement de mettre le pain
à plus de treize fous & demi les quatre livres,
ce dont ils n'ont pas tenu compte & en conféquence ils ont été mis à l'amende, c'eft-à-dire,
ceux qui ont contrevenu auxdits ordres, mais
ils ont refufé de la payer : ils ont été en corps

hez le maréchal duc de Biron, comme ayant le commandement des troupes, & lui ont représenté l'extrême injustice de les obliger à vendre le pain moins cher qu'ils n'achetent la farine : ils l'ont supplié de prendre fait & cause pour eux, &, quoique cette démarche soit irréguliere de toute façon, on a craint qu'il n'en résultât plus d'éclat; & l'amende n'a pas eu lieu.

L'objet de cette injonction étoit de forcer indirectement les boulangers à prendre tous de ces mauvaises farines dont on a parlé, qui, se vendant à meilleur compte, auroient pu leur donner le facilité de diminuer le pain. Mais les bons n'ont pas voulu s'assujettir à ce mélange détestable, & ont craint de perdre leurs pratiques. Il est à présumer que l'appréhension de la disette de la denrée obligeant vraisemblablement à se ménager cette ressource, on n'en usera plus, aujourd'hui qu'une récolte abondante met la France dans le cas de ne plus redouter la famine.

On sait cependant que la cherté des grains, malgré cette excellente récolte, a occasionné à Tours une fermentation qui auroit dégénéré en sédition, si l'on n'avoit fait baisser le taux du bled au marché; car M. Turgot ne voulant déroger en aucune maniere par écrit à ses dispositions de liberté, est obligé de donner sous main des ordres qui les contrarient tous les jours. Mais il espere que ce n'est que pour le moment, & jusqu'à ce que la bonté de son systême bien reconnue l'ait mis en pleine vigueur.

11 *Août*. Messieurs des requêtes de l'hôtel

ayant peine à désemparer de la seconde chambre
des requêtes, où ils tenoient leurs séances depuis
la suppression de cette chambre, le président Hoc-
quart leur a fait enjoindre très-expressément de
déguerpir, sinon qu'on les délogeroit de force. En
conséquence ils ont enfin cédé les lieux, &
avant-hier cette jurisdiction rétablie a ouvert
son tribunal.

11 *Août.* On commence à parler d'une
nouvelle brochure intitulée *lettre de l'hermite
Jean.*

12 *Août.* On avoit proposé de former en Languedoc un cordon de troupes pour empêcher
la communication des bêtes à cornes des provinces voisines où a régné la maladie épizootique. On a négligé de remplir cette précaution
qu'exigeoit la prudence ; on n'a point envoyé
aussi promptement qu'il le falloit les troupes
demandées, & la contagion commence à gagner
les bestiaux de cette province ; ce qui alarme le
ministere.

13 *Août.* Un sieur le Blanc, fils d'un petit
joaillier, ci-devant avocat, & qui, durant les
troubles survenus dans l'ordre de la magistrature,
avoit profité de la confusion pour passer au châtelet & se faire conseiller à cette jurisdiction
abâtardie par M. de Maupeou, qui, au moyen
de l'amalgamé fait des divers membres du châtelet, anciens, nouveaux, exilés, restés, intrus, &c. avoit conservé son état, est à la veille
de le perdre pour une cause très-grave : il s'agit
d'un extrait infidele dans un procès, ou même
d'une soustraction de pieces dont on l'accuse, &
qu'il voudroit rejeter sur son secretaire : mais,
dans l'un ou l'autre cas, il est coupable, & l'on pre-

...tera sans doute de cette circonstance majeure pour l'expulser.

13 *Août*. Les curés de Chevri & de Ferol sont lâchés & sortis de la Bastille ; mais celui de Tournay y reste. On prétend que dans son interrogatoire il a répondu qu'il n'avoit de compte à rendre de sa conduite à l'égard de ce qu'il disoit en chaire, qu'à Dieu, ou à ses supérieurs dans l'hiérarchie ecclésiastique.

D'ailleurs on sait aujourd'hui que ce curé a été dénoncé au ministere par son propre seigneur, par l'abbé le Noir, homme de la même robe & en outre conseiller de grand'chambre. Sans doute il est bien singulier de voir un magistrat provoquer lui-même une lettre de cachet, contre laquelle les magistrats réclament tous les jours. L'abbé le Noir, qui ne s'en cache pas & a lui-même conté son espiéglerie, prétend qu'il a profité de cette occasion pour mûrir la tête de son curé encore trop verte ; que c'est un service qu'il a voulu lui rendre ; &, dans le fait, l'abbé le Noir est incapable de perfidie ou de méchanceté.

Le curé de la Queue en Brie, aussi arrêté depuis beaucoup moins de temps que ses autres confreres, a lutté avec opiniâtreté contre le gouvernement. Son grief est d'avoir été acheter du bled lui-même, pour son propre compte, & de l'avoir taxé, de son chef, à 15 livres. Il s'est débattu sur cette conduite, il l'a prétendu honnête & raisonnable, le fermier pouvant se retirer à pareil prix, &, par cette apologie, il a irrité le ministere au point de s'être fait arrêter, il n'y a pas un mois, & l'on assure qu'il est au cachot.

14 *Août*. La *Lettre de l'hermite Jean* eſt une
brochure médiocre , roulant ſur des matieres
rebattues & dont le public commence à être
dégoûté. Ce qui la rend plus rare , c'eſt qu'elle
attaque l'opération du 12 novembre dernier, en
y rendant juſtice au fond. Le point que l'auteur en critique , c'eſt d'avoir reſtitué au parlement tout ſon reſſort. Il voudroit qu'on établît
deux conſeils ſupérieurs, l'un à Lyon, & l'autre
à Poitiers , pour la commodité & la ſatisfaction
des plaideurs. Il réfute en conſéquence les pitoya-
bles raiſonnements de l'auteur du *maire du palais*,
pour répondre aux reproches faits depuis long-
temps au gouvernement de forcer la moitié
du royaume à venir chercher la juſtice à Paris.

14 *Août*. M. de Miromeſnil cherchant à pallier
le mieux qu'il peut l'inconſéquence de ſupprimer
le 12 novembre deux chambres des requêtes &
toute cette juriſdiction, & de la rétablir enſuite
à moitié le 2 août , prend dans le préambule
une tournure qui n'eſt pas ſatisfaiſante pour tout
le monde.

« Cette diſpoſition (la ſuppreſſion des deux
» chambres des requêtes du palais) a été dictée
» par le déſir que nous avons eu, dès les pre-
» miers moments de notre regne , de renfermer
» les privileges dans de juſtes bornes , & de
» conſerver le plus qu'il eſt poſſible les diffé-
» rentes juriſdictions de notre royaume dans
» l'ordre qui leur eſt naturel. C'étoit entrer de
» notre part dans les vues du feu Roi, notre
» très-honoré ſeigneur & aïeul ; qui a voulu
» ſupprimer les abus conſidérables qui s'étoient
» gliſſés dans l'exercice de *committimus*. Les
» ſupplications qui nous ont été faites par notre

parlement de Paris, nous ont déterminé à approfondir & peſer de nouveau dans notre conſeil les différents motifs de ſes repréſentations ; &, par l'examen que nous en aurions fait, nous aurions reconnu que le ſiege des gens tenant les requêtes du palais à Paris, a de toute ancienneté fait partie de notredite cour, & qu'il étoit juſte de conſerver à ceux de nos ſujets que leur ſervice appelle près de notre perſonne ou dans nos cours, la facilité d'obtenir juſtice dans les lieux mêmes où leurs fonctions les attachent, &c. »

15 *Août.* Le bled eſt heureuſement diminué dans quelques marchés, mais pas autant ſans doute qu'il le ſera & qu'il le faudroit pour appaiſer les murmures des gens de la campagne. On ne ſait quel eſprit de vertige s'eſt répandu ſur ces malheureux ; mais on en entend qui ſemblent déſirer une révolution, qui parlent de guerre civile & n'attendent que par-là un changement de ſort. Il ſeroit bien à ſouhaiter qu'on pût découvrir quel démon ſouffle ainſi la diſcorde, & qu'il fût puni d'une maniere éclatante pour en arrêter les progrès.

Fin du trentieme Volume.